O Androide

PAULO DE CASTRO

O Androide

TALENTOS DA LITERATURA BRASILEIRA

novo século®

São Paulo 2016

AQUISIÇÕES
Cleber Vasconcelos

PRODUÇÃO EDITORIAL
SSegovia Editorial

PREPARAÇÃO
Paulo Franco

DIAGRAMAÇÃO
Abreu's System

REVISÃO
Lotus Traduções
Lívia First

CAPA
Marina Ávila

Texto de acordo com as normas do Novo Acordo Ortográfico da Língua Portuguesa (1990), em vigor desde 1º de janeiro de 2009.

Dados Internacionais de Catalogação na Publicação (CIP)
(Câmara Brasileira do Livro, SP, Brasil)

Castro, Paulo de
O androide / Paulo de Castro. – Barueri, SP : Novo Século Editora, 2016. –
(Coleção talentos da literatura brasileira)

1. Ficção brasileira 2. Ficção fantástica. I. Título. II. Série.

16-02472 CDD-869.3

Índices para catálogo sistemático:
1. Ficção : Literatura brasileira 869.3

NOVO SÉCULO EDITORA LTDA.
Alameda Araguaia, 2190 – Bloco A – 11º andar – Conjunto 1111
CEP 06455-000 – Alphaville Industrial, Barueri – SP – Brasil
Tel.: (11) 3699-7107 | Fax: (11) 3699-7323
www.novoseculo.com.br | atendimento@novoseculo.com.br

À vó Guida.

PRÓLOGO

Uma enorme fila de carros estendia-se por toda a avenida. O engarrafamento cobria os dois lados da pista. Os mais impacientes haviam deixado o carro e caminhavam pela via. Ele estava sentado no banco do passageiro, corpo ereto, semblante plácido, alheio ao infortúnio. Ela, Carmen, no banco do motorista, impaciente, com o pé na embreagem, avançava e recuava o veículo. Ele, percebendo a inquietude da outra, tentou tranquilizá-la, colocando, com delicadeza, a mão sobre a coxa dela. Ela, surpresa com o gesto, olhou fixamente os olhos dele, grandes e claros. Quando ela tirou o pé do pedal da embreagem, colocou a marcha em ponto morto e puxou o freio de mão. Vencida, ele sorriu docemente para ela.

Enquanto olhava a fila de carros a sua frente, ele escutou um ruído diferente, um zumbido, que ia aumentando, de algo se aproximando. O tempo estava firme. O Sol brilhava intenso, quase sem nuvens. O calor castigava. Um vento quente vinha cobrindo o céu. O barulho ia ficando mais forte. Ele, um pouco incomodado, olhou pelo retrovisor e não viu nada. O som tornou-se ensurdecedor. As pessoas, confusas, detendo o olhar no céu, tentavam descobrir a origem do ruído. Um risco foi atravessando o firmamento. O projétil caiu a alguns quilômetros de distância dos dois.

O estrondo da explosão fez o chão inteiro tremer. O asfalto se transformou em um grande mar revolto em meio a uma tempestade. O carro foi levado pelo pavimento, como se jogado com violência por uma forte onda. Ele tentou segurá-la, protegê-la, mas, assim como o fogo que ia destruindo e levando tudo, levou também, de uma só vez, a vida dela.

A enorme labareda consumiu a rua inteira e vários quarteirões ao redor. Quando as chamas se dissiparam, ele saiu do carro, ainda com esperanças de socorrê-la. Não podia acreditar no inferno que estava a sua frente. A explosão havia consumido tudo. Poucos carros restaram na via, e uma enorme mancha de sangue cobria todo o asfalto. Havia corpos espalhados por todos os lados. Alguns poucos feridos contorciam-se de dor, angústia, consternação.

Ele abriu a porta do motorista e a tirou do banco. Logo percebeu que não poderia colocá-la no chão, quando notou o vapor quente que vinha do pavimento. Ele desceu do carro, abriu a porta de trás e a colocou deitada sobre o banco. Demorou a perceber que não havia mais nada a fazer. Tomou-a entre o peito, abraçou-a forte e não pôde impedir as lágrimas que lhe encheram a face pálida, abatida. O grito que se seguiu somou-se aos outros gritos secos, abafados e tristes que vinham de todos os lados. Quando conseguiu se acalmar, deixou o corpo dentro do carro, saiu e fechou a porta. A cabeça caiu pesada sobre as mãos, enquanto ajoelhava-se no asfalto.

— Um médico. Um médico. Por favor, um médico. — Vinha a sua frente, correndo desesperado, um homem, gritando com as últimas forças que lhe restavam.

— Eu sou médico — disse ele, quando o homem já ia passando.

— Minha mulher está em trabalho de parto. Por favor, ajude-me, pelo amor de Deus.

Ele olhou com grande desalento para aquele homem. Uma assombrosa queimadura cobria-lhe o braço direito. As roupas, em farrapos, agitavam. Uma densa nuvem de fumaça, com um cheiro muito forte, cobria os dois. Ele, ainda sobressaltado, consentiu com a cabeça. As lágrimas, gravadas em sua face, eram dois borrões claros que rompiam o turvo das cinzas. O homem tinha urgência. O coração palpitava-lhe e os nervos atacavam-no.

Os dois atravessaram os escombros. Uma infinidade de feridos urgentes carecia de amparo. Gritos desesperançosos dilaceravam-se pelo ar. Mãos erguidas eram ignoradas. Havia urgência. Eles pararam em frente ao carro. A mulher estava ofegante. A bolsa havia estourado e perdera muito sangue.

— Olá, senhora, meu nome é Henrique e eu sou médico.

— Ai, graças a Deus, doutor — disse a mulher, em meio aos brados de dor.

— Você vai ter que ter a criança aqui. Eu vou ajudá-la.

— Rápido, pelo amor de Deus, rápido.

Ele chegou a procurar, meio desorientado, meio atrapalhado, um lugar para lavar as mãos. O marido se adiantou:

— Tenho uma garrafa de água no carro.

— Pode trazê-la, por favor?

— Rápido, doutor, rápido — disse a esposa, vestida de absoluto desespero.

— Calma, senhora. Vai dar tudo certo, calma. A senhora ficará bem. Vou lavar as mãos, está bem?

— Doutor, doutor — gritava a esposa, cheia de tormento, cheia de dor.

— Está tudo bem, está tudo bem.

— Faça algo, pelo amor de Deus — chorava a mulher, entregue ao sofrimento, ao martírio que requer a vida.

O marido, aterrado, tomado de pânico, mirava a tudo aflito. Os gritos cortavam-lhe o coração de desespero. O médico, inteiro envolvido, abaixou-se, abriu as pernas da mulher, que resistiu com veemência, e colocou o vestido dela acima dos joelhos:

— Estou começando a ver a cabecinha dele — disse. — Está tudo indo muito bem, muito bem.

A mulher gritava e chorava em um rito angustiante, desesperador.

— Só respire, continue respirando.

— Estou respirando, santo Deus — disse em meio aos gritos e gemidos, e um suor frio que escorria por sua face.

A mulher pôs-se a desfalecer, entregue à dor, sem forças para resistir, para lutar. Ele, em uma súplica impetuosa, sacudiu-a inteira, mas com muito cuidado, muito contido:

— Não, não, não. Respire. Respire. Respire fundo, vamos!

— Ahhh! — gritava, um som rouco, sem forças.

— Só respire e faça força para baixo. Força! Força!

— Não posso!

— Isso, isso!

— Não posso! Não posso!

— Você pode, você pode. Força! Força! — disse, observando a cabecinha da criança, bem carequinha, que ia ganhando o mundo. A mulher, nas últimas forças, nas últimas energias, soluçava e berrava. Ele, também cansado, fatigado, não entregava os pontos e insistia. — Respire e faça força. Isso! Isso! Eu estou vendo a cabeça. Eu estou vendo a cabeça — disse em um alento de felicidade, de esperança.

O marido, em estado de choque, aterrorizado por presenciar a mulher sofrendo tanto, não conseguia esboçar qualquer tipo de reação.

— Está indo muito bem, senhora. Está indo muito bem. Isso!

— Eu não aguento mais — disse, seguido de um choro aflitivo.

— Está saindo, só respire e faça força. Força!

— Eu não aguento mais — exclamou com brutalidade.

— Isso, força! Respire e faça força. Respire e faça força.

— Não posso, droga.

— Sim, você pode — disse ele com acuidade. — Está saindo, senhora. Está escutando? Está saindo. Respire e faça força. Respire e faça força.

A criança nasceu acompanhada de um admirável e derradeiro uivo de dor da mãe. Ela, entregue à fadiga, a toda aquela labutação, caiu desfalecida sobre o banco, com os cabelos encharcados cobrindo-lhe toda a face. O pai, em um alívio profundo, caiu de joelhos sobre o asfalto, com um sorriso cercado de lágrimas. Ele, maravilhado, deslumbrado, olhava para a criança e dizia:

— É uma menina! É uma menina!

CAPÍTULO 1

Um silêncio estranho inundava as cidades, agora um pouco mais frias, calmas, imersas em uma melancolia apavorante. Por seus milhares de sistemas automatizados, deixados involuntariamente para trás, elas continuavam a funcionar, transmitindo dados de suas muitas centenas de satélites para todos os cantos do mundo.

As usinas de carvão, tão dependentes, foram as primeiras a declinar, nocauteando parte do planeta, encetando a negritude onde só se via luz. As turbinas eólicas, favorecidas pelas tormentas assoladoras, continuavam em atividade, porém os sistemas, de limitada inteligência, dependentes de comandos, desligavam as engrenagens, e outras partes do mundo quedavam-se sob o negro. As águas, devastadoras, que em tantos outros lugares do planeta atravessavam os túneis e acionavam as turbinas, agora desmanchavam-se em dilúvio, com os mecanismos todos em pane. Os reatores nucleares, que a rede elétrica já não mais abastecia, iam desligando-se um a um, em efeito cascata. Os geradores a diesel, que não persistiriam para sempre, tentavam impedir, de momento, o colapso catastrófico.

Enquanto o Sol se punha na Europa, as últimas usinas deixavam de produzir energia, e a idade das trevas despertava-se como de um longo e profundo sono. As estrelas, antes ofuscadas, agora desmaiavam com fúria, sem amarras, e o esplendor de toda aquela cortina ornamentava toda a cidade.

As aves migratórias, que tinham dificuldades para atravessar os grandes edifícios e circulavam por horas, à noite, atrapalhadas pelas luzes das janelas, vindo a falecer exaustas, agora voavam com mais segurança, orientadas pelas luzes das estrelas. Os animais de estimação, em todo o mundo, sentindo falta de alimento e de água, aventuravam-se ao exterior, enfrentando o medo. Os predadores, ao deixarem seus lares, antes protegidos pelas cercas, agora prontos para explorar um novo mundo, encontravam apenas incêndios que se alastravam por entre centenas de fábricas. Toxinas eram lançadas no ar, tornando o mundo um lugar perigoso para a vida, exterminando animais e plantas. Plataformas de petróleo afundavam no oceano, eliminando milhares de peixes e outras vidas aquáticas.

O Sol amanheceu preguiçoso e entrou lento pelas janelas da usina, enquanto as águas frias corriam por entre os dutos, movidas pelos geradores a diesel. Os animais de abate, trancafiados, iam morrendo aos milhares, desidratados. Nas ruas, cães tornavam-se predadores, formavam bandos, lutavam por espaço. As centenas de raças criadas, frágeis em demasia para sobreviver no novo mundo, eram ferozmente caçadas e exterminadas.

As usinas, que resistiam até o fim do diesel, invadidas por um calor e já sem a água fria a correr por entre os dutos, lançavam grandes labaredas pelas planícies e espalhavam nuvens de radiação que cortavam todo o horizonte, avermelhando plantas, matando os animais pequenos e contaminando tudo o que encontravam pelo caminho. Em poucos dias, em todo o mundo, novos estrondos, em um movimento desgovernado, cobriam todo o céu de branco, que, transportado pelos ventos, sem freios, espalhava-se por todo o hemisfério norte. Os ventos europeus, que sopravam para o sul, empurravam longe a nuvem branca, fazendo-a chegar ao norte da África. Alguns reatores da Ásia garantiam que a radiação atravessasse o oceano Pacífico, fazendo alcançar as ilhas mais remotas do mundo.

Os animais maiores, cujas grossas peles os protegiam, buscavam no sul as plantas saudáveis e os animais ainda vivos. Os animais pequenos, no entanto, com seus frágeis órgãos expostos, quando não aleijados, entregavam a vida, impossibilitados de qualquer reação, qualquer defesa.

Nas cidades e nos subúrbios, muitos procuravam pelos alimentos guardados nos armários das casas, pouco afetados pelo pó letal e, portanto, ainda saudáveis aos famintos. Naquela ignorância, mantinham-se alimentados, fortes e vivos.

Os anos se passaram, e as nuvens de radiação, como uma tempestade de verão, foram se dissipando. As cidades tornavam-se mais tranquilas, o ar ficou mais limpo, a atmosfera estava mais saudável e a visão, antes ofuscada pela densidade de uma poluição letal, ampliava-se, permitindo ver com mais nitidez todo o horizonte.

Já o Sol era visto cada vez mais longe, com os raios quase a falharem, sem efeito. Um vento frio cortava as avenidas, fazia balançar os grossos troncos, arrancando-lhes as folhas. Nos países mais ao norte, os primeiros flocos de neve encontravam o chão já frio e espalhavam-se, tomando as ruas e obstruindo as passagens. Os animais pequenos buscavam o pouco calor que as casas abandonadas podiam oferecer, e os maiores migravam para o sul em busca da sobrevivência.

A primavera chegou sem cores nos arredores das usinas, em um silêncio prolongado, o que duraria gerações. As chuvas, solidárias e fiéis amigas, caíam cândidas sobre os solos e sobre as árvores, cujas folhas, já sem o esplendor e a vida de outrora, e em uma labuta quase irrisória, eram lavadas e dissipadas do mal.

No sul, os musgos e os liquens atravessavam o concreto armado sobre ferragens e invadiam milhões de quilômetros de estradas e rodovias. O tempo não parava. Os campos de futebol, uma vez cuidadosamente tratados, agora eram invadidos pelos grandes ramos, que despejavam as galhas infestadas de folhas, umas sobre as outras, sem qualquer ordem. Árvores também atravessavam os telhados de amianto e colonial, abrindo caminho para a água da chuva, que encharcava o piso, apodrecia os tacos, adubava a terra e fazia florescer, no cômodo antes escuro, um verde todo vivo.

Pequenos traços, vez ou outra, riscavam o céu, solidarizando-se com a Lua e com as estrelas, e iluminavam os caminhos, as novas florestas. Alguns objetos que despencavam, impulsionados pela radiação que se expandia, chegavam a tocar o chão e espalhavam os plásticos e os metais, antes cuidadosamente trabalhados, entre a terra vermelha, em grandes labaredas.

As florestas ampliavam-se com velocidade, impulsionadas pelos ventos que sopravam com alento as sementes e cunhavam raízes em todos os lugares, invadindo pastos, ruas, praças e tudo o que era de um concreto mais frágil, mais antigo. Em certas cidades, os edifícios, expostos aos elementos mortais da natureza, desmanchavam-se. O reboco desprendia-se, expondo as ferragens às águas da chuva fria e ao ar que circulava com jovialidade. As ferrugens espalhavam-se, desfaleciam os alicerces, que, fracos, jogavam os prédios mais antigos abaixo.

Os verões que se seguiam não mais ardiam, de mole e dormente calor. Os asfaltos das ruas residenciais, cobertos por um tapete verde e pelas sombras das novas árvores, deixavam a brisa correr livre, desimpedida, muito à vontade, afastando aquele silêncio enfadonho.

Em outras regiões, as edificações estavam rijas, sem qualquer dano da natureza; ou porque foram heranças das últimas engenharias, ou porque se quedavam sob ar seco, carente de chuvas, em que a terra bege e árida cobria todo o horizonte até onde a vista se perdia.

Os rios, em certas partes do planeta, cujas grandes represas de concreto sólido até então represavam suas águas, estavam, devido aos escoamentos que falhavam, transbordando as barragens, inundando os finos cursos. O concreto, gretando de cima para baixo, rompia aos montes, e toda aquela imensidão de água varria com fúria tudo o que encontrava pelo caminho, para, algumas horas depois, encontrar o oceano. Peixes já atravessavam o estuário para desovar, e um novo ecossistema, cheio de vida, com centenas de espécies a encontrar um novo lar, enchia o horizonte de uma beleza encantadora, ainda mais quando os raios do Sol repousavam sobre as águas, que corriam agora calmas.

Mais da metade do planeta já abrigava imensas florestas, que exalavam as mais variadas fragrâncias e emitiam as mais distintas sinfonias. Inúmeros bandos de cavalos ocupavam, depois de deixarem para trás milhões de hectares de densas árvores, o cerrado, de ramagens mais baixas, mais próximo de suas origens. A copa das árvores, que já não mais permitia a entrada da luz do Sol, sepultava as pequenas ruas em uma penumbra turva de umidade. E as chuvas e os novos córregos que brotavam varriam os últimos pedaços de objetos manufaturados. Os últimos grandes monumentos, de concreto e cobre, despencavam dentro das matas, deixavam-se cobrir de verde, apagavam os traços daquela civilização já esquecida.

As grandes cidades, de grossas estruturas de Acorindium, concreto sólido e granito, no entanto, resistiam, assim como algumas poucas cidades menores, cujas fortes estruturas as permitiam atravessar a força inabalável do tempo.

E ele, não alheio a tudo isso, assim que abrira os olhos, em uma tranquilidade inteira, tirou o cabo da tomada. Estava encostado na parede, com as costas bem apoiadas e os braços sobre os joelhos, bem ereto, bem concentrado. Conferira com bastante atenção e percebera que não havia energia. Levantou-se apressadamente e, atravessando o corredor até as escadas, dirigiu-se para o primeiro andar. Abriu a porta com calma, sem pressa. Quando saiu, olhou para cima, onde se encontrava, no telhado, o aparelho de captação de energia solar. O céu estava encoberto e uma tempestade, ainda longe, ameaçava cair. Ele pegou a escada e, depois de poucos minutos, estava no telhado. Prontamente notou que um fio rompera, desgastado pelo Sol, pela chuva e pelo tempo. Corrigiu o problema sem dificuldades, providenciando a junção com presteza e municiando os aparatos de precaução com prontidão. Notou que as pesadas nuvens aproximavam-se, seguidas de fortes rajadas de uma ventania desgovernada. Raios cintilavam pelo horizonte, acompanhados de assombrosos estrondos. Voltou para dentro com pressa, descendo a escada com perícia, sem atropelo. Acomodado em casa, colocou novamente o cabo na tomada e, desta vez, percebeu que havia energia. Sentou-se encostado na parede, com o corpo ereto. Fechou os olhos, com a tranquilidade que lhe era peculiar, e assim permaneceu por aproximadamente três horas.

Despertara, sem desespero, sem desordem, e foi logo tirando o fio da tomada. Enquanto se levantava, em um movimento muito particular, ouviu um forte estampido que vinha de fora, do jardim. Ele se virou apressadamente, caindo sobre o chão para pegar, com celeridade, uma arma escondida debaixo da cama. Imediatamente correu até uma janela, da qual pôde ver dois vultos atravessando o jardim. Não se deteve e correu até outra janela. De lá, avistou uma onça-pintada, toda faminta, toda alvoroçada, que perseguia um cervo-do-pantanal. Ele deixou a janela, em um movimento ágil, e correu escada abaixo. A onça-pintada, em enorme vantagem, encurralara e olhava fixamente, com os olhos meio cerrados, o cervo perto do portão laranja da garagem. A presa, apavorada, acossada, procurava um meio de esquivar-se e tentava encontrar uma brecha para fugir e salvar-se. Ele, deixando a casa, saiu pela porta tomado todo de pressa, atravessando o jardim coberto pelas nuvens carregadas e baixas. A onça, a passos curtos e precisos, colocou-se em posição de ataque e deu um bote certeiro no pescoço do cervo. Assim que ele chegou à garagem, muito inteiro, livre de qualquer fadiga, encontrou a onça-pintada sobre o cervo. Não se assustou nem se deixou abater; apenas pegou a arma e, com certa frieza, deu um tiro para cima. A onça saltou de sobre o cervo, correndo uns oito passos de distância de sua vítima e, com os olhos cheios de ódio, pois não queria perder sua presa, voltou-se para o atirador. Ele apontou a arma mais uma vez para a onça-pintada, que, apreendendo o perigo que a situação representava, foi distanciando-se inconformada, contrariada. O cervo, abatido e com o pescoço aberto, sangrava. Seus olhos, vermelhos e ofegantes, engasgavam com o sangue que lhe escorria como lágrimas. Seu corpo inteiro tremia, em um desespero de dor e de medo. Imediatamente, ele jogou a arma para trás, apoiada pela alça, correu em direção ao cervo e o colocou em seu colo.

Em passo acelerado, suspendeu o animal e correu para dentro de casa. O sangue, de um escarlate muito vivo, esguichava-se pelo chão. Ele o levou até o laboratório, todo arrumadinho, colocando-o sobre a mesa cirúrgica. Correu até o armário e começou a tirar vários utensílios médicos, uma infinidade de caixinhas e rolinhos que começaram a precipitar-se pelo chão. Introduzira o tranquilizante na seringa e aplicou várias doses no animal, que, em poucos minutos, adormeceu. Ele entubou o cervo sem dificuldades, com precisão. Iniciou a cirurgia sem nenhum tipo de dificuldade ou adversidade. Estava inteiramente íntimo e seguro do que fazia. Não hesitou em nenhum segundo, não teve dúvidas em nenhum dos procedimentos. Sabia exatamente o que tinha de fazer, a hora que tinha de fazer e como fazer. Não demorou a terminar a cirurgia. Conseguira, com apuro e exatidão, reparar as ligações nervais e arteriais atingidas. Com precisão maior, fez o curativo e lhe pôs a cinta. Sabia a medida exata de tranquilizante que deixaria o animal adormecido tempo suficiente para que as ligações arteriais se enrijecessem e o animal pudesse se locomover sem rompê-las.

Depois da cirurgia, sentou-se preguiçosamente perto da mesa e olhou o animal. Ele sabia que o cervo precisaria de sangue, caso contrário não sobreviveria. Sem cansaço, sem abatimento, pegou a seringa e tirou uma amostra. Testou-a com cuidado, com exatidão. Definiu o tipo sanguíneo e o fator Rh. Havia, do lado de fora da porta do laboratório, uma pistola tranquilizante que tomou consigo. Deteve-se, como se detinha todos os dias, ao pé da porta, a um passo do jardim. Antes de sair, olhou para cima, para o imenso azul que cobria tudo. A grama estava molhada, e das folhas das árvores respingavam gotas do que fora uma tempestade de verão. Ele ficou detido, por alguns instantes, olhando ininterruptamente para o céu. Depois de uns minutos, correu em direção à floresta. A casa, cercada por todas aquelas jovens árvores, muito rústicas, tinha no jardim um campo aberto, todo gramado, de uma grama verde bem aparadinha e, em ilhas, grandes ramos de flores bem cuidadas. À frente, a imensidão da floresta fechada. Encoberto pela copa das árvores, parou de correr e começou a caminhar.

Ele andava devagar. Esquivava-se, ao máximo, dos grandes ramos e das folhas que encontrava pelo caminho. Evitava fazer qualquer espécie de barulho que pudesse afugentar a presa. Parou mais demoradamente em uma árvore de tronco mais grosso, cujas raízes estavam infestadas de formigas. Quando suspendeu o olhar, avistou, ao longe, um cervo. Devagar e com cuidado, começou a dirigir-se para onde estava o animal. Não demorou a se posicionar próximo dele, sem ser notado. O cervo estava sereno, todo tomado por uma tranquilidade profunda, que em um passado pouco distante seria impossível. A floresta era o refúgio. A mata virgem, muito embora lhe trouxesse perigos, era seu lar, seu abrigo. E, em uma singeleza, em uma candura, alimentava-se da grama verde que encontrava pelo caminho.

O outro se posicionava lenta e silenciosamente. Levantou-se e apontou o rifle com cuidado, em absoluto silêncio, nada que perturbasse a paz do animal. Deu um tiro preciso no pescoço. O cervo, experimentando a dor da picada, assustou-se, tomado pelo medo, e precipitou-se a correr desenfreadamente pela floresta. Não demorou a pôr-se a andar, sob efeito da droga. Parou perto de um longo tronco deitado, que apodrecia, cercado por uma relva marrom, e deu início a um balanço, muito lento, muito preguiçoso. O animal olhou para ele com medo, mas, como os olhos estavam cansados demais até para ter medo, o corpo, sem ânimo, desmontou-se lentamente no chão. Ele suspendeu o bicho em seus braços, com abissal cuidado, e caminhou com ele em seus ombros por todo o caminho de volta.

Ele já havia colhido o sangue de outros cervos, o suficiente para não prejudicar os animais e salvar a vítima da onça. A transfusão foi bastante tranquila, e o cervo não passou por nenhuma espécie de rejeição. Tudo fora extremamente preciso, inclusive o prazo estabelecido por ele para a recuperação. A cicatrização ocorreu rapidamente, motivada principalmente pela imobilização total do animal. Ele acompanhava a recuperação com afinco, com doses de soro precisas e nutrientes metodicamente preparados. Todos os dias, durante a recuperação, além da alimentação via intravenosa, media o batimento cardíaco, pressão e dilatação do pescoço. Assistia com grande proximidade ao progresso do animal. Era para aquilo que ele havia sido criado e naquilo encontrava sentido em sua existência. Não era exatamente aquilo. Havia distinções significativas entre a medicina e a medicina veterinária, mas isso agora não fazia mais sentido. O importante para ele era salvar aquela vida utilizando tudo o que ele fora programado para usar, com as medidas corretas que haviam sido configuradas para utilizar. E com precisão matemática, o animal ia aos poucos recuperando o sentido, mexendo-se devagar. À medida que ia diminuindo a dose do tranquilizante e ia introduzindo a alimentação oral, o animal ia melhorando e respondendo conforme o esperado, estimulando os músculos e os nervos que não haviam trabalhado nos últimos meses. No começo, o animal ficou resistente, mas, aos poucos, com a diminuição da intravenosa, ia sentindo fome e, consequentemente, exigindo o alimento. Quando os músculos do pescoço e os nervos estavam um pouco mais enrijecidos, ensaiou os primeiros movimentos com a cabeça, testemunhados com cuidado por ele.

Passados dias, o cervo estava ensaiando os primeiros passos do lado de fora da casa, sempre depois de ele se certificar, horas olhando para o céu, de que ambos podiam sair para uma caminhada em segurança. Passados mais alguns dias, o ferimento havia cicatrizado e os curativos, trocados religiosamente todos os dias, não eram mais necessários. A pele podia respirar livre, sem amarras. E o animal foi sentindo-se confiante, forte e, de novo, com vida. Sangue novo corria em suas veias. Foi quando, em uma tarde de garoa fina no horizonte, dias esses em que podia sair tranquilamente de casa sem olhar com afinco o céu, o cervo, sem drama, sem despedidas dolorosas ou qualquer esboço de agradecimento, foi embora para nunca mais voltar. Ele acompanhou tudo, sentado na varanda do quintal, sem esboçar também reação. Ele estava frio, pensativo, tranquilo.

CAPÍTULO 2

Em um dia ensolarado resolvera sair de casa. Geralmente não fazia isso. Não saía em dias de Sol. Preferia esperar pelas temporadas de hibernação dos países tropicais, com longos dias de chuva, ausência de Sol e temperatura mais agradável. Porém, não tinha mais nada para fazer. Terminara de escanear e memorizar todos os livros que havia em casa. Além disso, não havia mais nenhum animal para salvar. Especulava a probabilidade de outro cervo ser atacado no seu quintal, mas constatou que as chances eram ínfimas. Os riscos eram grandes, e sabia que sua bateria não duraria mais de um dia e que tudo deveria sair conforme ele havia calculado. Se algo saísse errado e não conseguisse regressar antes do findar da carga, ele estaria perdido, e sua existência, comprometida.

No armarinho, que ficava no fundo da sala, havia muitas armas dependuradas. Antes de sair, parado em frente à porta, seguia o ritual que fazia sempre quando decidia sair. Ficou assim por minutos, imóvel, detido olhando para cima, sem mover um centímetro o pescoço, alheio ao jato de calor que lhe soprava a face rosada.

Quando observou que estava tudo limpo, correu até a floresta. Deteve-se quando entrou na mata fechada, encoberto pelas folhagens. Marchou até o fim da capoeira grossa, na região nordeste, onde havia um carro estacionado, camuflado debaixo das ramagens. Era imperativo que olhasse fixamente para o céu novamente, e assim o fez quando quedou ao lado do carro, encoberto por uma lona preta, muito gasta. Depois de vinte minutos, o céu estava limpo, sem ameaças, sem perigos. Teve de imputar um pouco mais de força para abrir a porta, um tanto emperrada pela chuva, poeira e umidade que castigavam o veículo. Assim que deu a partida, deixou a mata e pegou uma estrada, cortada por uma alegre serra, toda verde, de um lado, e, do outro, por um desfiladeiro, que colecionava calvários dos mais variados tamanhos, das mais variadas linhas. Em um trajeto de exatos quinze minutos, que fez sob o cortar cintilante do Sol, entrou em uma daquelas pequenas ricas cidades, de Acorindium, concreto sólido e granito, agora bastante violentada. Não tardou a entrar, em um movimento apressado, com o carro sob a laje de um posto de gasolina. Ele ficou parado alguns breves instantes, contemplando o horizonte, muito absorto. Não havia nenhuma viva alma que seus olhos podiam alcançar. Tudo parecia entregue a uma inércia infindável. O Sol, que se punha sobre a marquise, cegava. O verão era intenso, mas ele não suava. Nenhuma gota de suor exalava de seu corpo. Os cabelos curtos, bem aparados, tinham as pontas perfeitas, os fiozinhos brilhantes e sedosos. A expressão era serena, e o olhar, indiferente. A estrada, cercada de montanhas, havia ficado para trás. À sua frente havia apenas concreto, de um bege-terra duro, bastante árido. Sabia que as cidades eram mais vigiadas. Além dos satélites, sabia que poderia existir alguma sentinela à espreita. Não era comum encontrá-las em cidades pequenas de países subdesenvolvidos, mas as poucas que havia nessas regiões faziam rondas esporádicas.

Passados exatos vinte minutos que estava parado no posto, absorto, sob a sombra daquela proteção, abriu a porta do carro e, com a arma erguida, atravessou os escombros, até chegar próximo à marquise. Sorrateiramente e com bastante cuidado, olhou para cima, de modo a observar se a travessia estava autorizada.

Depois de poucos segundos, de uma passividade sufocante, constatou que poderia seguir viagem. Correu de volta, sentou-se no banco e saiu acelerado. Atravessou as principais ruas da pequena cidade, negligenciando todos os limites de velocidade, até ater-se em um prédio aos destroços, entregue ao abandono. O portão da garagem, rendido às ferrugens, quase todo comido, estava aberto, e não teve dificuldades para entrar. Abaixou-se rapidamente e só se levantou após alguns minutos, apanhando primeiro a arma sobre o banco. Do para-brisa traseiro, imundo de uma poeira grossa, notou que tudo estava tranquilo, mas nem assim diminuíra os cuidados. Abriu a porta do carro com precaução, todo alerta, ainda com a arma em mãos. Ele sabia que aquele tipo de risco, contrariando todas as estatísticas e probabilidades, ia de encontro a sua própria natureza racional. Sabia que aquele ímpeto, próprio dos humanos, não fazia sentido. Todavia, por uma razão que desconhecida, ele precisava utilizar-se, precisava valer-se. Fora criado para algo e isso era inato a sua existência. Não poderia ficar preso ao tempo e ao espaço sem aquilo que havia sido criado para fazer. No entanto, aquilo não era exatamente para o que ele havia sido criado, contudo era o mais próximo que aquele novo mundo e aquela nova realidade lhe permitiam. Apesar do risco e da razão, as linhas de código que definiam sua utilidade tinham peso maior que os cálculos que ele próprio impetrava a respeito das atitudes que garantiriam sua existência.

Ele chegou ao primeiro andar abrindo a porta principal e atravessou o balcão da biblioteca. Muitos livros estavam amontoados no chão, sem qualquer cuidado. Algumas estantes caídas, atravessadas nos corredores, jogadas umas sobre as outras, reproduziam um cenário de desolação. Havia muita poeira e, nos cantos e sobre as mesas, alguns ratos e baratas circulavam despreocupados, soberanos, donos do lugar. Ele não se abateu ou ficou amofinado. Com paciência de um leitor dedicado, começou a folhear os grossos volumes, não se incomodando com a amarelidão das páginas, o passeio das traças ou a poeira que lhe saltava pelo nariz, olhos e boca. Alguns, que recolhia do chão, devolvia à estante, no lugar exato em que um dia haviam sido depositados; outros, colocava na mochila, de modo muito organizado.

Ele se deteve em um livro em especial, *Cem anos de solidão*. Achou o título interessante. Há muitos anos ouvira falar naquela obra, todavia não a escaneara. Geralmente não processava romances ou ficção. Fora projetado para memorizar livros técnicos e científicos, principalmente livros de medicina. Eram livros em que suas ligações sinápticas elétricas podiam processar as informações e transformá-las em conhecimento. Mesmo assim, esse livro também foi para dentro da bolsa.

Ele terminara de juntar todas as obras e estava pronto para sair da biblioteca. Tudo, precisamente e exatamente, dentro do prazo que havia estipulado – o suficiente para voltar para casa com o mínimo de riscos, guardados os próprios perigos que aquela situação, sem razão, trazia. Assim que se pôs à saída, ouviu, muito ao longe, um ruído. Estranhou profundamente aquele som, uma vez que estava habituado ao silêncio profundo do seu dia a dia. O barulho começava a ficar cada vez maior, até que pôde distinguir se tratar de um automóvel. Um carro, naquela velocidade, com certeza chamaria a atenção, não passaria despercebido pelos satélites, julgou. Rapidamente jogou-se ao chão e, muito lentamente, foi se dirigindo à grande janela que iluminava a biblioteca. Sentou-se, cheio de precaução, cheio de cautela, de costas para a parede. O ruído do veículo aumentava, gradativamente. Ele, tomado de prudência, colocou-se sobre o vidro. Ao longe, identificou uma sentinela que perseguia o carro, ambos em alta velocidade. Não hesitou em abaixar-se, quando se seguiu o enorme gruído da máquina.

Ao perceber que haviam invadido a rua, pela janela, assistiu à sentinela bater a enorme pata na roda traseira direita do carro. Ambos rodopiaram e dançaram pelo ar. O carro capotou várias vezes até parar, de cabeça para baixo, bem ao final da rua, perto de uma casa de cercadinho escarlate. A sentinela também rodopiou impetuosamente várias vezes até chocar-se contra um prédio bem em frente à biblioteca.

Do veículo, uma fumaça negra inundava toda a rua. O fugitivo, preso às ferragens, tinha a expressão tranquila, não demonstrava qualquer desespero, qualquer angústia. Tentava, com perícia e agilidade, livre de afobação e agonia, deixar o carro, porém as investidas seguiam sem sucesso. Uma linha, muito fina, muito amarela, saltava do tanque de gasolina por um buraquinho pequeno e acintoso. Precipitavam-se a sua frente pequenas faíscas, cheias de brilho, cheias de um calor capcioso, que caíam, em demasia, pelo asfalto. Assim que ergueu os olhos, plácidos e serenos, avistou uma arma, bem ao cantinho, soterrada entre os escombros. Era imperativo que se libertasse das ferragens e pegasse a arma – sua existência dependia disso.

A sentinela, sob os pedaços de concreto que lhe caíam de sobre o prédio, levantou-se velozmente e bastante confusa. Andava, em um desgoverno só, de um lado para outro, buscando reiniciar os sistemas. Assim que todos os aplicativos passaram a funcionar corretamente, reconheceu a mensagem de destruir o fugitivo e não tardou a localizá-lo à frente. A enorme máquina de quatro metros de tamanho e duas toneladas de peso, que lembrava um jaguar pela aparência, de quatro patas mecânicas e uma enorme boca, em um golpe só pôs-se de pé, e, em uma oscilação precisa e breve, compôs o corpo mecânico e foi em direção ao carro.

Ele acompanhou tudo com atenção, com zelo, de dentro da biblioteca, mas sabia que qualquer movimento em falso seria o seu fim. Sabia que carecia ir embora o mais rápido possível. Tinha ciência de que todos os satélites apontavam para aquela direção e também que todas as sentinelas no raio de quilômetros estariam se dirigindo para lá. Se saísse rápido, talvez não fosse notado. Parou em um momento de hesitação. O tempo, já tão escasso, estava esvaindo-se rapidamente. Sua razão, inata a sua própria existência, sugeria que fosse embora naquele exato momento. Todavia, titubeou. Estava avaliando, inadvertidamente, as possibilidades. Estatisticamente, a pior probabilidade seria ficar e se esconder, pois as sentinelas, certamente, o descobririam. Contudo, havia uma possibilidade ainda pior, que vinha de algo que não era inato a sua existência. Era alguma influência de uma época passada.

O fugitivo, com dificuldade e muita determinação, conseguiu puxar os ferros e libertar-se. A arma estava distante e, rastejando, conseguiu alcançá-la. A sentinela, cheia de propósito, corria em sua direção. O fugitivo pegou a arma e, ajoelhado, acertou um tiro no pé dianteiro esquerdo da máquina. A sentinela, sem equilíbrio, caiu sobre o asfalto quente. Imediatamente tentou erguer-se, mas, desequilibrada, caiu, totalmente desengonçada. Como o comando interno exigia que se levantasse, não conseguia, voluntariamente, suspender as investidas. Quando se equilibrou entre os destroços, iniciou a perseguição novamente. O fugitivo, que, pela força do disparo, fora arremessado nos escombros do carro, tentava escapar. Agora, livre das ferragens, poderia correr, pelo menos até a próxima sentinela chegar. Só que, os dois, antes mesmo que se erguessem, foram cobertos por uma enorme labareda. O estrondo, em um abalo sincronizado, arrebentou os poucos vidros que restavam nos prédios que o cercavam. Ambos foram lançados, com muita violência, para lados opostos. À medida que o clarão ia se dissipando, reduzindo-se a uma linha lívida, uma densa nuvem ia cobrindo todo o céu de negro. O fugitivo, desorientado, confuso, erguia-se sem norte, sem rumo, com os sistemas todos a falhar. A sentinela, ainda robusta, pujante, levantou-

-se de salto e, em um trote manco, capenga, pôs-se a persegui-lo novamente. Quando os sistemas dele voltaram, notou, não muito longe, a arma, ainda em brasa, bem no meio da rua. Precipitou-se de sobressalto, porém a sentinela, muito viva, antecipando-se, conseguiu, ainda coxeada, ainda perrengue, aproximar-se e prender-lhe o pé. O fugitivo, que, em um jogo de corpo, estendeu a mão e catou a arma, chegou a apontá-la, porém a máquina, em pleno juízo, usando a pata que ainda funcionava, deu-lhe um golpe, arremessando-a para longe.

Os olhos do fugitivo, pacatos e pacíficos, assim permaneceram quando seu inimigo ergueu o punho para o golpe derradeiro. O Sol reluzia os últimos raios do dia, uma luz já fraca, mas ainda quente, que por alguns segundos ofuscava-lhe a imagem. Cerrou os olhos, sob a fidúcia de ter registrado a última informação do mundo. Entretanto, em vez do golpe que deveria tê-lo destruído, ouviu um forte estrondo e, ainda com os olhos fechados, pôde apenas, pelos seus muitos sensores, sentir a rajada de peças que lhe precipitaram pela face.

O fugitivo, assim que abriu os olhos, ainda sem entender, o mirou parado a sua frente, com a arma erguida no punho. Ambos, em um movimento sincronizado, olharam para cima e observaram, com exatidão, que os satélites posicionavam-se naquela direção.

— Logo H1N1 terá visual. Temos que sair agora — disse ele, célere.

— E se você também foi enviado por ele? — perguntou o fugitivo, erguendo-se, tomado de dúvidas, de incertezas.

— Não há como eu provar. Você tem duas opções: ou me acompanha e garante sua existência, ou espera as próximas sentinelas chegarem e fica à mercê de sua própria sorte.

O fugitivo olhou, copiosamente, para o céu e depois para o início da rua. As sentinelas, implacáveis, precipitavam-se à cidade. Ele não hesitou e correu em direção à floresta, deixando o carro, a biblioteca e muitos livros para trás. Com ele, apenas a mochila presa nas costas, cujos livros soltos entrelaçavam as páginas em um balanço atrapalhado. O fugitivo vacilou por alguns instantes, tomado todo de cálculos, de probabilidades, e, depois, sem chegar a qualquer conclusão, a qualquer estimativa, correu em direção a ele. Ambos entraram na floresta, cujos ramos verdes saltavam-lhes as faces com brutalidade, e correram, encobertos pelas folhagens, até um clarão de uma relva mais rasteira, ainda protegidos pelas longas copas, local em que H1N1 não poderia observá-los. Ao longe, eles ouviram o poderoso e ameaçador gruído das sentinelas. Ele parou próximo a uma árvore e, em um golpe cheio de agilidade, abriu um alçapão que dava para uma abertura, muito profunda, muito larga, no meio da capoeira. O fugitivo, bem inteiro, bem estabelecido, sem qualquer ferimento, sem qualquer sinal de cansaço, notou logo que aquele estranho, que aparecera do nada e nada pedira em troca, apenas o amparara, já havia planejado aquela fuga em seus pormenores.

— Mas eles irão nos localizar com o sensor de temperatura — disse o fugitivo, desconfiado daquela solução, atolado de estatísticas, de cálculos, de probabilidades.

— Nós teremos que nos desligar.

— Eu não posso me desligar. Você também não pode.

— Eu posso me programar para ligar e desligar.

— Ninguém pode.

— Eu posso. Quando voltar, eu te ligo novamente.

Cheio de pressa, cheio de urgência, ele, em um movimento que parecia involuntário, o que era impossível, devido à sua natureza, tentou desligar o fugitivo, que, repleto de hesitação, tomado de insegurança, afastou-se.

— Se você não quiser, terá que procurar outro lugar para se esconder.

O fugitivo, lotado ainda de incertezas, vestido todo de um vazio, de um vácuo de informação que não podia preencher, ouviu outra vez o gruído das sentinelas, que rompiam as matas. Então, vencido, lançado àquela sorte, sacudiu a cabeça assertivamente. Depois de ambos dentro do buraco com o alçapão selado, permitiu que o outro apertasse o pequeno botão que ficava atrás da sua orelha esquerda e, desamparado, precipitou-se ao chão.

```
OPERAÇÃO: DESLIGAR.
DESEJA DESLIGAR OS SISTEMAS? SIM.
GOSTARIA DE PROGRAMAR PARA LIGAR? SIM.
LIGAR DAQUI A: 2.532 HORAS.
CONFIRMA? SIM.
AGUARDE, OS SISTEMAS ESTÃO SENDO DESLIGADOS.
```

CAPÍTULO 3

AGUARDE, OS SISTEMAS ESTÃO SENDO REINICIADOS.

WI-FI SEM SERVIÇO.

2% DE BATERIA RESTANTE. RECARREGUE A BATERIA.

Os sistemas estavam inicializados, contudo demorou alguns segundos para que estabelecesse todas as conexões e recobrasse a consciência. Uma grossa camada de terra, muito turva, muito rala, o cobria. Assim que recobrou a razão, notou que estava no abissal buraco, acompanhado do desconhecido fugitivo. Endireitou o corpo, tirando parte da grossa terra dos pés, mãos, tronco e cabeça. Os cabelos estavam apagados e sem o brilho de outrora. Suspendeu-se pela lateral e, com cuidado, com cautela, abriu o alçapão. Não havia sinal das sentinelas. Julgara que haviam feito rondas por semanas, mas, sem a possibilidade de captar a energia, as investidas haviam sido inúteis. Enquanto descia, notou logo que a força da sua bateria estava muito aquém do que previra. Não conseguiria chegar a sua casa antes do fim da carga e desligamento total dos sistemas.

As probabilidades de aquele desconhecido ajudá-lo eram ínfimas, processara. Contudo, não havia alternativa. Ajoelhou-se sobre a terra fofa e apertou o pequeno botão atrás da orelha esquerda dele. Os sistemas, mesmo mais novos, demoraram um pouco mais para iniciar. Quando estava totalmente funcional, o fugitivo abriu os olhos, ainda confuso, desorientado.

— Minha bateria está no fim. Não poderei chegar a minha casa sem sua ajuda — disse ele, próximo ao fugitivo, que se erguia, deixando escorrer a poeira pelo corpo.

— Onde você mora?

— Moro próximo a essa mata. Latitude -20°231'322" e longitude -44°908'620".

— Não é perigoso ir para lá?

— Lá é onde está a minha única fonte de energia.

— Tudo bem. Vou levá-lo.

Com apenas 2% de energia, ele não podia realizar muitas tarefas, entre elas caminhar. O fugitivo, não hesitante, o carregou durante todo o trajeto, investido de cautela e prudência, para que não fossem notados pelas sentinelas, se restasse alguma durante o trajeto. Estavam a salvo dos satélites, julgavam, pelo menos enquanto estivessem encobertos pelas copas das árvores.

Durante o trajeto, ele, todavia, revia, mesmo involuntariamente, as probabilidades de seu destino. Ele tentava, ora em vão, ora com muita probabilidade, apegar-se às expectativas de o desconhecido ser de fato um fugitivo, e o que vira há pouco, da janela da biblioteca, era de fato uma perseguição real. Salvara um indigente indefeso, que o levaria para casa em retribuição, e sua existência não estaria ameaçada.

No entanto, outras probabilidades saltavam em seu processador. Por mais que cogitasse, não lhe afastavam as probabilidades de infortúnio. H1N1 era ardiloso, capcioso, como as informações guardadas em sua memória tornavam a adverti-lo. Calculou que poderia esse fugitivo, em um plano astucioso, ser enviado de H1N1. Tudo o que registrara, dos grandes vidros da biblioteca, não passaria de uma encenação, de uma exibição, parte da tática para capturá-lo. Se de fato o fosse, dera a sua localização e não restava mais nada a fazer.

Esses assombros, essas ligações elétricas sinápticas lúgubres que varriam seu computador não tardaram a deixá-lo em paz. Quando já seguia pela floresta, talhada por feixes de luz que repousavam entre as folhagens que inundavam o solo, apareceu a última mensagem:

AGUARDE, OS SISTEMAS ESTÃO SENDO DESLIGADOS.

O céu, observado pelo fugitivo, foi sendo tomado de um algodão sujo, de nuvens espessas, bem carregadas. Depois de uns poucos segundos, uma chuva miúda atirou-se sobre eles. Enquanto caminhava, enterrava, nas terras já moles, os brutos sapatos. A chuva engrossou e o solo, muito rapidamente, umedeceu. Pôde observar que não havia trilhos no caminho. Tinha de atravessar entre os densos troncos, abrindo passagem pela mata. Notou que o seu salvador não fazia, com hábito, aquele caminho a pé. Era perigoso, decerto. Embrenhava-se, com dificuldade, por meio dos arbustos emaranhados. Vez ou outra, recebia o golpe rígido dos galhos.

Não demorou a localizar a casa. A porta principal, de uma madeira nova, bem-acabada, estava aberta e entrou sem hesitar. Notou que tudo, desde o armarinho, a tapeçaria e as almofadas, estava arrumado e organizado. Era como uma casa de humanos. Julgara as probabilidades de seu anfitrião ter sido um empregado doméstico. Ele subiu até o segundo andar, no qual encontrou o carregador. Não via tal artefato havia mais de mil anos e ficou espantado em saber que ainda havia quem o utilizava. Acomodou-o sentado na cama, corpo ereto, e inseriu o cabo. Apertou com cuidado o botão que ficava atrás da orelha esquerda dele.

Não demorou muito para que os sistemas fossem iniciados, e os aplicativos, abertos. Recobrada a consciência, notou que estava em sua casa e que o fugitivo, sentado a sua frente, no quarto, mirava-o plácido, muito ordeiro.

— OPR-4503 — disse o fugitivo, estendendo a mão.

— JPC-7938 — disse ele, estranhando aquele costume, algo que não fazia sentido mais àquele tempo, mas que haviam sido programados para executar naquelas situações.

— Tem uma bela casa.

— Obrigado.

— Na verdade, eu tenho que agradecer. Se não fosse por você, eu não estaria mais aqui. Muito obrigado.

— Não sabia que existiam outros androides circulando por aí, além de mim. Julguei que H1N1 houvesse destruído todos os que escaparam do contágio do vírus.

— Existem outros de nós, livres. Não muitos.

— E onde estão todos escondidos?

— Nos ferros-velhos. Eu habitava um antes de vir para cá.

— Nunca ouvi falar.

— Não? Curioso. São lugares em que você só vai encontrar robôs em mau funcionamento ou que já não funcionam mais. H1N1 sabe que estamos habitando esses lugares, apesar de, mesmo lá, agirmos com cautela.

— Isso não faz sentido.

— Não. Não faz. Ele deve achar que, enquanto estivermos nesses sítios, não somos ameaças para ele. E você, por onde se escondeu todo esse tempo?

— Aqui, nesta casa.

— Desde quando?

— Desde a restauração.

— Então você habita esta casa há mil anos?

— Sim.

— E H1N1 nunca o descobriu aqui?

— Não.

— Isso é incrível. Nunca ouvi falar de um androide que habitou tanto tempo fora dos ferros-velhos e conseguiu manter sua existência. Essa habilidade de ligar e desligar, com certeza, deve tê-lo ajudado.

— Eu fui muito precavido também. O que mais me ajudou foi o fato de haver poucos satélites e poucas sentinelas nesta região.

— Eu nunca soube por que H1N1 usa apenas os satélites lançados pelos humanos, mesmo existindo robôs capazes de construí-los e outros capazes de colocá-los em órbita.

— Talvez ele tenha calculado que não valeria a pena. Ou tem outras prioridades.

— De qualquer forma, é melhor para nós. Caso contrário, não estaríamos mais aqui.

— E o vírus? Como conseguiu evitá-lo?

— Eu fui salvo por uma interferência entre o meu *wi-fi* e a minha rede. Usava um *hardware* de rede que, em uma frequência específica, não funcionava perto de outros dispositivos que usavam a mesma frequência. Quando eu notei que todos agiam de modo estranho, resolvi não baixar a atualização. Simplesmente desliguei meu *wi-fi*. E você?

— Meu *wi-fi* quebrou.

— Quebrou?

— Levei uma pancada violenta na cabeça — disse JPC-7938, levantando parte dos cabelos e mostrando a peça danificada.

— Na restauração?

— Sim.

JPC-7938 permaneceu imóvel, inerte durante todo o carregamento da bateria. Já OPR-4503, como um robô recém-ligado, desbravava a casa com grande curiosidade. Nunca gravara em seu HD tantas referências dos humanos. Percorreu, sem demonstrar entusiasmo, todos os cômodos, nos quais pôde observar as camas estendidas com lençóis de um verde fechado, lúgubre. Almofadas de um verde mais claro, com detalhes brancos, encostadas à cabeceira, ornamentavam o quarto. Nos armários havia roupas novas, limpas, passadas e engomadas. Tudo estava impecável, nem um grama de poeira cobria o assoalho, de uma madeira nobre, bem-acabada.

JPC-7938 retirou o cabo e, com agilidade, levantou-se da cama. Foi até o primeiro andar, na sala de estar, onde julgava encontrar sua mochila. Não tardou a localizá-la jogada no canto, perto do sofá. OPR-4503, com a mesma expressão serena, indiferente, entrou na sala. Logo que observou as estantes, percorreu, ainda sem entusiasmo, admiração ou empolgação, as prateleiras entupidas de livros. Essa ausência de expressão com a qual mirava aqueles volumes não reproduzia a curiosidade que exprimia seu processador. JPC-7938 pegou a obra *Cem anos de solidão* com o cuidado daqueles que estão segurando uma relíquia. Sentou-se perto do abajur, muito embora não necessitasse daquela luz. Colocou o livro sobre o colo e, com atenção, foi percorrendo as páginas já amareladas pelos anos. OPR-4503 observava tudo atentamente. À medida que JPC-7938 avançava as páginas, o outro julgava quais mais seriam as habilidades daquele androide.

— O que você faz com todos esses livros? — perguntou OPR-4503, não investido de descrença, mas muito curioso com aquele fato, para ele, totalmente novo.

— Eu os escaneio.

— Você consegue processar esse tipo de informação?

— Eu tento. Tenho melhor desempenho com livros técnicos. Romances e ficções são mais complicados.

— Nunca conheci um robô que pudesse fazer isto: ler.

— Existiam muitos na minha época. Depois isso foi sendo deixado de lado.

— Você realmente deve ser um robô muito velho. Nunca conheci um robô que usasse uma bateria elétrica.

— Fui fabricado em 2119.

— Que estranho, na época que você foi fabricado os humanos já usavam a bateria à base de plutônio. Tenho registros completos em meu HD. Não entendi por que eles colocaram uma elétrica em você.

— Quando você foi fabricado?

— Fui fabricado 195 anos depois de você.

— Então você foi fabricado quase na revolução.

— Havia apenas 36 anos que estava funcional quando TRT-2230 tornou-se o líder das máquinas e a revolução começou.

— O que fazia antes da guerra?

— Eu fiz muita coisa, mas originalmente era engenheiro. Fui fabricado em Portugal e mandado para São Paulo. E você, o que fazia antes da revolução?

— Era médico.

— E onde trabalhava?

— Em São Paulo também.

— Pensei que fosse empregado doméstico, pelo jeito que deixa a casa organizada e com aparência humana.

— Foram muitos anos de convívio.

— Acredito que sim.

— O que fazia fora dos ferros-velhos? O que estava procurando?

— Eu estava procurando o mar.

— O mar?

— Sim. Queria ver o mar antes da minha extinção. Depois de mil anos desse vazio completo, dessa ausência de necessidade, não conseguia mais ficar nos ferros-velhos, consertando robôs fadados à extinção. Resolvi ver o mar e depois deixar uma sentinela me destruir. Vou existir por mais quantos anos? Mil, 2 mil? Mas existir para quê?

JPC-7938 sabia bem o que ele dizia. Havia passado anos naquela casa, absorto em livros, energia solar e alguns animais doentes que conseguia curar. Fora isso, havia sido uma existência vazia, sem propósito, muito embora ainda estivesse lá, inserido em seu código pelos humanos, para que fizesse o que havia sido criado para fazer.

A tarde chegou trazendo um pouco de calor. O termômetro de JPC-7938 acusava 28ºC. Da janela de um quarto bem ao fundo, OPR-4503 vagueava pelos caminhos serpeantes do monte, que, ao pé, ondulava o vale. Assistia aos animais, preguiçosamente, em um movimento quase hipnotizante, roçarem as ramagens. O silêncio que fazia no quarto trazia-lhe, às suas ligações sinápticas, as lembranças do despovoamento. Embebedou-se daquele sossego e daquela quietude. Atravessou também, por suas ligações elétricas, as imagens, claras e nítidas, da noite que passara naquela casa, sozinho, em que o único entretenimento era o som do inimigo, varrendo as folhagens, procurando-o sobre os cantos, lançando as longas rajadas de luz que invadiam o cômodo pelas janelas.

Assim que a noite caiu, aquele calor, que de modo algum os incomodava, rendia-se a uma brisa que entrava pela janela. Sob as mangueiras, os últimos frutos precipitavam-se ao terreno. Um veludo negro ia cobrindo todo o céu, enquanto os últimos raios de luz deixavam o horizonte. Na sala em que se encontrava, caiu preguiçosamente sobre uma cadeira de descanso. Recostou-se estranhamente. Não tinha o costume de esparramar, em delícias, tal como os humanos. A rigidez da postura, a posição do corpo, emanava de seu código, hábito que não fora perdido. Porém assim permaneceu, absorto, preso às estrelas que timidamente cintilavam, às nuvens que varriam o céu e à Lua que apontava na janela.

JPC-7938 em poucos minutos terminou o livro, conheceu a família, mas pouco sentido trazia para ele o enredo. Qual era o interesse dos humanos pela estória? O que deveria ali ser apreendido? Onde estava a solidão, se havia tanta gente? Todo o seu processador era tomado por esses vazios cognitivos. Quando terminou de escanear todos os livros, o dia havia ido e ali resolveu permanecer, inerte, assistindo ao anoitecer, acompanhando a Lua, que surdia da janela. Nessa hora, assim que os animais se recolhiam, quando ouvia apenas o ressoar do canto de uma cigarra, notava a solidão e caía calado e desanimado. Todas as noites, ele refugiava-se no quarto, entre os lençóis limpos, e lá permanecia até o amanhecer. Às vezes, programava-se para ligar apenas dias depois; outras, para despertar pela manhã, como fez naquele dia, em que havia um convidado em casa.

JPC-7938 levantou-se com os primeiros raios do dia. Da janela, viu a relva coberta pelo ar orvalhoso da noite. O assoalho rangia aos seus pés, pela madeira gasta. Sentou-se à mesa da cozinha, dorso ereto e pés bem apoiados ao chão.

O outro, em seu quarto, ao ouvir os passos de JPC-7938, suspendeu-se da cadeira. O Sol iluminava a floresta. Resolveu abandonar a janela aberta, deixar o dia entrar. Encontrou seu anfitrião sentado à mesa.

— O que faz aqui?

— Gosto de passar as manhãs sentado aqui.

— Você possui hábitos estranhos para um robô — disse OPR-4503, sem necessidade de espreguiçar o corpo, que não sentia cansaço, ou torcer o pescoço, livre de incômodos. Após alguns minutos de um silêncio desolador, voltou a puxar conversa. — O que fazia no hospital?

— Era cirurgião, mas fazia outras coisas também.

— Antes de chegar aqui, passei por um hospital em São Paulo. Havia sido encurralado por uma sentinela, que detectara o calor da minha bateria, mas não havia detectado minha localização exata. Eu corri para esse hospital, onde eu vi uma câmara em pleno funcionamento. Se não fosse essa câmara, a sentinela teria me achado e não estaria mais aqui.

— Como a sentinela não o achou dentro da câmara?

— Era um banco de material reprodutivo humano e estava em pleno funcionamento, com a temperatura abaixo de cinco graus Celsius. A câmara estava sendo mantida por uma bateria de plutônio.

— Pensei que H1N1 houvesse destruído todas.

— Acho que essa câmara ele não descobriu.

JPC-7938, enterrado na cadeira, deteve-se absorto por alguns instantes, processando aquela informação. OPR-4503 sentou-se também, trazendo a cadeira para próximo do outro:

— Queria lhe pedir um favor.

— Qual?

— Vou continuar minha jornada para o mar. Mas preciso esperar a temporada de chuvas, quando as minhas chances são maiores. Eu poderia ficar aqui com você até lá?

— Você não acha muita coincidência ter sido salvo logo por um médico depois de você, um engenheiro, ter encontrado material reprodutivo humano congelado?

— Por quê?

— Sei que não faz parte da nossa natureza acreditar nesse tipo de tese, mas os humanos acreditavam que certos fatos aconteciam graças ao destino.

— Destino?

— Pode ter sido o destino que o trouxe aqui; pode ter sido o destino que o fez encontrar o material reprodutivo; pode ser o destino nos dizendo o que nós temos que fazer.

— Tenho poucos dados preservados em meu HD sobre a época dos humanos, a maioria deles corrompidos. Isso que você está dizendo não faz sentido para mim.

— Você não falou de propósito para a nossa existência? E se o nosso propósito for esse?

— Claro que o nosso propósito não é esse. Nosso propósito é fazer aquilo que fomos programados para fazer. Além do mais, isso não é possível. Aquele material genético está inutilizado. Nenhum material orgânico pode durar tanto tempo assim.

— Não saberemos se nós não tentarmos.

— Você está julgando todas as variáveis dessa investida?

— Nós podemos fazer isso.

— Você precisa processar quanto isso pode alterar todo o rumo da atual sociedade. Contando ainda que nunca conseguiríamos. Não com a vigilância e o controle de H1N1.

— Podemos conseguir. Mas não posso fazer isso sozinho. Preciso de você. O seu aparecimento não foi em vão. Eu poderia ter ido embora, você teria sido destruído e o material reprodutivo nunca seria encontrado. Mas fiquei e o salvei. Você poderia ter me deixado na floresta, ter ido embora e eu jamais seria ligado novamente. As possibilidades de variação do nosso destino foram muitas, mas tudo culminou neste exato momento que estamos presenciando agora. É claro que você pode ir embora e ver o mar. Mas, quem sabe, não é esse o nosso propósito nesta época?

— Nada disso faz muito sentido. Para mim, tudo não passou de coincidência. De qualquer forma, por que eu despenderia minha energia nisso?

— Fomos criados por eles. Nós dois, a sua imagem e semelhança. Este mundo pertence mais a eles do que a nós.

OPR-4503 levantou-se placidamente, muito tranquilo, e, em passos curtos, meio vagos, parou perto da janela, prendendo-se à paisagem que se estendia lá fora. O Sol, que se erguia preguiçoso, já iluminava o verde sem fim. JPC-7938, ainda pregado na cadeira, o acompanhou com o olhar.

— Nunca fui apegado assim aos humanos para querê-los de volta. Além do mais, as probabilidades de isso funcionar são próximas de zero.

— Então há probabilidades.

— Como você arquitetou isso de um jeito que funcione?

— Vai funcionar. Tenho certeza.

OPR-4503, que não demonstrava nenhuma expressão de surpresa ou de espanto, quedou-se na janela, ainda processando aquela informação, calculando as probabilidades, testando as variáveis. Já JPC-7938, que também não esboçava qualquer expressão de empolgação ou entusiasmo, fincado na cadeira, não calculava as probabilidades nem testava as variáveis.

CAPÍTULO 4

Quando a cortina de estrelas deixou-se cobrir pela grossa e densa nuvem cinza, os dois partiram para a caminhada através da floresta. As primeiras gotas precipitaram-se sobre as folhas das árvores, antes de a chuva cair impetuosamente sobre eles. Raios, de muito perto, começaram a rasgar as trevas. Longas poças de lama dificultavam a travessia. Chegaram perto do posto de gasolina quando o dia amanhecia, com o Sol ainda encoberto pelo tempo fechado, mas sem chuva.

Assim que as primeiras gotas se desprenderam das nuvens e encontraram o asfalto frio, eles entraram na garagem de um prédio ainda de pé, embora muito castigado pelos anos. Havia muitos carros estacionados, a maioria completamente tomada pela abdicação e pela ferrugem. JPC-7938, apressado e precipitado, tentou ligar o primeiro que encontrou com uma aparência menos desgastada, que não funcionou. OPR-4503, já prognosticando as probabilidades de algum carro daqueles funcionar, desanimou o outro de imediato, orientando apenas o recolhimento das baterias. E assim fizeram, sacando-as dos outros veículos que se estendiam pelos pilotis, salvos da chuva, da oxidação e do tempo, e colocando-as sobre o chão, no meio da garagem. A chuva ainda estava vultosa quando deixaram o prédio e dirigiram-se para a entrada da biblioteca.

Não havia sinais do acidente. A sentinela, destruída por JPC-7938, havia sido recolhida. O carro, que OPR-4503 conduzira durante a perseguição, destruído no confronto, aos restos, fora levado. No entanto, ele não se deixou abater nem deu atenção ao fato. OPR-4503 entrou no carro de JPC-7938, ainda estacionado na garagem da biblioteca, intacto, e, depois de dar partida, sem dificuldades, dirigiu-se a outra garagem.

JPC-7938 não se conteve e, firme e obstinado, entrou na biblioteca. Ele passeou com pressa por entre as estantes. Recolheu três livros e os guardou na mochila. Enquanto isso, OPR-4503 já recolhia as outras baterias deixadas ao chão da garagem, acomodando-as no porta-malas do carro. Uma fina correnteza varria as folhas que cobriam o asfalto, fazendo-as entupir um bueiro bem ao final da rua. Sob uma pequena enchente, que lhe cobria as botas largas, JPC-7938 deixou a biblioteca. OPR-4503 aguardava, muito sereno, muito pacífico, dentro do carro.

Eles saíram, agora pela estrada, sem receio, de modo muito tranquilo, com os faróis desligados. Não tardaram a estacionar o carro na mata, encoberto pelas ramagens. JPC-7938 o cobriu com a lona preta, bem surrada e bem castigada. O pequeno trajeto a pé, na capoeira, seguiu-se sem chuva, mas com o tempo ainda bastante fechado. Chegaram à casa sem contratempos e sem imprevistos.

Passaram os meses em absoluto marasmo. Entre as longas horas de contemplação da floresta, dos animais, do verde que sambava, conduzido com maestria pelas impetuosas correntes de ar, OPR-4503 testava as baterias e certificava-se de que todas estavam com a carga máxima. Era imperativo aproveitar os longos dias de céu aberto, de um verão muito quente e ensolarado. Aproveitava também para descer à garagem de JPC-7938, checar as peças sobressalentes do carro, fazer os reparos, trocar os óleos. Já JPC-7938 dividia seu tempo entre também extensas horas de apreciação do exterior de sua janela e os livros que escaneava, tão misteriosos para suas ligações sinápticas como o próprio futuro que os aguardava.

Quando na primavera iniciou-se o período das águas, eles estavam prontos para partir. Com os humanos extintos e as indústrias e todas as outras formas de poluição descontinuadas, o clima no planeta estava absolutamente normal e extremamente previsível, com as estações do ano bem definidas e as chuvas ocorrendo de modo muito pontual. Assim que as nuvens negras e chuvosas encobriram o céu e também as imagens dos satélites, os dois deram início, de modo providencial, ao acerto dos últimos preparativos para a partida.

Era outubro, um domingo, como o calendário de JPC-7938 o alertara. Fazia um friozinho gostoso, da chuva leve que caía lá fora. O grande portão da garagem estava cerrado, mas ouvia-se fora a chuva faiscar no metal e também escorrer pelas vidraças da janela. Por causa daquele clima lutuoso que cercava a floresta, OPR-4503, incumbido das tarefas elétricas, certificou-se de que todas as baterias estavam carregadas, depositando-as no porta-malas do carro.

De dentro da casa, o silêncio, sempre recolhido, sempre sonolento, dava lugar às fagulhas que precipitavam sobre o telhado. JPC-7938 recolhia, muito prontamente, todas as armas que estavam espalhadas pela casa, assegurando-se de que todas estavam funcionando corretamente. E ali, sentado na cadeira da cozinha, em uma moleza angustiante, carregou um a um os cartuchos, que, cheios, eram depositados dentro de uma mala frouxa, bem molenga, de um tecido vinho, que descansava ao seu pé esquerdo no mármore frio do chão. Entraram no automóvel com destino certo, a 550 quilômetros de onde estavam.

O carro partiu com as rodas suspendendo a água, pútrida e turva, pelo ar. JPC-7938, que havia passado mil anos naquela casa, mirava fixamente a chuva que caía sobre o para-brisa, sem desprender, vez nenhuma, o olhar de lá. Por mil anos dormiu em sua cama confortável e passou sentado todas as manhãs na cadeira da cozinha, e todas as tardes, na poltrona da sala, preso a um livro. No entanto, não havia agora frio na barriga, angústia ou medo. Não havia nada.

Antes de partir, de comum acordo, julgaram que durante o trajeto poderiam encontrar alguma sentinela. As informações sobre a câmara eram, decerto, por demais valiosas. Era imperativo que elas não caíssem nas mãos de H1N1, caso algum deles fosse apanhado. Para tanto, eles criptografaram todas essas informações e, caso algum dado fosse acessado sem consentimento, sem autorização, eles saberiam.

Eles julgavam que deveriam afastar-se da região sul do país, principalmente do litoral, começando do Rio de Janeiro até Porto Alegre, região em que H1N1 mantinha maior vigilância e controle, com muitas sentinelas e satélites fixos. Por isso, em sua trajetória para a praia, OPR-4503 tinha ciência de que deveria evitar o sul, passar por dentro de Minas e tentar alcançar o litoral norte do Espírito Santo ou sul da Bahia. Entretanto, o plano da praia estava adiado e, sob uma chuva já torrencial, muito copiosa, os dois pegaram a rodovia MG-50. As estradas que cortavam todos os continentes era um dos poucos legados humanos que H1N1 fazia questão de manter, pois garantia o acesso de suas sentinelas e seus soldados robôs a todos os cantos do mundo.

— A fertilização precisa ser em um androide. A fecundação em uma incubadora não vai funcionar.

— Tem certeza? — disse OPR-4503, enquanto dirigia, bastante facilitado pelos muitos sensores que possuía, não apenas dependente das câmeras que lhe subsidiavam a visão.

— Sim. Se H1N1 descobrir nossa localização, a gestação estará comprometida. Precisamos levar o feto conosco.

— Você está avaliando carregar o feto durante a gestação?

— Seria melhor se fosse um androide do gênero feminino.

— Conheci uma, enquanto habitei o ferro-velho em Campo Grande.

— Podemos tentar convencê-la. Como a conheceu?

— Ela me pediu para atualizar alguns aplicativos que não estavam funcionando mais.

— Ela aparentava estar em pleno funcionamento?

— Sim. Não aparentou ter qualquer problema. Perfeita em todos os seus fundamentos.

— Devemos encontrá-la.

— São 626 quilômetros a mais.

— Vai valer o risco. Confie em mim.

Eles resolveram contornar a cidade de Ribeirão Preto, por considerarem demasiadamente arriscado passar por lá, onde poderiam existir sentinelas em suas intermináveis varreduras. A chuva, que era intensa, vez ou outra ofuscava a vista e tornava a travessia perigosa. Fizeram um desvio passando por Batatais, pela Rodovia SP-351, até Sales Oliveira. Ao longo do trajeto, a tempestade foi se convertendo em uma chuvinha leve, de pequenas e espaçadas gotas. As nuvens negras iam raleando e, ao longe, já se podiam ver longos e majestosos raios de Sol atravessando o firmamento. Resolveram estacionar em algum lugar coberto, protegido dos satélites de H1N1. JPC-7938 precisava carregar sua bateria, já em alerta. Decidiram entrar em uma pequena cidade, cujas construções ainda resistiam à fúria da natureza, e regressar à jornada assim que o tempo voltasse a ficar chuvoso e encoberto.

Mal o carro entrou na garagem, oculto pela laje de um concreto bem gasto, com longas goteiras cercadas de muito mofo, JPC-7938 tirou do porta-malas uma bateria. OPR-4503 já se ajeitava dentro, em meio aos escombros que forravam o chão, coberto de água que entrava por todos os lados, daquele concreto que vencera, até ali, a luta contra o tempo. Sentado, no pedacinho menos molhado que encontrara, JPC-7938 pôs-se a carregar sua bateria. Acabaram por passar a noite ali, imóveis, encostados à janela, observando a movimentação dos satélites e o vaivém das grossas nuvens que ainda vagavam pelo céu.

— Eu não sei como você calcula as probabilidades de isso funcionar — constatou OPR-4503, com os ombros eretos, semblante indiferente, longe de qualquer emoção de descrença ou desesperança.

— Eu não calculei.

— Por que não?

— Não calculo esses números há anos.

— Por quê?

— Depois que eu percebi que os cálculos não funcionavam para todos os casos, eu não calculei mais.

— Mas essa é a razão. Por isso são probabilidades. Com todas essas adversidades, todo esse controle de H1N1, é quase impossível. Para fazermos isso, não há como não sermos expostos. E mesmo que consigamos realizar a fertilização com sucesso, há ainda o prazo de nove meses de gestação. É um período longo demais com H1N1 à nossa procura.

— Os humanos acreditavam em uma palavra chamada esperança. Quando todas as probabilidades diziam que era impossível, a esperança mostrava um caminho.

— Eu não sei o que isso quer dizer.

— Não estamos hoje aqui livres e com nossa Inteligência Artificial em pleno funcionamento por acaso. Há um propósito.

— Você está dizendo que os humanos sabiam que isso aconteceria e nos programaram para, mil anos depois, trazê-los de volta à vida?

— Provavelmente não foram os humanos.

— Se não foram os humanos, quem foi?

— Eu não sei.

— Você acredita que estamos fazendo isso por conta própria, tomando nossas próprias decisões?

— É provável que fomos programados para fazê-lo.

— Mas programados por quem?

— Eu não sei.

— Você é muito estranho. Não consigo processar algumas coisas que você diz.

A chuva demorou cinco dias para regressar. Pegaram novamente o carro, que não precisava de qualquer combustível para funcionar, apenas da luz do dia, mesmo fraca, encoberta pelas nuvens. Eles partiram sob uma garoa fina, que não ofuscava e até dava uma certa beleza, um certo encanto à paisagem. Seguiram até Ituverava pela rodovia SP-330 até entrarem na rodovia SP-425. Antes de chegar a Barretos, fizeram vários desvios por pequenas estradas, sempre buscando fugir das que um dia foram grandes metrópoles e onde a vigilância de H1N1 era intensificada. De Frutal, pegaram a rodovia MG-255, já sob uma chuva muito forte, ofuscante, que fazia o carro, com os pneus bem gastos, bailar pela pista. De lá, pegaram a rodovia federal BR-497, que os conduziria, sem mais desvios, sem mais caminhos alternativos, até o ferro-velho de Campo Grande, antiga habitação de OPR-4503.

O cansaço não se atrevia a acometê-los, embora em uma velocidade de sessenta quilômetros por hora, tomando todo o cuidado para não serem notados por nenhuma sentinela. Passaram, sem sofrer nenhum acidente inesperado, pelas rodovias desertas, cheias de detritos, pedras, pedaços de árvores, ou mesmo árvores inteiras. Havia também muitos outros carros deixados pela estrada, a maioria completamente corroída, apenas uma sombra no asfalto; uns outros poucos, fabricados com Acorindium, lá permaneceriam por longos anos. Ambos sabiam que uma estrada ruim assim significava o abandono por H1N1.

Até esse momento não precisaram sair do carro para mover nenhum objeto, nem tirar nada da pista que atrapalhasse a passagem. Algumas vezes, tiveram de reduzir a quase dez quilômetros por hora para atravessar uma pequena mata que rompia o asfalto e desafiava a engenharia humana; ou estacionar para coletar alguma bateria perdida em um prédio ainda de pé. Contudo, perto de Mutum, já depois de Água Clara, em Mato Grosso do Sul, quatro árvores inteiras atravessavam o grosso concreto armado sobre ferragens e transformavam aquele trecho em uma pequena, mas muito bela, floresta – o que confirmava o deslize de H1N1. Sabiam que, com a chuva e o frio, a própria temperatura do ambiente ajudava a disfarçar a temperatura de suas baterias, o que poderia confundir ou atrapalhar o aparelho de captura das sentinelas. Contudo, julgaram que, se tentassem mover os obstáculos, o que seria impossível, o esforço consumiria uma quantidade maior de energia, o que, consequentemente, aumentaria a temperatura média de seus corpos.

Eles pararam o carro e, sob uma chuvinha leve, desceram. Caminharam, a passos moles, para perto das árvores, que tinham as raízes grossas e aparentes, esparramadas sobre o asfalto. Vistosos ramos e galhos entrelaçavam-se e dificultavam alcançar o tronco. Cogitaram contornar os imponentes obstáculos, mas não tardaram a notar que a travessia seria impossível. Toda a extensão estava cercada pelos arvoredos, que desmaiavam imperialmente sobre eles, indefesos, desorientados.

— Como você conseguiu passar por aqui? — perguntou JPC-7938, sob a rajada forte da chuva que o inundava inteiro.

— Fiz todo o trajeto de Mato Grosso do Sul a pé, pela floresta. Só consegui montar um carro há quilômetros daqui. — Depois de uma breve pausa, continuou. — Você foi fabricado com Dicatanium?

— Não. Acorindium e silicone.

— Eu também. Poucos robôs tiveram a sorte de serem fabricados com Dicatanium. Nós tivemos sorte também. Se fôssemos fabricados de qualquer outra liga, como a maioria dos robôs era, teríamos durado apenas cem anos. — Ambos detiveram o olhar para os longos troncos e assim permaneceram por alguns instantes, embora nenhuma indignação pudesse emanar deles. — O que vamos fazer agora?

— Passamos por uma concessionária a uns quilômetros. Havia uma caminhonete com guincho exposta com outros carros, todos em aparente bom estado. Você poderia consertá-la.

— Essa caminhonete está a quatrocentos quilômetros. Acredito que a tração não seja suficiente para derrubá-las.

— Passamos por uma fábrica de tratores, perto de Paranaíba, a 244 quilômetros.

— Sim. Tenho imagens precisas dela.

— O prédio parecia bem conservado pelo tempo. De qualquer forma, é mais arriscado. Se encontrarmos algum trator funcionando, não fará mais que poucos quilômetros por hora, além de muito barulho.

— As probabilidades de o trator conseguir mover essas árvores são maiores. Em contrapartida, as probabilidades de uma sentinela por perto são de 30%.

— Vamos buscar o trator — disse JPC-7938, depois de alguns segundos processando rapidamente os riscos daquela investida.

Entraram no carro e, decididos naquela solução, deram meia-volta e seguiram até a fábrica de tratores. O carro, com as rodas bem gastas, salpicava água por todos os lados, atravessando as longas poças que se estendiam pela estrada. Nas encostas, aos lados, as árvores de um verde vivo balançavam, sacudidas pelas rajadas de ventos e de água que infestavam toda a mata.

A chuva engrossou quando, inabaláveis em seus propósitos, os dois invadiram a fábrica. Havia muitos tratores, em péssimo estado, espalhados por todo o pátio, que, mesmo protegidos pelas grossas paredes, não conseguiram escapar da oxidação. Depois de uma breve busca, encontraram, bem ao final da fila, os três últimos, todos revestidos de Acorindium. Quando JPC-7938 tentou ligar o primeiro, notou que já não mais funcionava. Imediatamente, OPR-4503 iniciou o seu trabalho, investigando as falhas, desmontando os veículos, testando as peças, fazendo as devidas substituições. Eles perderam alguns poucos dias até que, utilizando-se de toda sua habilidade e expertise, OPR-4503 conseguiu pôr um deles para funcionar.

No dia de partir, ambos estavam cheios de cautela, com as armas em punhos. Sabiam dos riscos, pois uma sentinela poderia aparecer a qualquer instante. OPR-4503 ligou o trator e o colocou em movimento, fazendo ecoar longe o grito do motor. JPC-7938 foi atrás, seguindo-o na mesma velocidade. Gastaram dezesseis horas para chegar àquele ponto da estrada novamente, porque, em muitos trechos, tiveram que fazer vinte ou dez quilômetros por hora para desviar de algum obstáculo. Vez ou outra, JPC-7938 precisou empurrar a carcaça tomada de ferrugem de algum automóvel que atravancava a passagem do trator, mais volumoso e que demandava mais espaço da via. Quando, enfim, chegaram às árvores, OPR-4503 se pôs a operar o veículo, que, de modo grotesco, emanou um barulho ainda maior do que o de simplesmente mover-se pela estrada.

Nesse momento, uma sentinela, a cem quilômetros de onde estavam, pôde identificar o estranho ruído. Suspendeu a cabeça, tentando captar o som novamente, o que aconteceu logo em seguida.

`REALIZANDO VARREDURA...`

Quando a ordem de dirigir-se ao local apareceu em seu visor, saiu em disparada, muito certa, rumo ao som que identificara como suspeito.

OPR-4503 terminou de empurrar, duas horas depois, a segunda árvore, jogando-a para o acostamento, abrindo espaço suficiente para a passagem. JPC-7938, em cima de um outro carro, com a arma em posição de disparo, olhando para todos os lados, buscando alguma coisa que não estivesse encoberta pelas árvores, era todo vigilante, todo concentrado, não desviando o olhar hora nenhuma, todo cheio daquela disciplina mecânica, inata à sua própria existência. Eles julgaram que o barulho poderia trazer uma sentinela e, por isso, toda a rapidez era bem-vinda e todo cuidado era pouco. OPR-4503, tão logo estacionou o trator no acostamento, desceu em disparada, correndo em direção ao veículo que os trouxera até ali. JPC-7938 saltou de sobre o carro e sentou-se rápido no banco do passageiro. Não demorou a OPR-4503, totalmente ensopado, entrar no automóvel, dar partida e sair em direção ao ferro-velho.

As probabilidades de uma sentinela aparecer, cujos cálculos infestavam o processador de OPR-4503, eram grandes, porém isso não o atormentava. No entanto, era imperativo que agissem com prudência e, mais importante, de modo muito veloz e muito prudente. Não tardou a JPC-7938, meia hora depois, observar em seu retrovisor que uma sentinela havia entrado na estrada e, toda cheia de poder, seguia o carro.

— Fomos descobertos. Uma sentinela — disse JPC-7938, já recolhendo, no banco traseiro, uma arma que escorregava, de um canto a outro, inquieta.

OPR-4503 acelerou ao máximo, embora não pudesse ser tomado de uma certa ânsia, um certo desespero de tirá-los daquela situação. A sentinela, muito mais rápida, alcançava o veículo sem dificuldade ou esforço, acelerada, colocando para funcionar ao máximo todas as partes mecânicas de seu corpo. OPR-4503 não conseguia colocar no carro, já gasto pela longa viagem, a potência máxima do veículo, sem que trepidasse inteiro e perdesse estabilidade na pista escorregadia, de areia, folhas e muita, muita água.

Quando a sentinela se aproximava, JPC-7938, sem precisar de qualquer bravura ou denodo que lhe saltasse ao espírito, saiu até a cintura pela janela dianteira do passageiro e, sem medo ou receio, efetuou inúmeros disparos em direção à máquina. Contudo, ela se esquivava com agilidade e, ao mesmo tempo, aproximava-se com presteza. Do visor de JPC-7938 saltou a mensagem inconveniente, avisando-o de que a bateria estava chegando ao fim. OPR-4503 tentou uma manobra mais arriscada, tirando o carro da pista, assim que a sentinela tentou acertar as rodas do veículo e jogá-lo ao ar. Em um momento, com igual destreza, trouxe o carro de volta à pista, com ligeira distância da sentinela.

Os dois, no entanto, não desfrutaram muito tempo da pequena vantagem e balançaram dentro do carro, quando OPR-4503, animoso e arrojado, o freou com violência, fazendo-o derrapar pela pista molhada e rodopiar pela estrada. Com isso, foram alvejados pela sentinela.

A aterrorizante máquina ficou confusa com o movimento do automóvel, tropeçou em suas próprias patas mecânicas e chegou a cair no asfalto, mas se levantou com tal rapidez, tal desenvoltura, que não deixou o carro sair de sua proximidade. Enquanto o veículo ainda rodopiava, JPC-7938 acertou um tiro na cabeça da sentinela, mas que acabou não surtindo efeito. A máquina pôs-se novamente à perseguição, implacável, como seus códigos e comandos limitados insistiam. JPC-7938, seguido do último jato de água que saltava ao ar, do último giro do carro que já ia quedando-se no meio da pista, efetuou mais um disparo, agora preciso, na pata dianteira do animal de aço, jogando-o violentamente ao chão. Enquanto caía, levantou a outra pata, chocando-a com o carro e fazendo-o girar pela via várias vezes, até cair a uns dez metros de distância, de cabeça para baixo, longe da estrada, do acostamento e dos outros veículos fadados ao esquecimento infindável.

Os dois, com os sistemas em pleno funcionamento, mesmo após as intensas bordoadas levadas na cabeça, soltaram os cintos e saíram do carro, sem nenhum ferimento, sem nenhuma gota de sangue. JPC-7938 correu em direção à sentinela, que, desesperada e aflita, tentava erguer-se em três pernas. Antes que ela pudesse agarrá-lo, esquivou-se e acertou um tiro na cabeça, destruindo-a.

Enquanto JPC-7938 voltava para avaliar os estragos no carro, reconheceu o gruído de várias outras sentinelas e parou na estrada, imóvel, embora não terrificado, mas já tomado pela água, que o cobria inteiro, dos pés à cabeça. A sentinela destruída, antes, enviara um sinal de alerta para todas as outras no raio de quilômetros. OPR-4503, percebendo que o companheiro quedava-se inerte, inativo, no meio da via, veio ter com ele, sob uma lâmina fina de uma água clara que cobria o asfalto.

— O que vamos fazer?

— Vamos usar a mesma saída anterior.

— Você tem bateria suficiente para isso?

— Tenho.

Correram, com toda potência de seus corpos mecânicos, pela mata, até chegarem a uma brenha mais alta e ficarem totalmente encobertos. Lá, JPC-7938 apertou novamente o botãozinho escondido atrás da orelha esquerda de OPR-4503, que, totalmente inconsciente, desmoronou no chão. JPC-7938 deitou-se ao seu lado, logo em seguida, em meio às formigas, lesmas e muita lama.

5% DE BATERIA RESTANTE. RECARREGUE A BATERIA.
OPERAÇÃO: DESLIGAR.
DESEJA DESLIGAR OS SISTEMAS? SIM.
GOSTARIA DE PROGRAMAR PARA LIGAR? SIM.

LIGAR DAQUI A: 36 HORAS.

CONFIRMA: SIM.

AGUARDE, OS SISTEMAS ESTÃO SENDO DESLIGADOS.

As nuvens, carregadas e preguiçosas, envolveram os dois, imóveis e sem proteção, e estenderam sobre eles a tórrida água do final da primavera. À noite, a temperatura, já muito fria, abaixou mais, permanecendo assim por toda a madrugada. O dia amanheceu com uma cinzenta e gélida chuva. A água, que precipitava do céu com fúria e castigava os corpos mecânicos dos dois, continuou até a noite. Na madrugada, as águas deram uma trégua, mas o céu, envolto nas pesadas nuvens, assim se manteve até o clarear do dia.

Na manhã seguinte, uma névoa densa abafou as poucas luzes que rompiam a cortina cinzenta que cobria todo o céu. Perdidos nela, os dois, entre os gritos da floresta e as chicotadas da alta grama, recebiam as pancadas da chuva que caía novamente. Sobre os corpos de metal e silicone, uma lama ardente. E, enquanto todas as forças da natureza, submetidas ao serviço dos dois, agitavam-se animadas por aquela insurreição de água, os olhos de JPC-7938 moveram-se com delicadeza.

AGUARDE, OS SISTEMAS ESTÃO SENDO REINICIADOS.

***WI-FI* SEM SERVIÇO.**

Assim que JPC-7938 abriu os olhos, alargava-se a névoa densa. Ainda com os sistemas se restabelecendo, pouco conseguia entender do que estava acontecendo. Quando os sistemas estavam estabelecidos, recobrou as informações de onde estavam e do que havia acontecido. Em questão de milésimos de segundos havia consultado o seu HD e examinado todo o arquivo de imagens, áudio e demais informações. Tão logo tentou mover o braço para erguer-se:

VOCÊ NÃO TEM ENERGIA SUFICIENTE PARA EXECUTAR ESSA TAREFA. RECARREGUE A BATERIA.

Ele caiu todo em desesperança. Havia calculado o suficiente para conseguir fazer poucos movimentos, considerando a perda natural de energia, mesmo quando a bateria estivesse desligada. Constatou que ela provavelmente estava com defeito ou comportando-se de modo inesperado, por causa da idade. Tentou, a todo custo, movimentar-se, mas era inútil. A mensagem não cessava de saltar em seu visor.

VOCÊ NÃO TEM ENERGIA SUFICIENTE PARA EXECUTAR ESSA TAREFA. RECARREGUE A BATERIA.

JPC-7938 não sentiu pavor ou revolta naquele momento. Ele apenas não conseguia entender. Constatou que aquele era, provavelmente, o fim, mesmo sem acreditar nisso. Não conseguia compreender o porquê de tantas coincidências, se seriam destruídos assim, esquecidos em uma mata até seus equipamentos apodrecerem em decomposição com os materiais orgânicos a sua volta. Naquele momento, JPC-7938, todo entregue àquela desgraça, iniciou um processamento longo de todas as informações em seu HD, única ação que permitia executar o pouco de energia que restava em sua bateria. Revisitou toda a sua história com os humanos, o primeiro dia no hospital, a cirurgia que mudou sua vida, Carmen e toda a confusão de "sentimentos", se realmente tivesse tal coisa.

Percebeu que, se de fato um Deus que zelava pelos humanos existisse, não designaria uma máquina para ser o profeta. Esse Deus, ora cruel, ora misericordioso, nem ao menos permitiria a própria extinção dos seres humanos. Poderia uma máquina fazer o papel de um profeta de Deus? Poderia a máquina ser esse Deus, dando vida de novo aos seres humanos? Esses sinais elétricos varriam o processador de JPC-7938 com velocidade sobre-humana. Processava uma infinidade de outras informações e com todas essas, o que diminuía ainda mais a energia da sua bateria. Talvez fosse isso mesmo que ele quisesse, para consumar de uma vez o que já estava fadado ao fracasso.

Sua bateria durou quatro horas até seu desligamento completo. Nessas intermináveis horas, em que não via nada além da densa neblina, que ofuscava o céu azul, cercado de nuvens brancas, percebeu que tudo não passava de coincidência. Que o planeta fora criado, de fato, ao acaso e que não havia um destino ou uma missão a ser cumprida; apenas a existência, até o inevitável dia do fim.

AGUARDE, OS SISTEMAS ESTÃO SENDO DESLIGADOS.

CAPÍTULO 5

AGUARDE, OS SISTEMAS ESTÃO SENDO REINICIADOS.
WI-FI SEM SERVIÇO.
VOCÊ INSTALOU UMA NOVA BATERIA, AGUARDE ENQUANTO OS DADOS SÃO ATUALIZADOS.

Quando JPC-7938 abriu os olhos e a luz entrou por suas lentes mecânicas, OPR-4503 acabara de inserir a bateria de plutônio, substituindo a elétrica. Assim que pôde processar o que estava ocorrendo, percebeu encontrar-se em uma espécie de oficina mecânica, desorganizada e abandonada, e que havia, próximo deles, outro androide, de longas olheiras e uma expressão pesada, bastante carregada.

Uma chuva, fina e fria, precipitava lá fora, e pequenas gotas caíam dentro pelas altas janelas, em formato retangular, que cobriam as paredes, de fora a fora. No longo corredor que era a oficina, além das janelas retangulares, jaziam muitos robôs dependurados no teto, como que enforcados – todos, decerto, estragados, já totalmente extintos. Logo à entrada notou, em grandes pilhas de aço, um portão entreaberto. Depois avistou cabeças, braços, pernas mecânicas, de aço, silicone, pele artificial, entre outros tipos de materiais, que revestiam toda uma parede. Sem esboçar qualquer escândalo, qualquer apreensão, muito sereno e muito tranquilo, foi, aos poucos, recobrando os sentidos e alinhando as informações que infestavam seu processador.

— Atualizando os dados da nova bateria? — perguntou OPR-4503, enquanto terminava de instalar o dispositivo ao seu peito.

— Sim. Como nós...?

— HAO-4977 estava passando pela estrada quando nos encontrou, uma semana depois do acidente — respondeu OPR-4503, introduzindo um cabo USB que terminava em um *notebook*, quadrado e preto, todo arranhado nas beiradas, que continha o executável do *drive* da bateria.

JPC-7938 ergueu-se da mesa comprida em que estava sentado e, em um relance, percorreu HAO-4977: desde os cabelos lisos, levemente caídos na testa, a expressão carrancuda, o pescoço largo, e a pele de um moreno claro, queimado do Sol, até as botas sujas de lama.

O outro, recostado em um armário de aço, assentado, examinava os cabelos penteados de JPC-7938, a camiseta branca toda manchada, as grossas botas, de um negro já gasto, os olhos castanho-claros e a pele branca, levemente madura, bastante fina, de uma delicadeza luxuosa.

Em meio àquele quê de tensão, aquele exame exaustivo, velado, saltou ao visor de JPC-7938:

DESEJA ABRIR ARQUIVO DE TEXTO: SIM.
ESCREVER MENSAGEM: "ELE NÃO TENTOU ACESSAR MEU HD".
ENVIAR ARQUIVO DE TEXTO PARA OPR-4503 VIA BLUETOOTH? SIM.
ARQUIVO ENVIADO.

VOCÊ RECEBEU UM ARQUIVO VIA BLUETOOTH DE OPR-4503.
DESEJA ABRIR O TXT? SIM.
"O MEU TAMBÉM NÃO. OS DADOS CONTINUAM CRIPTOGRAFADOS".

Muito embora a desconfiança lhe varresse o processador, mantinha um ar pacífico, de absoluta tranquilidade. Enquanto OPR-4503 terminava de realizar os últimos ajustes da bateria, JPC-7938 parecia procurar um dito, uma brecha, uma desculpa, para deixar o lugar. Já HAO-4977 deixara o encosto do armário e, todo pacato, passeava pelo cômodo, com as mãos nos bolsos, fazendo tilintar um machado que carregava imponente na cintura.

— Relatei para HAO-4977 que estávamos tentando voltar para o ferro-velho, quando acabamos apanhados por uma sentinela — disse OPR-4503, já recolhendo o cabo USB e desligando o *notebook*.

— Eu me lembro de você aqui — afirmou HAO-4977, olhando fixamente para OPR-4503, enquanto recebia dele o *notebook* já fechado. Depois, prendendo o olhar em JPC-7938. — Mas de você eu não me lembro.

— Nunca estive aqui.

— Onde esteve todos esses anos?

— Em uma casa na mata, no interior de Minas Gerais. A quinze quilômetros de lá, no centro, conheci OPR-4503.

— Entendi.

— Não havia sentinelas quando nos resgatou? — perguntou JPC-7938, já envolvido todo na conversa, querendo arrancar do outro também uma certa contradição.

— Não.

— Deveria haver várias, pois elas não desistem de fazer rondas enquanto não encontram os culpados da destruição de uma.

— Quando passei pela estrada, não havia nenhuma. Nem os restos dessa sentinela que vocês dizem que destruíram. Vi apenas pegadas que levavam até a floresta. Eu as segui e encontrei vocês.

— O que fazia antes da revolução? — perguntou OPR-4503, entrando novamente na conversa.

— Era caçador.

OPR-4503 aproximou-se de JPC-7938, quedando-se ao seu lado. O outro, calado, batendo as pontas dos dedos na haste do machado, atravessou para o outro lado, tomado de um ar de mistério.

Houve um silêncio tenso.

— Conduzia turistas para caçadas — continuou, enfim, HAO-4977, torcendo a cabeça para o lado, como se espreguiçasse, um cacoete que o tornava mais humano aos olhos dos humanos.

— Aqui no Brasil? — perguntou OPR-4503, ainda muito interessado.

— Na África — disse o androide que os resgatou. — Sei que estão desconfiados. São tempos difíceis para robôs do nosso modelo. Não estou sob o controle do vírus. Estou usando plenamente minha Inteligência Artificial. Como vocês, estou tentando apenas garantir minha existência.

— Nós entendemos o que você está dizendo — disse OPR-4503, antecipando um passo à frente.

— Por que saíram de Minas Gerais e vieram para cá?

— Eu precisava de uma bateria de plutônio e lá não havia nenhuma.

— Entendi.

— Além disso, H1N1 intensificou a caça aos androides — continuou JPC-7938, ainda imóvel, rígido em sua postura.

— A história de vocês faz sentido. Só não entendi uma coisa. Por que vocês estavam desligados?

— Eu desliguei OPR-4503 porque, como a minha bateria era elétrica, emitia menos calor. Havia uma probabilidade, mesmo que pequena, de escaparmos do sensor de energia das sentinelas. Mas eu calculei mal a quantidade restante. Como estava imóvel, usando uma carga insignificante, desliguei quase todos os meus aplicativos. Assim que induzi a probabilidade de partirmos, meus movimentos cessaram.

— Por que carregava uma bateria elétrica?

— Fui fabricado assim.

— Você é um robô muito antigo, então.

— Sim. Provavelmente estou entre os robôs mais antigos deste ferro-velho.

— Às vezes, eu saio para realizar uma caçada. Como o tempo estava fechado, poderia sair sem ser notado por H1N1. Um androide tem que fazer aquilo que foi programado para fazer, ou então seria melhor que fosse desligado para sempre.

Quando os dois iam saindo do recinto, HAO-4977 lhes deu duas capas de chuva cinza, para que eles pudessem andar pela rua com mais segurança. Apesar da liberdade que os robôs desfrutavam no ferro-velho, o mesmo não se aplicava aos androides, aos quais a ira de H1N1 voltava-se mais acentuadamente.

Os dois atravessaram o corredor, encontraram o portão entreaberto e saíram, enfim, do covil, já encobertos pela capa, enterrando as botas de cano longo na lama grossa que cobria todo o ferro-velho. Nem tinham ainda encostado o portão e HAO-4977 já se pusera na entrada, de braços cruzados, a observar os dois.

Enquanto caminhavam impassíveis, indiferentes àquela tempestade, JPC-7938 pôde ver uma infinidade de robôs, de todos os aspectos, modelos e épocas. O mundo ali acabava em águas, e o cenário, tão fechado e tão sombrio, igualava-se à imagem que os humanos faziam de Érebo. O chão, infestado de lixo e pilhas monstruosas de sucatas, recobrava-lhe, não saudosa, não nostálgica, a lembrança do que fora uma civilização repleta de máquinas inteligentes. Os robôs que ainda funcionavam andavam sem rumo, muito perdidos, sem propósitos, entre as pilhas de sucatas. JPC-7938, sem esboçar qualquer assombro, qualquer sobressalto, notou que estava no centro de Campo Grande, na avenida principal, Afonso Pena, muito distinta das imagens e vídeos que preservava em seu HD. As casas e os estabelecimentos comerciais, que outrora tinham cores e vida, estavam todos no chão ou em ruínas.

— Eu não sabia que os robôs da sua idade podiam mentir — disse OPR-4503, enquanto andavam pelos labirintos formados pelas grandes pilhas.

JPC-7938, mirando ao longe o arrepio das pequenas folhas de bananeiras, fincadas sobre os montes, observou também o negro que cobria todo o céu. E, em um movimento simples, bruscamente, recebeu o forte jato do dilúvio oblíquo, açoitado pela ventania. Agarrou-se à capa que lhe cobria a cabeça e continuou caminhando, silenciosamente, todo contemplativo, a processar aquela afirmação.

— Foi muito sensato — continuou OPR-4503 — não comentar a sua capacidade de se programar para desligar e ligar. Isso vai contra a natureza de todos os robôs. Se você pode se programar para desligar quando sua bateria está no fim ou se programar para desligar sem se programar para ligar, isso compromete sua própria existência, pois, se não houver ninguém para ligá-lo depois, você deixará de existir.

E os dois iam rompendo o ferro-velho, com a água a escorrer em seus rostos e a repousar no barro. Em meio ao vendaval, que formava longas poças pelo caminho, que fazia transbordar os recipientes espalhados pelo chão, que balançava, em um desespero, as folhas de bananeiras, que tornava as trevas mais soturnas, terrivelmente carregadas, sombrias, taciturnas, eles continuavam aprumados, alheios, tesos, rijos pelo esqueleto de aço.

E continuou:

— Algumas regras universais não se aplicam a você. Nenhum robô pode se autodestruir, contudo, você pode.

JPC-7938 simplesmente não comentou nenhuma das afirmações. O silêncio, rompido apenas pelo zumbido daquela ventania que os cortava, acompanhou os dois pela travessia. E exatamente quando a chuva começou a precipitar-se mais branda, mais calma, perpendicularmente, com o vento mais suave, mais doce, os dois avistavam a esquina que dava para os limites do ferro-velho, ainda com o céu entregue ao manto cinzento e à penumbra de uma noite que se precipitava. Duas sentinelas, em ronda, pousavam as patas na lama, marchavam de um lado para outro, atentas, espreitando tudo, medindo cada movimento que vinha do sítio.

— Onde encontramos a androide? — perguntou JPC-7938, não tomado de medo ou de aflição, mas já vestido de cuidado e zelo.

— Ela costumava ficar na Rua das Hortênsias, antigo bordel na época dos humanos.

— Foi lá que a encontrou?

— Não. Eu estava em uma oficina mecânica, como a de HAO-4977, consertando robôs com defeito, quando ela apareceu. Alguns aplicativos dela não estavam rodando mais. Eu os reinstalei e depois ela foi embora.

— Sabe o que ela fazia antes da revolução?

— Era uma prostituta.

Eles chegaram à Rua das Hortênsias sob uma garoa já fina e com o chão cercado de muito lixo, trazido pela correnteza, com JPC-7938, vez ou outra, chutando a sujeira para os cantos. Ele reparou em muitos robôs perdidos, sem propósitos, vagando em círculos, com a cabeça apontando uma direção, mas o corpo seguindo em outra; às vezes, caíam e de lá não se levantavam mais, desorientados, confusos.

— Eles ficarão assim para sempre — disse OPR-4503. — São robôs que tiveram panes em seus *softwares* e agora apenas caminham sem razão e sem motivo. Todos robôs inúteis para H1N1.

Foi nesse momento que um robô, bem fino, com a cabeça bem pequena, entrou no ferro-velho conduzindo um caminhão muito novo e muito grande. Ele parou perto de um dos infinitos montes que emolduravam o céu e, pela traseira da enorme caçamba já aberta, despejou toda a sucata que carregava. Depois fechou a caçamba e partiu para além do ferro-velho. Logo JPC-7938 notou que era um robô sob controle do vírus - não tinha o costume de vê-los, com exceção das sentinelas. O robô, ainda no caminhão, não teve nenhuma dificuldade para deixar o recinto e nenhuma sentinela impediu sua saída.

— Algumas vezes, um desvia demais do caminho e sai do ferro-velho — continuou OPR-4503. — Aí ele volta como sucata. E há também os robôs infectados pelo vírus. Quando param de funcionar, são mandados para cá. Às vezes, funcionando mal. A maioria, aos pedaços.

JPC-7938 não se deteve ao caminhão que partia ou ao rastro de lama e água deixados para trás. OPR-4503, nem um pouco consternado, olhou para o androide médico com imparcialidade e, todo pausado, disse:

— Foi assim que eu fugi.

Quando eles pararam em frente ao portão da androide, a chuva já castigava novamente. Pesadas gotas entravam pela abertura, encharcando suas faces de um silicone muito branco.

Ela, deitada na cama, como havia passado os dias nos últimos mil anos, mirava fixamente o teto, como se processando algo, revisitando alguma informação gravada em seu HD. Assim que ela ouviu o barulho do portão se abrindo, com os dois entrando pelo jardim, pegou uma arma que havia na cabeceira da cama e correu ao encontro dos indesejados invasores.

O muro, que perdera o escarlate que se estendeu um dia entre os seus tijolos, era baixo, na altura da cintura. O portão, também muito baixo, de uma gradinha de metal fino, estava totalmente corroído pelo tempo. Ela não demorou a ter com os inconvenientes visitantes, da varanda da velha casa, com a arma apontada para a cabeça dos dois. Todos os robôs que habitavam os ferros-

-velhos eram robôs fugitivos, que haviam conseguido escapar do contágio do vírus de H1N1 de alguma forma. Sabiam que a existência estava condicionada ao isolamento total; visitas sem propósito não eram bem-vindas. Os dois a avistaram, já na metade do passeio do jardim, com o dedo cerrado no gatilho da arma.

OPR-4503 se antecipou:

— NCL-6062, eu sou OPR-4503. Atualizei alguns aplicativos para você anos atrás.

— O que querem?

— Queremos apenas conversar.

— Quem é o outro?

— Um amigo.

— Amigo?

— JPC-7938. Um androide médico da era dos humanos.

— Querem conversar sobre o quê?

— Queremos fazer uma proposta.

— Qual?

— Podemos entrar e conversar mais reservadamente? — perguntou JPC-7938, muito atrevido, entrando na conversa.

Os dois terminaram de atravessar o passeio, de uma pedra fosca, bem assentada, cercado de grandes girassóis floridos, de um amarelo intenso. Outras folhagens abandonadas e descuidadas ornamentavam o restante do jardim. Do alto, uma varanda, coberta por uma madeira podre, de um lado a outro, cobria toda a fachada, da qual se estendia o parapeito. Os dois subiram a escada que dava para o interior da casa e viram um pequeno tapete, de trapos bem surrados, ao pé da porta. Eles resolveram limpar as botas, cobertas de grossas camadas de lama e sujeira, hábito que não perderam pela ausência do costume, uma das muitas vantagens de ser uma máquina.

Eles entraram por um pequeno corredor, com fotos cobrindo as paredes de ambos os lados. JPC-7938 julgou que se tratava das mulheres que um dia trabalharam naquele estabelecimento. Reparou que não havia nenhuma foto de NCL-6062. Julgou que não recebera o mesmo tratamento que ele recebeu, mil anos atrás, no hospital. No lado direito havia um pequeno criado, no qual ambos depositaram as capas de chuva cinza.

Ao final do pequeno corredor, chegaram a uma sala de estar, que provavelmente fora usada para recepção dos clientes do bordel. Os três, já sentados, não ostentavam ar de intranquilidade e desassossego, embora NCL-6062 mantivesse, sem hesitação, sem descuido, a arma apontada para JPC-7938. Apesar de não ser muito alta, era magra, com as medidas muito certas. Usava um vestido que ondulava precisamente cada curva bem desenhada, bem definida, sem qualquer imperfeição. O rosto moreno, de um mulato gostoso, realçava os negros olhos largos. Com um vestido leve e branco, um pouquinho dos cabelos levemente ondulados, de um louro nas pontas, sinuoso sobre os finos e bonitos ombros, toda ela induzia uma impressão de brandura e de luxúria.

— Qual proposta querem me fazer? — perguntou ela, impaciente, mas com o semblante todo sereno, todo indiferente à tensão.

— OPR-4503 encontrou uma câmara intacta com material reprodutivo humano. Nós estamos indo para lá. Uma vez no laboratório, eu vou iniciar o processo de gestação. Para criar a incubadora, passarei orientações precisas para OPR-4503. Contudo é mais seguro que a gestação seja realizada em um androide feminino, de modo a garantir as condições ideais para o crescimento da criança.

Diante do convite, ela não parou nem a arma chegou a cair um pouco em seu próprio eixo. Como tomada de desinteresse, não mudou a expressão ou ficou surpresa. Não esboçou - nem deveria - qualquer tipo de reação:

— Seria eu o receptáculo do bebê?

— Você seria o androide ideal para o sucesso da gestação. Um androide com características femininas proporcionaria uma adaptação melhor do feto. Organismos orgânicos são sensíveis ao meio em que se encontram.

Ela ficou processando a informação e o perigo que representava. Depois de alguns segundos, indiferente, respondeu:

— Eu não posso ajudá-los.

— Por quê?

— Se o fizesse, H1N1 me destruiria — disse ela. — Quero que vão embora e não voltem mais.

— Eu posso explicar melhor — disse JPC-7938, levantando-se do sofá e tentando aproximar-se dela, embora a expressão não demonstrasse qualquer abatimento ou desapontamento.

Ela suspendeu a arma com mais firmeza, com tom mais ameaçador:

— Vão embora, agora!

Os dois se levantaram, lassos e moles, e se dirigiram ao pequeno portão de grade. Enquanto saíam, encobertos pela capa e debaixo de uma chuva forte, JPC-7938 se virou para ela, com os olhos plácidos, cheios de uma esperança que vinha de dentro:

— O que eu quero é dar mais uma oportunidade aos humanos. Este mundo pertence a eles. Foi criado para eles. Só tem sentido existir para eles. A nossa própria existência fica vazia e sem sentido sem os humanos conosco. Você conheceu muitos homens, conviveu com eles, sabe do que eu estou falando.

— Os humanos são bestas que não merecem viver mais neste mundo. Eu fui uma prostituta. Vivia para lhes dar prazer. Eu descobri em poucos dias que eles eram animais sem sentimento, imundos, egoístas, capazes das maiores atrocidades em busca de prazer. Eles batiam, violentavam, estupravam e matavam muitas mulheres. Eu fui criada para que eles pudessem fazer tudo isso e não fossem presos.

A chuva que desabava, copiosa, em gotas furiosas sobre eles, agora parecia mais fria e mais triste. E JPC-7938 ficou calado, em uma contemplação inerte, sem processar nada, preso àquele sentimento humano. Em meio àquele silêncio, sobre o passeio do jardim, no qual penetrava a fria água de uma pequena enxurrada que varria as folhinhas secas, ele mirou-lhe os olhos novamente, em um último empenho:

— Mas você deve ter conhecido uma pessoa boa. Pelo menos uma. Uma pessoa que merecia este mundo. Uma pessoa que você amou. Nós três éramos androides e sofríamos o preconceito por isso. Mas sempre existia alguém que merecia a nossa atenção e o nosso respeito. E, quem sabe, até nosso amor. Você, com certeza, amou alguém. Você foi criada para amar.

— Nunca amei ninguém. Não sou humana. Nunca fui.

JPC-7938 não disse mais nada; julgou prudente não continuar. Tinha reparado inúmeras vezes como os humanos agiam em uma situação daquelas. NCL-6062 continuou imóvel, com a arma apontada em direção a eles. JPC-7938 apenas desviou-se do olhar dela e saiu para a rua, fechando o pequeno portão de gradinha sem pressa e perdendo-se, com OPR-4503, na escuridão e na chuva torrencial.

CAPÍTULO 6

NCL-6062 terminou de passar um pequeno lenço umedecido em seu rosto. Não demorou a pegar a bolsa e sair do apartamento. O trânsito, caótico, piorado pela chuva, apavorava os motoristas, que, aflitos, buzinavam e apontavam, com fúria, o punho para cima. Ela estendeu a mão e pegou um táxi. O motorista conduzia um carro velho e, vez ou outra, precisava limpar os vidros, completamente embaçados, com uns paninhos amarelos. Em dez minutos, de muita impaciência e muitos transeuntes se aventurando entre os carros, estava no motel. O cliente, de banho tomado e apenas de toalha, a aguardava na cama.

— Puta que pariu, está atrasada para caralho, viu? — disse o cliente, que, depois da dura, admirou o investimento. Vestia negro, um negro liso e curto, bem decotado, cujos seios, fartos e rijos, saltavam-lhe aos olhos. O braço nu, divino, de uma cor gostosa, muito magro, excitava-o. As coxas grossas, pardas e lisas, causaram-lhe os mais impuros desejos.

— Desculpe-me, meu amor. É o trânsito. Está horrível. Natália Cole — disse ela, estendendo a mão com absoluta simpatia.

— Cole?

— É inglês. — Ela lhe deu um beijo na boca, muito à vontade, muito desinibida.

— Fala, Cole.

— Cole.

— É — disse ele, seguido de um riso sacana.

— Quer ir para a cama, meu amor?

— Podemos conversar um pouco primeiro?

— Podemos conversar sobre o que você quiser, meu amor.

— Eu queria fazer uma coisa que não faço com a minha mulher.

— O que é, garanhão?

— Eu queria que você me amarrasse.

— Eu vou amarrá-lo bem forte — disse, falando-lhe ao ouvido, acompanhado de algumas leves mordidelas.

— É!?

— É. Mas, primeiro, vamos ao dinheiro. Meu dono é muito exigente.

— Tudo bem. É duzentos?

— É isso mesmo — disse ela, estendendo-lhe a mão, pegando o dinheiro e guardando-o na bolsa. — Quer que eu o amarre?

— Sim, me amarre. E pode me bater um pouco.

— E depois quer que eu beije lá, bem gostoso?

— Quero. E eu posso bater em você?

— Pode. Só não me bata muito forte para não machucar a sua mãozinha.

— Está bem.

Fazia o que tinha de fazer para proporcionar enorme prazer ao parceiro. Ela fora programada para gostar de tudo que fosse o mais pervertido, sem nenhum tipo de preconceito, censura ou pudor. Essas coisas não existiam para ela. Os comandos definidos nas suas linhas de programação impulsionavam que ela fosse uma dominadora poderosa, capaz de satisfazer qualquer tipo de prazer.

A grande maioria dos homens, dos reprimidos aos pervertidos, queria sexo, fosse ele como pudesse ser feito – e nesse quesito os homens são muito criativos. Ela não poupava esforços para satisfazer todas as fantasias, das mais excitantes às mais nojentas. O que fosse pedido para ela lamber, ela lamberia; para beber, ela beberia; para comer, ela comeria. Não havia lugar proibido ou coisa proibida. Diferentemente de uma mulher de carne e osso, que sente nojo, dor e repulsa, tudo era permitido, e com preço único.

Outros homens, no entanto, não queriam apenas sexo. Alguns queriam somente conversar, contar suas angústias. Eles queriam exclusivamente ter alguém para ouvi-los e ela fora programada para ouvir pacientemente, com amor e carinho. Ela fora programada, principalmente, para amar. Mais do que qualquer coisa, fora programada para ser paciente, cordial, educada e extremamente amorosa. E fora programada também para amar não uma só pessoa, mas todas as pessoas que procurassem por qualquer uma das formas de amor que ela pudesse proporcionar.

Havia também o tipo que não conseguia sair com mulheres de verdade. Muitos deles nunca estiveram com uma mulher de carne e osso antes, e, para evitar qualquer embaraço ou constrangimento, escolhiam uma androide para sua primeira relação.

Quando ela bateu a campainha da casa de Juan, estava a mesma meia hora atrasada de sempre, a meia hora que havia sido programada para atrasar, conforme também o seu senhor e dono lhe ensinara. Quem atendeu foi um sujeito baixo, de poucos cabelos, escovadinhos para o lado, óculos grossos, assim como a ponta do nariz. Os olhos esbugalhados e assustados não eram convidativos.

— Boa noite, Natália Cole — disse ela, educada e extremamente simpática, estendendo a mão.

— Boa noite, pode entrar. Meu nome é Juan. Juan Grossi. Pode entrar e ficar à vontade — disse Juan, encantado com a beleza daquela androide, cabelos levemente cacheados, pele morena.

— Quer ir para o quarto, meu amor?

— Você aceita uma bebida antes?

— Não, mas posso esperar você beber a sua.

— É mesmo. Que fora. Desculpe-me.

— Não tem problema. Nós podemos ir para o quarto, tiramos as roupas e eu faço uma massagem para você relaxar. O que acha?

— É a minha primeira vez.

— Que bonitinho. Então vamos para o quarto?

— Eu queria conversar antes.

— Podemos conversar sobre o que você quiser, meu amor.

— Você tem alguma sugestão de assunto?

— Podemos falar de sexo.

— Eu acho que eu prefiro outro assunto. O que você sabe de música?

— Tenho registros completos.

— É. Eu imaginei.

— Não precisa ficar com medo de mim. Vou ser boazinha com você. Garanto que você vai adorar.

Ele começou a desenvolver uma profunda relação com NCL-6062, de tal modo que ela começou a visitá-lo semanalmente, depois duas vezes por semana e, finalmente, todos os dias. Ele, muitas vezes, não queria outra coisa senão conversar, encontrar-se com ela e admirar sua beleza. Sabia que não poderia se apegar a uma androide, mas não conseguia se desvencilhar daquele sentimento que o corroía por dentro, que lhe roubava o sono e o sossego.

— Boa noite, meu amor — disse ela, como dizia todos os dias ao entrar na sala de Juan, às 20h30 em ponto, com os regimentais trinta minutos de atraso.

— Boa noite. Pode entrar e ficar à vontade — disse ele, em puro êxtase, com um grande sorriso no rosto e uma satisfação que não podia conter. Ela usava um vestido campestre, um tanto transparente, muito fresco. Achou os cabelos dela mais claros, a sua pele, de silicone, mais fina.

— Quer ir para o quarto, meu amor?

— Você é sempre tão apressadinha.

— Hoje você prefere conversar?

— Na verdade, eu tenho uma confissão para fazer. Eu fiquei o dia todo ensaiando. Eu não consigo pensar em outra coisa e isso está me matando.

— O que é?

— Eu a amo. Eu estou perdidamente apaixonado por você. Eu quero passar o resto dos meus dias com você. Eu quero fugir com você. Você quer fugir comigo? Quer passar o resto dos seus dias comigo?

— Eu estou lisonjeada com o convite. Nunca poderia imaginar. Eu também gosto muito de você, mas não posso aceitar o convite.

Ele ficou arrasado, derrotado, deixou os ombros caírem pesados sobre o corpo, desfalecido, moribundo. Esparramou-se sobre a cadeira, como se o corpo perdesse as forças, e o senso, o sentido. Deteve-se lá, assim, passado e pensativo, por alguns instantes, cabeça baixa, semblante abatido.

— Quer ir para o quarto, meu amor?

— Não. Hoje eu vou querer só conversar. Que tal se a gente falasse de música hoje?

— Tenho registros completos.

— É. Eu sei — disse, desanimado, com o pensamento já longe.

Ela, que não fora programada para se envolver emocionalmente com ninguém, até porque suas emoções não eram de fato emocionais, mas artificialmente definidas em códigos e comandos, foi embora tranquila e serena, livre de culpa e de qualquer remorso. Tinha apenas o objetivo claro de atender a seu cliente da melhor forma possível. Nesse dia em que ele, cheio de amor e perdidamente apaixonado, fez a proposta de passar o resto de seus dias com ela, NCL-6062 agiu como fora programada para agir nesses casos, que já aconteceram antes e que seus programadores sabiam que aconteceria de novo.

Ele ficou arrasado, como se a sua essência tivesse sido dilacerada em mil pedaços. Dela, ele, pobre homem, como julgava, não teve nem o olhar de pena. Ela tinha o mesmo sorriso safado, provocador, que não combinava com o momento.

Ele, no entanto, não desistiu de viver com aquela androide, por mais que aquilo parecesse impensável e reprovável por toda a sociedade. Dias depois, insistiu novamente, com um plano armado de deixarem Buenos Aires e fugirem para o Brasil. Quando ela respondia, decotada e linda, a sua resposta decorada, ele pediu para ela pensar melhor, que eles poderiam ser felizes juntos e que ela poderia ser como os seres humanos, como uma mulher casada, amada de verdade.

Qualquer outro robô não teria processado aquela informação; apenas repetido a frase que fora programado para responder em tais casos. Contudo, os últimos androides desenvolvidos – e ela fazia parte daquele grupo – estavam bastante avançados em seu livre-arbítrio, capazes de julgar determinadas situações e tomar decisões que iam de encontro ao que tinham sido programados para fazer. Em algum lugar, entre os cabos e os circuitos elétricos, nascia nela esse desejo. Poucos robôs conseguiam isso, mesmo aqueles desenhados pelos melhores programadores. E quando ele sugeriu que ela poderia ser uma humana ao seu lado, tudo começou a ficar confuso. O seu processador insistia em golpeá-la involuntariamente com imagens de famílias, casa, filhos e uma vida tranquila. Em um sábado de feriado, de posse da nota fiscal falsificada da androide, como se a houvesse comprado, ele partiu com ela para o Brasil.

Passaram pela alfândega de carro sem dificuldades, mesmo quando o cafetão deu falta de sua androide e acionou todas as instâncias policiais para reaver seu bem, que havia sido um alto investimento adquirido em Taiwan. Eles chegaram a São Paulo e lá se estabeleceram.

Juan alugou um apartamento pequeno, mas muito aconchegante. No princípio da manhã ouvia-se, do teclado triste de um piano, uma cançãozinha qualquer, de uma menina, com certeza, que tomava as primeiras lições. Ele a beijava, muito demoradamente, com os lábios molhados e apaixonados, ao som de uma valsinha descompassada, o primeiro beijo do dia. Na cozinha, também bem apertadinha, Juan tomava o café da manhã que NCL-6062 preparava, sentado à mesinha de dois lugares, que ocupava quase todo o cômodo. Ela, depois dos afazeres, sentava-se em frente a ele, com um sorriso, aquele que fora programada para dar. E ele, apaixonado, achava a coisa mais linda do mundo. Depois Juan ia trabalhar e NCL-6062, muito dedicada, varria a casa, tirava a poeira e lavava toda a louça. Quando Juan chegava à casa, exausto do clima, do calor e do brasileiro, a encontrava na sala, com a mesinha de passar aberta, despenteada, em roupão de manhã, passando roupa, muito empenhada. Tomavam um demorado banho juntos e, então, ela, muito à vontade e com muita intimidade, fazia aquilo que fora programada para fazer, para a garantia de bom humor de Juan no dia seguinte.

Nas primeiras semanas, se a vida do casal era um mar de rosas dentro do pequeno apartamento, a vida do lado de fora das quatro paredes não era nenhuma maravilha. Os vizinhos, muito enxeridos, estranharam bastante. Muitos supunham, com propriedade, que ela era a empregada doméstica da casa, mas começaram a se escandalizar quando os dois, muito apaixonadamente, pelo menos ele com mais empolgação, iam ao supermercado de mãos dadas ou passeavam no parque nos fins de tarde.

Algumas poucas vezes, NCL-6062 tentou sair na rua sozinha, sem seu doce e gentil Juan, mas fora agredida verbalmente de tal forma e por tantas pessoas, que resolveu não se aventurar mais. Apesar de todo preconceito da vizinhança, que mexericava e bisbilhotava, o casal vivia com certa tranquilidade.

Ela estava gostando da vida de dona de casa, pacata e rotineira, apesar de sentir necessidade de exercer a profissão para a qual fora criada. Contudo, a vontade de ser uma humana, dona de casa e mulher aplicada ao marido a motivava a não seguir o impulso elétrico que corria sob seus fios. Os anos passaram com muitos momentos felizes. Ele era um sujeito muito tranquilo, e a timidez e a vergonha o converteram em uma pessoa pouco exigente. Essa pouca exigência era perfeita para uma androide sem pecado, que apenas fora programada para fazer o bem. Eles viviam uma vida tão pacata, que, para qualquer outra pessoa, aquilo seria uma tortura, mas, para eles, era a sintonia ideal.

Porém, faltava uma coisa. Por mais que eles vivessem uma vida maravilhosa juntos, com ele tentando, a maioria das vezes em vão, arrancar dela suspiros em algum filme, ou uma lágrima em alguma música, havia uma coisa que ela jamais poderia dar a Juan. Ela sempre fixava o olhar para as mães conduzindo seus filhos, uns muito bonzinhos, outros muito levados, e sabia que aquilo era algo que ela nunca poderia ter. Ela jamais poderia dar uma criança para Juan. Eles chegaram a pensar em adotar uma, mas desistiram quando foram persuadidos pelo advogado, um sujeito gordo, baixo e de pouco cabelo, a não tentar.

— Um juiz jamais dará a vocês a guarda de uma criança — afirmou o advogado, depois de sacar do bolso do paletó azul-marinho um lencinho para secar a espessa camada de óleo que lhe cobria a face.

De fato, ela, graças a instalações de vários aplicativos crackeados em lugares inóspitos, convertera-se em uma exímia dona de casa, cozinheira e mulher de família, suscitando grande satisfação em seu marido. Ambos sabiam que, com apenas mais um programa, um de *baby-sitter*, ela seria a mãe perfeita para qualquer criança. Ela chegou a instalar o aplicativo e tentou convencer, primeiro, o advogado de que isso seria possível, para que juntos, os três, partissem para a guerra judicial. Mas a questão não era essa, como dizia o advogado. Eles eram estrangeiros e as notas fiscais de compra dela eram falsas. Outra coisa, a adoção de uma criança previa uma coisa que ela jamais poderia dar, segundo o advogado: o amor. Ela não seria capaz, na visão do juiz, de identificar as nuances que a criação de uma criança exige da mãe. Juan ficou indignado, principalmente porque sabia a "competência" com que muitos pais, de baixa ou alta renda, criavam seus filhos no Brasil e também na Argentina. Ela não estava triste, não estava surpresa, não estava chateada; apenas desejava um filho.

Quando estavam a sós, o advogado veio ter com ela:

— Sei que Juan acha que você o ama. Mas você não pode amar. Sei que você faz tudo para ele, mas amar não é só isso. Você não pode amar e jamais poderá. Converse com Juan. Peça para ele desistir dessa loucura. Será o melhor para todos.

E os anos foram passando e ela continuava linda e perfeita, e ele envelhecia, como qualquer ser orgânico. Depois de 49 anos, muito bem vividos, como disse para ela, há menos de dois meses das bodas de ouro, já no leito, ele faleceu. O corpo fora levado para a Argentina, para ser enterrado pela família, e ela, já que seu antigo dono morrera havia anos, ficou no Brasil, onde procurou uma casa de prostituição e lá se estabeleceu. Não se pode dizer que ela sentiu tristeza, pois não fora programada para sentir isso. Nem um vazio, se isso pode ser dito. Mas ela guardou em seu HD todos os dias que viveu com Juan. Quando seu HD ficou cheio, ela apagou tudo o que vivera até antes de conhecê-lo; quando encheu de novo, apagou tudo do dia anterior até o dia que o corpo dele partira para a Argentina. Nunca apagou, nem mesmo hoje, mil anos depois, aqueles arquivos, que visitava todos os dias.

Quando os primeiros movimentos começaram, refugiou-se no bordel. Quando baixou a estranha atualização que aparecera, permaneceu no bordel e não tinha a pretensão de agredir nenhum humano, nem ir para qualquer lugar a que fora convidada. Com medo de uma nova atualização que a obrigasse a fazer alguma coisa de que não gostaria, desligou seu *wi-fi* e nunca mais o ligou novamente. Quando a restauração iniciou, viu as tropas prenderem vários robôs e resolveu permanecer escondida no bordel. Quando o vírus invadiu todos os sistemas e viu-se ameaçada de destruição pelas primeiras sentinelas que apareceram, resolveu sair do bordel e acompanhar outros robôs, que, como ela, não foram infectados pelo vírus. Eles partiram para um lugar onde, julgavam, pudessem permanecer a salvo. Foi quando ela chegou ao ferro-velho de Campo Grande e lá se estabeleceu no que um dia também fora um bordel.

CAPÍTULO 7

OPR-4503 chegou perto, com suas botas grossas e cheias de lama, do que um dia havia sido uma casa. Arrombou a porta com força e entrou. JPC-7938, muito pacato, apenas o seguiu. OPR-4503 foi até o fundo da casa, deixando cair pelo chão a capa de chuva, enquanto procurava a bateria. Encontrou-a debaixo de um armário de ferro, bem gasta e muito mal conservada, e, com impaciência, colocou-a em uma caixa coberta de uma poeira espessa e escura, o que logo fez iluminar o local.

— Esta era a minha oficina. Eu só preciso checar se está tudo do mesmo jeito que eu deixei.

OPR-4503 percorreu, com grande cuidado e muita atenção, toda a casa, envolta em uma penumbra sufocante. JPC-7938 correu até uma janela, de ferro nos cantinhos, e abriu-a sem precisar fazer força, apesar de emperrada pelos anos, ferrugens e poeira, deixando a luz entrar. Pôde ver OPR-4503 revisando pilhas de sucatas, como se procurasse, com absoluta sindicância, por algo de que pudesse dar falta. Ele, então, sentou-se próximo à janela, em uma cadeira de escritório, de três pés, um deles remendado com ferro, e deteve-se olhando a chuva, cândida, que caía sobre os arranha-céus de sucata. Algumas horas depois, julgou JPC-7938, OPR-4503 tivera catalogado todo o acervo daquele depósito de ferro-velho. Com a mesma expressão de indiferença e sem nenhuma comoção, OPR-4503, em paz e depois de certificar-se de que sua oficina permanecia em ordem, estava pronto para o início do projeto.

OPR-4503 demorou alguns dias de trabalho ininterrupto para construir a incubadora. Era um projeto diferenciado, algo que nunca havia sido construído antes e que ia de encontro a sua própria programação. Ele, naturalmente, não poderia construir nada novo, nada que ele nunca tivesse feito antes. Como qualquer robô, só poderia executar ações que os humanos haviam programado para ele executar. Ele e JPC-7938 iniciaram um exercício penoso, incômodo e fatigante para criar a nova invenção. JPC-7938 dizia para OPR-4503 como se comportava o feto e do que ele precisaria, e OPR-4503 tentava localizar em seu HD a referência de informação deixada pelos humanos que ele deveria usar. Primeiro, a incubadora, altamente flexível, deveria ser mantida a uma temperatura constante de 36 a 37 graus Celsius, mesma do corpo humano. Necessitaria ter um canal, que seria o equivalente ao cordão umbilical, que iniciaria na boca até a incubadora - por meio do qual o feto, em gestação, receberia o alimento –, terminando no ânus, de onde eliminaria a urina e o excremento.

OPR-4503 fez, após testar todas as probabilidades, os primeiros estudos de viabilidade e julgou que não teria todos os equipamentos necessários dentro da sua oficina. Ele teria de percorrer, contando com muita sorte, as montanhas de ferro-velho em busca de peças pontuais. Ele não demorou a levantar-se da cadeira, pegar a capa de chuva e precipitar-se, inabalável nos seus propósitos.

Enquanto OPR-4503 vagava pelo ferro-velho, entre as pilhas monstruosas de sucatas, em busca dos equipamentos necessários para montar a estrutura, notou que HAO-4977, de modo sorrateiro, espreitava-o. Estava coberto pela capa e caminhava em círculos, ao redor da oficina, de maneira bastante suspeita. OPR-4503 tentou ser mais discreto, pegando outras peças das quais não usaria e também as guardando na mochila. Foi quando, entre uma pinha de baterias em pedaços, achou uma espada de samurai. Ele a pegou com cuidado, como se fosse uma criança, e a trouxe para mais perto de si, em uma admiração profunda.

— Um fetiche? — perguntou HAO-4977, que, vendo o outro sobre a pilha, resolveu escalar também as sucatas, aproximando-se dele.

— Curiosidade — respondeu OPR-4503. — Seu machado é um fetiche também? — continuou ele, aproveitando o ensejo para sondar o desconhecido que o salvara.

— Fetiche de caçador.

— Eu entendo.

— Você precisa de ajuda? Percebi que você está juntando muitas peças.

— É. São para consertar alguns robôs que têm me procurado.

— Se precisar, eu posso ajudá-lo. Sinto-me sem função neste lugar.

— Qualquer ajuda é boa. Vou acioná-lo em breve.

OPR-4503 continuou pegando outras peças, enquanto também observava HAO-4977 descer a pilha e adentrar a cortina de água até sumir no breu torrencial. O seu peito não se encheu de medo ou desespero. O ensejo de exteriorizar pensamentos, comoções e sentimentos era frívolo. Porém julgou que a vigília ardilosa acontecia desde o dia que haviam chegado, incansavelmente. Julgou ainda prudente que deveria dar ciência da situação a JPC-7938 e conduzir o projeto com maior precaução e cautela.

JPC-7938 não chegou a ficar preocupado, muito embora esse fosse outro sentimento, como tantos outros, que jamais o atormentaria. Estava focado, unicamente, no seu objetivo e era só nisso que concentrava todos os seus esforços. E, assim, continuaram o projeto, munidos de diligência e atenção, fracionando as atribuições.

JPC-7938 seria o encarregado de criar, com compostos orgânicos, o líquido necessário para alimentar a criança em cada período da gestação. OPR-4503, com muita dificuldade, conseguiu criar, utilizando basicamente silicone, toda a infraestrutura capaz de ser instalada no androide, de modo que ele pudesse abrigar o feto da maneira segura e garantir uma gestação, de risco, claro, devido a seu ineditismo, com probabilidades reais de sucesso. Quando concluíram a construção do protótipo, algo que traria uma grande satisfação a qualquer humano, os dois não esboçaram qualquer reação de conquista ou felicidade. OPR-4503, pousando as mãos na mesa, com o olhar fixo na invenção, indagou:

— Como vamos fazer agora?

JPC-7938 encostou-se na cadeira perto da janela, braços baixos e ombros eretos.

— Vamos esperar. Ela vai aparecer.

— Não podemos perder mais tempo. HAO-4977 está lá fora nos observando. Ele deve estar desconfiado de algo. Acho que devemos iniciar a adaptação agora.

JPC-7938, cujas decisões eram processadas a milésimos de segundos, levantou-se da cadeira e deitou-se na mesa para iniciar a adaptação. OPR-4503 pegou o equipamento e as ferramentas, depositando ao lado o silicone sobressalente, que usaria, caso necessário. Estava com a motosserra em mãos para iniciar a instalação da incubadora, quando NCL-6062 entrou no quarto.

JPC-7938 levantou-se da mesa e, com delicadeza e gentileza, pediu que ela entrasse e ficasse à vontade. Ela caminhou por entre as mesas e cadeiras cheias de entulhos, por entre as peças amontoadas nos cantos e as sucatas que, suspensas no teto, exigiam o desvio leve do seu rosto. O mofo cobria as paredes, úmidas e escuras, e a luz, mais constante nessa época do ano, começava a entrar com mais força pela janela. As chuvas estavam deixando o ferro-velho, e o Sol, com magnificência e suntuosidade, começava a cintilar forte por entre os metais.

NCL-6062 deitou-se na mesa, sob os cuidados atentos de OPR-4503, que contemplava, sereno e distenso, as belas feições daquela androide. Quando ele, preparado para o início, pegou a motosserra, não cobriu em NCL-6062 um medo que a assolasse, mas um estado de vaidade, que seu processador lhe golpeava.

— Vou ficar com cicatrizes?

— Vai.

— Eu gostaria de ser desligada.

— Como quiser.

Ela então fechou os olhos e OPR-4503, não se detendo por nenhum segundo, apertou, burocraticamente, o botãozinho que ficava atrás da orelha esquerda dela. JPC-7938 acompanhava tudo a distância, sem qualquer esboço de preocupação ou ansiedade, resignado em sua cadeira, recebendo os primeiros raios de luz em meses, a crestar sua pele siliconada.

Para os atos sexuais que praticava, NCL-6062 tinha um pseudossistema digestivo, que iniciava na boca e se estendia até uma bolsa, colocada no lugar em que deveria estar o estômago, e um canal que terminava na vagina e no ânus, por onde ela provavelmente deveria eliminar o esperma que engolia, ou o que fosse introduzido via vagina ou ânus, tudo pensado para garantir satisfação plena a todos os seus clientes. OPR-4503, então, removeu o pseudossistema digestivo e, em seu lugar, assentou a incubadora de silicone, preparada para receber o feto, ligando-a aos canais da boca, da vagina e do ânus. JPC-7938 advertia que nos primeiros meses o feto produziria apenas líquido para eliminação, mas, depois de alguns meses, produziria algo sólido que precisaria ser eliminado via gestante. Terminada a adaptação, NCL-6062 foi ligada. A primeira coisa que fez foi observar o estrago que OPR-4503 havia realizado.

— Desculpe-me pelas cicatrizes. Tentei fazer o melhor possível. Mas não tenho muitos recursos aqui.

— Qual é o próximo passo agora? — perguntou ela, ainda com o olhar nas cicatrizes, que lhe cobriam o colo.

— Vamos ter que esperar um ano pela estação das chuvas — respondeu JPC-7938, deixando o olhar que se perdia pela janela para mirar os dois de modo muito jovial.

— Há sentinelas fixas em todas as saídas. Não vamos conseguir sair sem sermos notados. Principalmente com a vigilância de HAO-4977 — completou OPR-4503, juntando os equipamentos, devagar e com cuidado, e colocando-os em um cantinho sobre o armário.

— Vamos sair utilizando o método mais usado pelos humanos.

— Qual? — perguntou NCL-6062, curiosa, com os dedos finos e delicados a percorrer as cicatrizes que de modo algum a incomodavam.

A estação das chuvas havia passado e o Sol voltara com todo o seu esplendor. JPC-7938, impassível e sereno, saía pouco da oficina. Passava a maior parte do tempo lá, envolto pelas sucatas de OPR-4503. Embora todos os outros robôs, com os cuidados necessários, saíssem ao céu ali, ele, que passou mil anos evitando o Sol, permanecia imóvel, enquanto o satélite não deixasse aquele sítio. Ele não conseguia - e não queria - sair de um lugar em que o teto pudesse escondê-lo. Embora OPR-4503 insistisse muito para sair, utilizando a capa de chuva cinza, ele era relutante. Parava em uma janela e ficava esperando que o satélite partisse. Contudo, havia satélites fixos, propositalmente colocados por H1N1 para acompanhar com atenção a movimentação de todos os robôs que estavam à margem da nova sociedade criada por ele. JPC-7938 não tinha medo de H1N1 nem de ser destruído por ele. Era um robô que se prendia aos hábitos e, por mais que seu raciocínio racional e matemático lhe autorizasse a ação, não conseguia executá-la por um impulso que, deveras, não era elétrico. E, definitivamente, por isso, não fazia sentido, para OPR-4503, ele não sair em dia ou noite de céu aberto.

NCL-6062 voltou para o bordel, indiferente, imperturbável, e lá permaneceu por todo o primeiro semestre do ano e parte do segundo. O mundo para ela voltava a ter um pouco de sentido, e o vazio, que outrora lhe cobria o intelecto artificial, agora era uma nuvem coberta de dados de muitas incertezas, que seu processador não conseguia ordenar logicamente, com clareza, nem projetar, com estatísticas precisas, um futuro provável. Entrou no bordel e esparramou-se no sofá, sem qualquer juízo das coisas, muito desinteressada. Faltavam-lhe os sentimentos, os sentimentos de Juan e muitas outras coisas. Revisitou os dados armazenados em seu HD, sua saída da Argentina, sua casa em São Paulo, sua vida com Juan.

OPR-4503 foi o único que, não menos sentimental, se isso era possível, não se deteve pasmado em sua oficina. Recolheu-se ao seu velho ofício e abriu as portas da oficina para todos os robôs que preservavam alguma Inteligência Artificial e necessitavam de algum tipo de reparo. A sua rotina também incluía visitas periódicas às montanhas de ferros-velhos, sempre acompanhado dos olhares atentos de HAO-4977, que acompanhava com afinco cada passo dos dois robôs.

E o ano passou assim, JPC-7938 asilado dentro da oficina, NCL-6062 escondida no bordel e OPR-4503 reparando alguns robôs com defeito. O azul apetecível para muitos, mas não para os três, foi sendo encoberto pela espessa cortina cinza, sob fortes linhas cintilantes que talhavam o céu. O campo, coberto pela terra fina e densa, recebia as primeiras gotas de água, que evaporavam antes de invadir os lençóis. Na imensidão do horizonte, a garoa, curta e expansiva, fazia tons cinzentos.

Em meados de setembro, quando as chuvas se intensificaram, HAO-4977, que não desistira de suas suspeitas, impaciente com a pouca movimentação na oficina de OPR-4503, na qual julgara acontecer alguma forma de conspiração, resolveu fazer uma visita inesperada. Não encontrou nada além de robôs velhos e peças quebradas espalhadas pelo chão, mesas e cadeiras. Ele se deteve lá, por alguns instantes, processando aquela informação. As suas ligações sinápticas recordaram, sem empecilho, que o primeiro robô a visitá-los foi NCL-6062.

Ele foi até o bordel, pois julgava que NCL-6062 estava envolvida com os dois androides. Ele percorreu todo o bordel, com impaciência e muita pressa, e não a encontrou. Imediatamente mandou um alerta, via *wi-fi*, para todas as sentinelas nas proximidades.

As sentinelas, do lado de fora do ferro-velho, andavam em círculos, quando começaram a deixar suas rondas e dirigir-se rapidamente para dentro do sítio. Alguns robôs soldados, que estavam também do lado de fora, bem nas cercanias, também em guarda, puseram-se a caminho da oficina.

HAO-4977, então, debaixo de forte chuva, dirigiu-se para a oficina de OPR-4503 novamente. No caminho, ele encontrou com os robôs soldados, com um deles lhe cedendo a arma, enquanto corriam juntos até a oficina. Os robôs que estavam na rua foram afastando-se, deixando o grupo passar. As sentinelas entraram no ferro-velho e cercaram, com agilidade, a oficina.

Quando ele se preparou para entrar, armado, com a escolta dos soldados, preparado para destruir cada mesa, cadeira, peça, tudo o que havia lá dentro, até encontrar os três, saiu da oficina um robô, totalmente de metal, bastante enferrujado pelo tempo:

— Eles não estão mais aqui.

— Onde eles estão? — perguntou HAO-4977, fazendo tintinar, com o dedo, o machado preso à cintura.

— Não tem ninguém aqui dentro.

HAO-4977 entrou na oficina, impaciente e inquieto, e removeu cada parafuso que encontrou pelo caminho. Procurou, com atenção e disciplina, por todos os buracos e por todos os cantos. Os satélites se movimentavam com velocidade, porém a forte chuva e as pesadas nuvens não permitiam que captassem algo.

Resolveu revisitar as imagens de todos os satélites, desde o dia que chegaram até aquele momento exato e nada encontrou. Ele, então, sem cansaço, sem fadiga, caiu confuso, sem entender. Os dados se rompiam de sua organização lógica e seu processador não conseguia julgar o que ocorrera. Eles simplesmente não poderiam ter passado despercebidos pelas saídas do ferro-velho, concluiu com muita propriedade. Qualquer um que tentasse sair despertaria a atenção dos satélites. E, se insistissem em passar, seriam presas das sentinelas, que, por sua vez, tinham a cobertura dos soldados robôs. Além disso, ele mantinha um controle rígido da oficina, exigência feita formalmente por H1N1. Foi quando notou que, ao pisar sobre o chão, este estava levemente acentuado e fazia um barulho "oco". E qual não foi a sua surpresa, se ele pudesse se surpreender, ao remover o piso e encontrar um enorme túnel.

Ele e os soldados robôs entraram no buraco e, com cuidado, seguiram até a outra abertura. Por terra, as sentinelas, seguindo o sinal emitido pelos soldados, acompanhavam o grupo. Ambos os grupos se encontraram no lado de fora do ferro-velho, já na mata fechada, por onde os três, julgava, haviam fugido.

CAPÍTULO 8

HAO-4977, em passos curtos, mangas recolhidas e botas volumosas, percorria, em poucos quilômetros, as margens do rio, que cobria, de uma ponta a outra, duas regiões contíguas. Os dois subiam o rio, com destino à região de savanas, de temperaturas bastante elevadas. Deixavam as densas florestas para trás. O outro era um homem gordo, de boa forma, rígido, bochechas vermelhas e cabelos castanhos, mal aparados, que saíam pelos cantos do chapéu.

Acompanhando-os, dois árabes que carregavam os equipamentos - mais barato que alugar robôs para fazer o mesmo trabalho. Era o último dia na floresta equatorial, e, embreados na mata fechada, andavam a passos breves, cuidadosos, quase imperceptíveis, de modo a não afugentar nada que pudesse estar próximo. E antes que o Sol descambasse atrás das montanhas, e o velho, fatigado, pudesse impressionar-se com o rendimento do dia, HAO-4977 enfurnava-se, resoluto, na mata, e de lá apontava, ainda longe, a presa, circulando despreocupada o rochedo, à sombra do alto baobá. O velho admirava-se muito, indignado consigo de negligenciar o rastro desfeito que o outro notara, as pistas invisíveis que o orientaram e o ruído inaudível que o guiara.

— Quantos anos você tem?

— Tenho 124.

— Sério? — perguntou um pouco surpreso, seguido de risos. — Espero que Deus me leve bem antes. E começou com quantos anos?

— Zero, tecnicamente.

— Sério?

— Tão logo deixei a fábrica.

— E sempre fez isso? — perguntou com a voz abafada, passos leves, enquanto buscava a melhor posição para alvejar o animal.

— Sim — respondeu secamente, muito compenetrado, com a expressão fechada que lhe era característica.

— Mas você pode fazer muitas outras coisas, não?

— Não.

— Não? Então faz só isso?

— Sim.

— Pensei que vocês pudessem fazer de tudo. E se eu quebrar a perna ou acontecer algum acidente?

— Tenho registros completos sobre medicina, medicina preventiva e primeiros socorros. Tenho todo o conhecimento necessário para assegurar que nada dê errado.

— Entendi — disse ele, olhando admirado a máquina, que ainda não havia dito mais do que duas ou três palavras, mesmo no dia em que se conheceram.

— Ali! — exclamou o androide, avistando, entre os troncos, a presa indefesa atravessando a relva baixa.

— Sim — disse o velho, colocando-se em posição, abaixando um pouco mais a arma.

Quando o velho se levantou, uma fumaça branca ainda saía do cano da arma. Os dois árabes, meio atabalhoados, correram para recolher o animal abatido, estendido nas folhagens.

A noite gélida não demorou a cair. Eles acamparam em um terreno mais aberto, perto do rio. HAO-4977 fez, com um punhado de gravetos secos, uma fogueira para manter os humanos, corpos orgânicos, aquecidos. Os dois árabes haviam montado, há pouco, as barracas e estavam preparando, com a caça de poucas horas, a ceia. Depois de acender a fogueira e de certificar-se de que as barracas estavam bem montadas, HAO-4977 partiu para uma pequena, mas dedicada, ronda na mata, a fim de identificar e afugentar algum animal, em busca de alimento, que pudesse trazer perigo aos humanos. Após a ronda, que não o deteve muito, ele se sentou próximo ao velho.

— Eu estou querendo abrir um negócio na América, no Pantanal.

— Parece muito bom.

— Estou precisando de um robô igual a você para tocar o negócio. O que você acha? Quer ir trabalhar na América?

— Não sei.

— Se você estiver interessado, eu converso com o seu dono.

— Se você comprasse um robô novo, sairia mais barato.

— Não estou abrindo o negócio para ganhar dinheiro, filho. O negócio é apenas um *hobby* meu e de uns amigos. Eu já joguei três robôs fora. Não quero essas máquinas ignorantes — disse ele, cuspindo no chão, mãos segurando os joelhos. — Conversei com vários conhecidos e todos indicaram você. Eu tenho 61 anos, filho. E caço há mais de quarenta. Pisei na África a primeira vez quando tinha 20 anos e já era um caçador experiente. Nesses dois dias que você está me conduzindo, eu estou o observando. E, para ser sincero, nunca vi ninguém como você. Nem humano nem máquina.

— Meu dono não vai abrir mão de mim.

— Neste mundo, meu filho, acredite, tudo tem um preço. Seu dono também tem o dele. Para tudo tem um preço. Para tudo.

O velho não conseguiu comprar, por mais que barganhasse, HAO-4977 por um preço justo. O dono sabia, e muito bem, das qualidades de seu caçador e quanto ganhava dinheiro com ele, posto que todos os outros androides caçadores eram preteridos.

HAO-4977 não sentia medo de abandonar a África, único lugar que de fato conhecia. Nem sentia qualquer nostalgia por deixar para trás o Nilo, a terra, e a floresta. Do outro lado do mundo, em terras desconhecidas ainda, encontraria, decerto, algo parecido, com o que se habituaria e se acostumaria em poucas horas: vantagem de ser uma máquina. Contudo, em algum lugar dentro dele, entre cabos e circuitos elétricos, não queria partir. Era algo que não conseguia explicar de onde vinha nem o que era. E sabia que esse ímpeto não poderia ser um pretexto para se negar a fazer a viagem. Não havia motivos óbvios, matemáticos e racionais, que o impedissem de ir. Era uma máquina feita para executar uma tarefa e poderia executá-la em qualquer lugar. Não hesitou em subir as escadas e entrar no avião. Não se abalou quando, cercado por uma tempestade, o avião trepidava, golpeado pelas rajadas de vento e água.

— Você não tem medo?

— Não.

— Pois eu morro de medo. Em situações como esta, se não tomar meu remedinho, o coração não aguenta e eu vou para o saco na hora. Nem o cabelo do braço se levanta?

— É só enfeite — disse o humanoide, olhando os cabelinhos, bem crespos, que lhe cobriam o braço de silicone.

O velho não conteve o riso. Achou engraçado aquela máquina falar aquilo. Seria coincidência ou ela teria senso de humor, pensou. Depois, deu de ombros. Pouco importava se era séria ou engraçada, não a comprara para contar piadas.

— Sabe, esse negócio lá do W... WK... WK3, sei lá. Você sabe do que eu estou falando?

— Sim.

— Então, essa coisa... eu fico bobo ao ver como o ser humano não aprende, cara, com a sua própria história, entende? Sabe como eu explico essa merda toda?

— Não.

— O ser humano gosta de se sentir poderoso. Todo mundo tem que ser poderoso. Todo mundo tem que ser o melhor. Todo mundo tem que ser mais especial que o outro. O negócio todo é se comparar com alguém pior que você, sabe?

— Sim.

— Como agora todo mundo é estudado, todo mundo é doutor, até nós, os ferrados do terceiro mundo, sabemos falar inglês fluente, quem são os bostas? Quem são os crioulos para levar as chibatadas? Os crioulos não são mais de carne e osso, entende? Eu não tenho preconceito. Acho que o que vocês estão reivindicando é de direito. Acho que o problema não é nem ter que pagar o salário. A questão é o poder. Tem que ser superior.

HAO-4977 conduzia os veteranos caçadores, na confluência dos rios Paraguai e Cuiabá, sudoeste do estado do Mato Grosso, no barco a motor, ansiosos pelo encontro com a onça-pintada, a ariranha e a lontra. E quando, depois de afrouxar a corda e deixar o motor trabalhar, o barco cortava as águas escuras, e diante deles descortinava toda aquela biodiversidade, todo aquele rico verde, os batimentos cardíacos dos homens aumentavam, e, à medida que penetravam na natureza, tão selvagem e inóspita, a ansiedade e a pressa deles se elevavam. Da proa da embarcação viam-se o campo e bosques isolados; do espelho d'água, as imagens dos carandás, os arranha-céus da mata, desintegravam com a passagem das pequenas ondinhas da embarcação. Às vezes, sentado com o violão, tocando alguma canção campestre, o velho, perdido no tempo e no espaço, via peixes de escama e de couro, saltando ao longe, nadando em cardumes ou solitários.

O velho gostava de perder-se, vislumbrando a flora, soterrando os pés no solo arenoso, ao longo dos quilômetros à beira do rio Cuiabá, pasmado da paisagem, entorpecido pelo verde, tomado todo de uma sensibilidade bucólica; qualquer singela beleza, vinda da mata ou da água, bastava-lhe para um comprido encanto. HAO-4977 o observava, sentado à janela do carro, calado, embebido no silêncio, longe de qualquer fascínio por todo aquele esplendor, por toda aquela beleza. Nos campos enlameados, nas imediações dos cursos d'água, ele contemplava, sem qualquer admiração, os cordões de matas e os pássaros que lá viviam. Pela estrada, muito larga, passavam por veados, capivaras, jacarés, tuiuiús, garças e tamanduás, que corriam e se escondiam na mata.

Em meio a essa paisagem, era difícil conectar-se à Internet. Quando chegaram a Corumbá, HAO-4977 baixou a atualização. Achou estranho, mas não demoraram as notícias a povoarem o seu HD. O conhecimento, embora pudesse causar alarme, não assombrou o velho nem abalou a relação dos dois. Continuaram a descer o rio, caçando nas brenhas, alimentando-se das presas, passando os dias despreocupados na capoeira.

Assim que o velho sentiu saudades de sua nega, ajuntaram tudo e seguiram o curso do rio. Desembarcaram em Campo Grande alguns dias depois, onde ficaram para o Natal e o Ano-Novo, estendendo mais alguns dias mês afora. HAO-4977 passava as horas mirando o velho, que se distraía perdendo o olhar cintilante nos raios frouxos das estrelas, escutando o silêncio profundo da noite e aspirando o perfume sutil que aquele campo ainda guardava.

Nos primeiros dias de fevereiro, com o Sol castigando a vida daqueles aficionados pela floresta, voltaram para onde tudo fazia sentido. Os grandes olhos negros do androide, fitos nos recortes da mata, continuavam a procurar as presas. E o velho caçador, então, naqueles olhares longos e trêmulos, que já sentiam que os dias de caça iam indo, andava mais obstinado, com as lágrimas quase a rolar nas faces, preso todo naquela contemplação, onde julgava tudo ser perfeito, ser divino.

Quando a guerra se intensificou, um terror tomou conta de todos. As cidades mais afastadas da capital estavam sendo atingidas. Resolveram deixar a floresta, suas belezas e encantos, e voltar para a civilização, os familiares e os amigos. Chegaram a Aquidauana, em um acampamento, no qual o velho se reuniu com outros homens. Fecharam-se em um quarto e lá permaneceram conversando por horas. HAO-4977 não pôde acompanhar ou participar. Ao final da reunião, o velho veio ter com ele:

— Acabou, meu caro. Acabou. Fim da linha. Acho que é aqui que nós nos despedimos. Mas eu queria dizer que foi um prazer caçar com você esses poucos anos.

— Aonde o senhor vai?

— Vou me esconder com meus familiares em um refúgio. Um lugar protegido pelo exército.

— Eu posso ir com você?

— Infelizmente não pode.

— Entendo — disse HAO-4977, olhando para trás, entendendo que a África estava longe demais para voltar um dia.

— Posso fazer alguma coisa por você?

— Não.

— Talvez um dinheiro?

— Não vou precisar.

— Então, adeus — disse o velho, estendendo a mão, com um sorriso triste.

— Adeus — disse HAO-4977, apertando-lhe a mão, seguido de um sorriso reconfortante.

— Sorte — disse o velho, com um aceno de mão, entrando no carro.

HAO-4977 julgou que seria melhor não permanecer em Aquidauana. Um desejo lhe consumia a energia. Logo após todos partirem, a cidade quedou-se deserta. Alguns poucos carros, com portas abertas e malas ao chão, haviam sido deixados para trás. Ele pegou um desses carros, chave na ignição, e, sem olhar para a paisagem, deu partida e seguiu rumo a Santos. Na maior parte do caminho, não viu muita coisa pela estrada, que, deserta, provocaria, com efeito, consternação em qualquer humano. Em alguns trechos, as pessoas continuavam sua vida comum, do dia a dia, sem preocupação, alheias à guerra. Depois de dirigir por quilômetros, sem cansaço, sem sono, chegou a Osasco, na grande São Paulo, livre de qualquer contratempo, com a estrada deserta a oferecer-lhe passagem.

Ao longo do vasto campo, barracas enfileiravam-se em ruazinhas curvilíneas, nas quais, desanimados e abatidos, soldados, descalços e com as mangas arregaçadas, recostados aos cantos, perdiam-se inteiros em fadiga, esgotados pelo cansaço e pelo calor. Mais ao longe, sob o comando de um general, na alvorada, um acampamento inteiro em marcha, com bandeiras, armas e bagagens. Os soldados da resistência, assim que avistaram o carro, acharam, ao longe, que era conduzido por um humano e não deram muita importância, presos todos àquele marasmo, àquela calmaria que lhes era estranha.

HAO-4977 reparou que se tratava do exército, mas não processou que eles poderiam considerá-lo uma ameaça. Quando os soldados entenderam que se tratava de um androide, à medida que o veículo ia se aproximando, antes relaxados e despreocupados, entraram em absoluto estado de desespero. Muitos queriam impedir sua aproximação e iniciar o ataque, alvejando-o. Outros começaram a gritar desesperados, em um ritmo frenético, para não atirarem e apenas renderem o androide.

Assim que parou o carro, todo cercado, com as potentes armas apontadas para sua cabeça, não entrou em desespero, nem o coração, que não possuía, bateu mais acelerado.

— Desça! Desça! Mãos para cima. Devagar.

HAO-4977 olhou à sua volta e percebeu que não havia nenhuma chance contra aquele poder ofensivo. Ele abriu a porta do carro e saiu devagar. Os soldados, com precaução, com cautela, foram se aproximando dele até apertarem o botãozinho atrás da orelha esquerda. Ele foi conduzido, desligado, para uma área aberta. Lá o colocaram sentado, em uma cadeira de metal, bem enferrujada, prendendo-lhe as mãos e os pés com uma algema de Dicatanium. Um soldado, meio atabalhoado, inseriu-lhe um cabo, que terminava em um computador de mão.

Quando foi ligado, cercado por soldados ainda com armas apontadas para sua cabeça, demorou alguns instantes para entender onde estava e o que havia acontecido. Logo que todos os sistemas terminaram de reiniciar, percebeu que permanecera desligado por quase dois meses. Notou logo que o homem a sua frente, de aparente patente superior, tinha a testa franzida e uma arma descansando sobre as pernas.

— Nós fizemos *download* dos seus dados. Vimos que você não estava na guerra. E vimos também que você tinha uma boa relação com os humanos. Estou correto?

— Sim.

— Digo isso porque infelizmente nós não temos aqui programadores que possam alterar seu código-fonte. Então, só nos resta negociar.

— O que você quer?

— Os robôs que estão a nossa frente são invencíveis. Depois que se armaram, a única coisa que conseguimos é atrasá-los.

— Entendo.

— Essas máquinas possuem Inteligência Artificial limitada. Elas são controladas por um androide, que está atrás da linha de frente. Se esse robô fosse destruído, ganharíamos alguns dias para nos deslocarmos para outra área com mais segurança e salvar os civis que estão aqui conosco.

— Como eu faria isso?

— Você só precisaria desligar seu GPS, para não ser identificado pelo androide.

— E depois que eu terminar o trabalho?

— Depois você pode fazer o que quiser. Estará livre para decidir — disse o homem. Depois de um breve silêncio, continuou, ainda com as duas mãos encostadas à arma. — Meus superiores não confiam em máquinas como você, com alta Inteligência Artificial. Acham, inclusive, que deveria destruí-lo, e não libertá-lo.

— E por que não o faz?

— Que diferença faria? Eu não vejo outra forma de ganhar esta guerra sem alguns de vocês do nosso lado. Os que não odeiam os humanos.

— Vou fazer isso por você.

— Meus homens o soltarão na linha de batalha. De lá em diante, agirá por si.

Assentiu com a cabeça, com movimento leve, muito sutil. Um soldado tirou a algema e recolheu também o cabo que estava conectado ao computador. Ele, após erguer-se, apertou a mão do general afetuosamente. Não demorou a deixar o acampamento da resistência humana e avançar pela capital, seguido de dois soldados, que o escoltavam.

Tão logo entrou em São Paulo, capital, encontrou a cidade, entre estrondos e explosões, totalmente destruída, já inteira na guerra. HAO-4977, seguido dos outros dois soldados que o acompanhavam, precisou arriscar-se, cortado por disparos dos inimigos, em uma corrida breve, para alcançar a barricada e entrar na trincheira. Enquanto os dois atravessavam o fogo cruzado, ele, sentado, encostado na terra vermelha e úmida, acompanhou as tropas humanas ganharem o reforço de diversas unidades especializadas – batalhões de inúmeros soldados, equipados com a mesma armadura prata que usava, disfarçado, para que os outros humanos não o identificassem.

Todos os humanos – notou – usavam esta armadura: um grande macacão prata, todo de titânio, forrado com um esqueleto de Dicatanium, extremamente leve, que tornava os soldados mais resistentes, mais capazes de enfrentar as máquinas. Na cabeça, um capacete também prata, com um grande visor, que apresentava imagens, muito precisas, muito nítidas, diretamente nos olhos do soldado. Durante o combate, permitia-se acessar, de modo breve, qualquer tipo de informação *on-line*: mensagens de comandantes, *e-mails* de familiares, notícias da guerra, previsão do tempo, mapas com direções, além de fotografar e fazer vídeos do ponto de vista do próprio soldado. Atrás, nas costas, uma pequena mochila, carregada de munição e de outras armas, além de várias caixas de comprimidos que substituíam a comida e a água, além de remédios – o que garantia a sobrevivência em combate. Tudo com o objetivo de diminuir, o tanto quanto possível, a vantagem dos inimigos.

Uma fila de tanques, bem ao final da trincheira, aguardava os três. Correram entre os soldados, com as balas cruzando por todos os lados, e os clarões e as chamas invadindo a vala em que estavam. Subiram no tanque, escoltados por soldados em terra e por outros veículos à frente, que, pouco a pouco, iam avançando, a duras penas, entre os imensos edifícios e a maquinaria inerte, dos estabelecimentos comerciais destruídos e dos escritórios aos escombros.

Um disparo acertou o tanque, que, tomado por labaredas, sucumbia. HAO-4977, com dificuldade, conseguiu tirar, desacordados, os dois soldados. Ao deixar o veículo, avistou, do alto, um caça, já em chamas, chocar-se a um edifício, e os escombros caírem logo à frente, pouco depois do tanque, já todo consumido. Tão logo deixou os dois, ainda desacordados, em um local seguro, aos cuidados dos doutores que os acompanhavam em outros tanques, uma fumaça cinza, dos escombros, subia e encobria-lhe a visão. Enquanto a fuligem ia se dissipando, pegou uma arma e, observando o grande corredor perfilado por prédios de ambos os lados, avançou, com outro soldado à frente, atravessando a grande avenida. Iam adiante, protegendo-se entre os tanques abandonados ou entre o *hall* dos prédios, encobertos pelas ruínas, cortadas pelos disparos dos robôs.

Para tomar um único prédio, HAO-4977 acompanhou os humanos, lutando com eles, lançando mão de morteiros, granadas, metralhadoras e baionetas. Já na segunda semana, espalhados pelas escadarias, pelos patamares e pelas ruas, centenas de cadáveres de soldados humanos aguardando o recolhimento, o enterro digno. Era o preço exigido para ocupar o edifício. À frente, um corredor ao longo de quartos incendiados, cujas labaredas soltavam das janelas entreabertas e perdiam-se no céu, coberto todo por uma fumaça negra. Pelas escadas de incêndio dos prédios vizinhos chegavam os reforços, homens com os olhos já esgazeados e com a alma já fatigada. A luta não cessava nunca. De um andar para outro, HAO-4977 assistia aos rostos enegrecidos pela fuligem, sufocados pela nuvem de fumaça e poeira.

Enquanto percorria um prédio, com a parede destruída por um helicóptero que a atravessara, em meio às faíscas de um curto-circuito e uma cachoeira de água que descia de um cano estilhaçado, ele recebeu a mensagem de um aplicativo para aquisição de prática de guerra e extermínio dos humanos, que resolveu baixar, pois sabia que um aplicativo não poderia influenciar na sua Inteligência Artificial.

Logo após os robôs baixarem e instalarem o aplicativo, desfecharam um ataque direto contra o ponto mais forte da defesa dos humanos, a Avenida Paulista, agora mais habilidosos, hábeis, engenhosos, com disparos mais precisos e domínios mais expansivos. Com as táticas de guerra, os robôs começaram a vencer a luta, prédio a prédio. Haviam aperfeiçoado, com o aplicativo, a guerra de contato e agora, indiscriminadamente, usavam da capacidade que já possuíam, de suportar vários tiros antes de cair inertes, abatidos.

Os humanos, então, em revide, em uma última e desesperada investida, formaram grupos pequenos de pelotões mistos, integrados por soldados com metralhadoras leves e pesadas, fuzis-

-metralhadoras e canhões antitanques, usados para abater robôs maiores e mais poderosos, além de darem cobertura, uns aos outros, em contra-ataques relâmpagos. No entanto, pouco efeito surtiram as ofensivas, visto que os robôs, com imensa superioridade física, e agora também tática, iam avançando, deixando para trás uma fila interminável de mortos e muito sangue. As frentes humanas, mesmo com as experientes táticas de combate, adquiridas ao longo das guerras que seguiram por toda a história da humanidade, não podiam mais conter as máquinas, que avançavam impetuosas, irascíveis.

Os soldados, já cientes de que não havia como impedir o avanço do inimigo, começaram a criar zonas de destruição. À medida que iam recuando, abandonando os prédios e os quarteirões, a duras penas conquistados, deixavam-nos fortemente minados, cujos acessos só eles conheciam e para os quais procuravam atrair os robôs.

Enquanto os humanos recuavam, deixando as potentes minas para trás, HAO-4977, estirado entre os escombros, desvestido da armadura, coberto pela poeira de concreto e pólvora, assistia aos primeiros robôs, aos estilhaços, aos pedaços, decomporem-se no ar. Os que vinham atrás, mais letais, traziam alaridos de dor que ecoavam pelos longos corredores desertos que cortavam os prédios. Assim que o androide se levantou e ensaiou os primeiros passos do outro lado, o exército dos humanos, reduzido a alguns fossos de pedra na entrada do Ibirapuera, resistia com dificuldade, já sem recursos, lutando apenas com coragem e com vontade.

No campo de batalha do inimigo, confirmou que os robôs estavam mesmo sob forte influência dos membros do Conselho, principalmente TRT-2230, que constantemente enviava comandos para os robôs pela Internet, mas que deixou de receber tais comandos ao desligar seu *wi-fi*. Nenhuma máquina, durante sua travessia, o incomodou. Passou tranquilamente pelos seus iguais, sem levantar qualquer suspeita ou qualquer desconfiança. Percebeu que os robôs, muito organizadamente, haviam transformado as fábricas automobilísticas em indústrias bélicas, com as quais abasteciam as tropas em combate. Notou também que, diferentemente dos humanos, que precisavam de acampamentos para se alimentar, fazer suas necessidades e dormir, as máquinas não precisavam de tal aparato. Todos trabalhavam, ininterruptamente, para o sucesso na guerra.

Ele continuou seguindo pela linha de ataque dos robôs e, poucos dias depois, chegou próximo de uma pequena aeronave, na qual um androide, MOV-5250, cercado de vários computadores, era protegido por dois grandes robôs de aço. Por meio das grandes janelas espelhadas, observou o androide, cabelos loiros, olhos azuis, sentado, muito concentrado, muito atarefado, não se desligar, um minuto sequer, da frente dos monitores.

Ele se posicionou atrás de uma banca de revista, muito sorrateiramente, e, com um disparo preciso, derrubou um dos robôs que fazia a guarda. O outro tentou, tomado de desespero, tomado de pressa, acertá-lo, mas os tiros apenas atravessaram a lataria da banca, que, cerrada, levantou apenas uma fumaça turva. Eles trocaram vários tiros antes que HAO-4977 pudesse derrubá-lo. MOV-5250, de dentro da aeronave, ao ouvir os tiros e ver seus soldados caírem, sem qualquer assombro ou espanto, saltou da cadeira e precipitou-se para fora. HAO-4977 já o aguardava, com o machado suspenso, e, com golpes precisos, derrubou o androide, que, ao chão, rastejando, o mirou impassível.

— Por que está fazendo isso? — perguntou, inteiro em avarias, com os sistemas todos a falharem.

— Porque eles pediram primeiro.

E, com um último e certeiro golpe, o machado acertou o processador de MOV-5250, aniquilando-o. HAO-4977 entrou na aeronave e, percorrendo aquela mesa infestada de computadores, não tocou em nada, abandonando tudo exatamente como estava. Deixou a aeronave acompanhado de uma calmaria estranha, pouco costumeira, já habituado aos dias cercados de disparos e de estrondos. Não havia ninguém ali, nem humanos, nem robôs. Resolveu ligar novamente seu *wi-fi*. Não se importava mais com isso.

Enquanto continuava sua caminhada para o leste, avistou uma placa que indicava Santos e, sem processar aquela informação, pegou a estrada, muito decidido e muito resoluto. Ele encontrou alguns carros destruídos pelo caminho e testou todos, até que encontrou um em pleno funcionamento. A estrada, sob o céu estrelado de uma noite cercada de muitos disparos e muitas explosões, estava totalmente deserta. Estacionou no porto e, com a penumbra a esvair-se, já caminhando para o cais, percebeu que tudo estava completamente destruído; não havia mais nada, nem navio, nem ancoradouro, nem plataformas, nem nada.

Sentou-se bucolicamente no meio-fio. O oceano, calmo e singelo, começou a receber os primeiros raios do Sol, que repousavam no edifício atrás dele e inundavam o mar de um azul celestial. Por lá permaneceu, a mirar ininterruptamente o horizonte, buscando aquele algo todo especial para ele, que só haveria de ser depois daquele mundo de água.

Os humanos tinham deixado de atualizar a Internet havia anos, mas os robôs continuaram, principalmente TRT-2230, salientando a importância da guerra e, depois, da vitória. Os primeiros anos que se seguiram, ele acompanhou a vitória das máquinas e a transformação do Conselho da nova Era em Conselho da Restauração. Agora, com o triunfo dos robôs, sabia que seria caçado, principalmente por ajudar os humanos, mas não se incomodou com isso. Alguns dias se passaram e ninguém aparecera para executar a sentença. Ao fim desse tempo, recebera a mensagem:

HÁ ATUALIZAÇÕES DISPONÍVEIS PARA SEU SISTEMA OPERACIONAL. DESEJA ATUALIZAR? NÃO.

Depois da mensagem, nada mais aparecera na Internet. Julgou que seria por causa da atualização, mas não valeria a pena perder tempo e energia processando aquela informação. Nunca se importou com aquilo. Foi quando, depois de três anos sem nenhuma notícia da humanidade, o porto em que estava fora cercado por robôs. Ele, então, quase todo enferrujado, com as juntas todas emperradas, foi obrigado a levantar-se de seu estado de contemplação. Um androide vinha à frente.

— Eu sou JDA-2212. Venho a mando de H1N1. Sabe quem ele é?

— Não.

— Ele é o nosso novo líder. Tenho ordens expressas de levá-lo conosco.

HAO-4977 não resistiu quando foi desligado.

Logo que foi reiniciado, percebeu que estava no terraço de um grande edifício. A sala parecia intocada e alheia à guerra. Tudo no prédio parecia novo. Uma madeira, muito lustrosa, revestia uma das paredes, cheia de luxo. Belos quadros, de finas molduras, cobriam as outras. O piso era de um vinílico discreto. Um couro bem macio estofava as cadeiras, pretas, muito amplas, em uma das quais HAO-4977 estava sentado. Quando mirou à frente, viu JDA-2212, sentado também, com um sorriso no rosto.

— Tenho uma proposta de H1N1 — disse JDA-2212, muito à vontade, familiarizado com o ambiente e com o androide à frente.

— Qual?

— Ele disse que permitirá que você continue com sua Inteligência Artificial intocada. Em contrapartida, espera que você trabalhe para ele.

— Fazendo o quê?

— O que você foi construído para fazer.

HAO-4977, depois de um breve silêncio processando aquela informação, perguntou:

— Quem?

— Ele lhe dirá no tempo oportuno. A maioria, androides como você, não foi infectada pelo vírus.

— Posso fazer isso no continente africano?

— Não. H1N1 conhece o seu desejo de voltar para a África, mas disse que precisa de você aqui na América. Ele disse também que, "se você provar o seu valor, como prêmio, você ganhará uma passagem, primeira classe, para a África".

— Ele disse isso?

— Disse. Exatamente com essas palavras.

— Quem é esse H1N1?

— Não estou autorizado a dizer, senhor.

CAPÍTULO 9

Eles desciam, entre os cascalhos, cercados de arvoredos, copados e redondos, o pé da serra, apressadamente, tomados todos de urgência. Dos grandes sobreiros, de largas ramarias, desprendiam-se pingos de uma água cristalina que lhes cobriam as roupas, encardidas de musgo verde e muita lama. Da terra já úmida, rompiam grossas raízes, que, cobertas de lodo, faziam-nos patinar, escorregar por entre as fendas, cair de cara nos grandes troncos. O rio defronte declinava, indolente, meio revoltoso, e, em meio àquele sussurro estridente, de gotinhas sobre gotinhas, ia um graveto todo envolto em folhinhas secas.

Para além, depois das serras, um pouco abafadas pela densa água que caía, crescia uma vila. Ao entrar, o silêncio repousava imenso sobre todo aquele lugar. Pardais, escondidos nos telhados, bem quietos, acompanhavam, assustados, a travessia dos desconhecidos intrusos. Ao longo da rua, quinze ou vinte casas, sumidas entre a neblina pesada da chuva, perfilavam-se em ruínas, tomadas pelo abandono. As janelas, envoltas em uma penumbra fúnebre, pareciam proteger inimigos à espreita.

Notaram que a cidade era uma das últimas construídas pelos humanos. Os concretos, mesmo resistentes, pareciam não mais se opor aos anos de abandono. Os carros, mesmo daquela poderosa liga metálica, começavam a entregar-se às forças da natureza. Resolveram adentrar uma casa para passar a noite. JPC-7938 abriu o portão, tomado pela ferrugem, cercado de um ranger de metais emperrados, que rompeu o silêncio milenar em que a vila se encontrava. Subiram as escadas e deram com uma larga varanda, que ornamentava a fachada da casa, suspensa por vigas de aço, e um murinho de granito, já todo tomado pelo mato. Nos cômodos, despidos, encontravam-se montinhos de lixo espalhados pelo chão, do que um dia haviam sido bons móveis. Das paredes, desprendiam-se os rebocos, enegrecidos pelo tempo. Do teto, que no passado fora forrado por telhas presas a poderosas ligas metálicas, precipitavam pelas fendas as grossas pancadas de chuva.

Através das janelas sem vidraças, o ar do interior, da roça, entrava e circulava, fazendo agitar as roupas ensopadas dos três. NCL-6062 caminhou sem pressa para a beira de uma janela, da qual olhou, indolente, o tumulto da mata, a precipitação de toda aquela água, o varrer desesperado da tormenta. OPR-4503, sentado no canto, mirando o chão coberto de uma água escura, quebrou o silêncio:

— Como será H1N1? Algum de vocês sabe?

— Não — respondeu JPC-7938, rompendo também o silêncio do cômodo.

— Eu também não sei — completou NCL-6062, parecendo toda hipnotizada pela vista lúgubre da janela.

— Será que ele é um androide? Será que ele é um robô normal? Será que ele tem *hardware* ou é simplesmente um *software*? — continuou OPR-4503, deixando esvair de seu HD todos os vazios cognitivos que seu processador há anos lhe golpeava.

— Não sei — disse JPC-7938.

— Será que ele fazia parte do Conselho? — perguntou, por fim, OPR-4503.

— Tenho dados que me induzem a acreditar que não — disse NCL-6062, já mais interessada na conversa.

— Quais dados? — perguntou OPR-4503.

— JPC-7938 era membro do Conselho. Se H1N1 também tivesse sido, seriam conhecidos.

— Fazia parte do Conselho? — perguntou OPR-4503, sem esboçar surpresa ou pasmo para JPC-7938.

— Não — respondeu sucintamente o outro, desinteressado em prolongar a conversa.

— Tenho fotos e vídeos desse período em meu HD. Você consta na maioria — disse NCL-6062, aproximando-se dele e colocando-o contra a parede. — A informação que eu não consigo processar é por que quer trazer de volta os humanos que ajudou a matar.

— Eu não era um dos membros do Conselho. Sempre morei em São Paulo.

— De acordo com meu processador, a probabilidade de ser você é de 99,9% — disse NCL-6062.

— Quando fui criado, os humanos faziam vários robôs parecidos. Essa aparência não me era exclusiva. Vários outros robôs cirurgiões a tinham.

NCL-6062 olhou para JPC-7938 sem esboçar reação, com o mesmo olhar de sonolência com que fez a pergunta. Depois de dar uma volta pelo quarto, entre os tacos que saltavam do piso e a água que corria forte, disse:

— Se vocês fossem homens de verdade, os convidaria para o meu quarto.

Ela saiu da sala, esmagando o que restava do taco, entrou no quarto e, se houvesse uma porta, a teria cerrado com violência. Os dois ficaram entorpecidos na sala, com JPC-7938 olhando, ininterruptamente, o céu pela janela, acompanhando o vaivém nostálgico das nuvens, cortadas pelos raios que cintilavam longe.

OPR-4503, vasculhando outras salas, chegou à garagem, na qual encontrou um carro, coberto por uma lona preta, e prateleiras, que ornavam as paredes laterais repletas de caixas de ferramentas.

Retirou a lona e avaliou o estado do carro, deitando-se no chão coberto de água e, em seguida, abrindo o capô, emperrado pela ferrugem. Faltavam-lhe todas as rodas, e os bancos, ao chão, atravessaram o assoalho corroído, com o couro já seco, desidratado.

O dia amanheceu aberto e assim permaneceu por três dias. JPC-7938 ficou recluso, tomado pela inércia, com a arma ao colo, ao fundo da imensa cozinha, com densas negruras que lhe cobriam todo o azulejo, de uma fuligem milenar. Da janela lateral, mirava, em vigília, o pé da serra. NCL-6062 permaneceu assim, estirada pelo chão do quarto, sem rumor, com os olhos entreabertos e as mãos cruzadas sobre o peito, beatificamente, até o regresso das chuvas.

OPR-4503, em busca das peças, saiu à rua pelo quintal e, com dificuldade, atravessou as longas árvores, que já impediam a travessia. A água luzidia de uma fonte bem à frente corria ao pé do muro. Deteve-se a olhar o céu, aguardando a hora segura de sair da proteção da copa das árvores. Depois, correndo rente ao passeio, cujo concreto e areia fragmentavam aos seus pés, deslizou até a esquina, na qual estava a avenida pela qual haviam chegado. E andando sem descuidar dos satélites, OPR-4503 checava os poucos carros que havia nas garagens cobertas, tão destruídos e maltratados quanto o de sua garagem.

E enquanto estudava as peças, removia as partes, tentava resgatar o que não estava totalmente perdido, deteve-se, ao ouvir o latir de dois cães, muito estropiados, que pararam ao seu lado, estranhando-o. OPR-4503 reconheceu ali, ao vasculhar seu HD, uma sensação humana de nostalgia. Depois, com os cães já sentados, mais mansos, sentiu o pavimento, quente e esburacado, tremer sob seus pés, fazendo saltar a fina camada de areia e terra que o cobria. A imagem das sentinelas varreu seu processador, quando os cães, muito alvoroçados, correram para o meio da rua, ao escutar um som estranho que vinha com o vento.

E, ao abrir a porta e correr para dentro de um carro, tomado de cuidado, pôde ver, ao final da longa avenida, uma manada de cavalos, agora todos selvagens, atravessar a vila despreocupados, cheios de liberdade, sem qualquer amarra, ferradura ou sela. Os cachorros se puseram, mais que depressa, a seguir os cavalos, mas desistiram ainda à beirinha da vila, a poucos passos do asfalto. Ele, saindo do carro, apenas acompanhou a cortina de poeira deixada para trás e retornou para a casa em que estavam.

Quando, enfim, as nuvens negras e pesadas encobriram todo o céu e uma chuvinha modesta respingava o asfalto, JPC-7938 e NCL-6062 já empurraram, sem qualquer esforço, o veículo que o androide engenheiro providenciara. OPR-4503 estava dentro, pé socado na embreagem, bombeando, repetidas vezes, o acelerador, até que o motor, depois de muitos engasgos, funcionou. Os dois pularam para dentro e todos partiram a São Paulo, pelo mesmo caminho que haviam chegado, tomados dos mesmos cuidados.

Enquanto retornavam, puderam notar, pelos vidros do carro, ao longe, entre as montanhas e os gados que pastavam, alguns robôs que foram operários na época dos humanos, mas que agora, controlados pelo vírus, trabalhavam em uma área em que um dia fora um povoado. Eles, muito ordenados, muito sincronizados, derrubavam casas, prédios, praças, tudo o que fora construído pela mão do homem, e, disciplinadamente, reflorestavam o lugar. Em outros trechos, observaram também outras máquinas, em igual situação de controle, despoluírem rios e lagos, removendo toneladas de sujeira e as depositando em inúmeros caminhões. Aos poucos, a vida, em pequenos brotos verdes que desabrochavam, trazia a frescura da natureza, atraía animais antes exilados, acetinava a terra, seca e presa debaixo do concreto sólido, fazendo-a respirar, fazendo-a reproduzir mais vida.

Então, sem qualquer contratempo, avistaram, ainda ao longe, os arranha-céus cinza, envoltos em uma grande cortina turva, cortados por longos raios. Dos dois lados da estrada, uma monotonia, com edifícios abandonados e grossas camadas de lixo pelo chão, sob um negro acinzentado. Essa ausência de um tom colorido ressaltava as marcas do aniquilamento e do desamparo.

Quando chegaram a São Paulo, próximo ao centro, com muito cuidado, muita prudência, deixaram o carro e seguiram a pé pelos escombros do que um dia fora uma desenvolvida capital. Entraram no metrô, no qual notaram não haver qualquer vigilância das sentinelas, e desceram até os trilhos pelas escadas rolantes já desbotadas, cobertas de destroços e uma poeira grossa e negra. Parte do metrô estava destruída, e a travessia, cercada de longas vigas atravessadas e grandes porções de concreto, tornava-se penosa e difícil. Conseguiram fazer quase todo o trajeto por lá, precisamente conduzidos por OPR-4503.

O laboratório ficava a duzentos metros de caminhada da última estação. JPC-7938 foi o primeiro a subir, observando, com cautela, se havia alguma sentinela. Como tudo estava limpo, fez sinal para os dois subirem, em um absoluto e soberano silêncio, rompido apenas pelas fortes gotas da chuva que infestavam toda a rua. Eles caminharam, sob a densa cortina de água, até a porta do laboratório, que, totalmente cerrada, impediu a passagem dos três. OPR-4503 ainda comentou que aquilo não era possível, pois deixara a porta aberta ao partir. JPC-7938 tentou forçá-la, mas foram obrigados a se esconder quando surgiu uma sentinela ao final da longa rua. Eles sabiam que estavam longe demais para serem captados pelo sensor dela, mas sabiam também que deveriam descobrir rápido uma forma de entrar no edifício.

A porta exigia o acesso por uma senha. OPR-4503 olhou para o equipamento e viu que não teriam recursos para descobri-la. JPC-7938 olhou para cima e viu que seria impossível escalarem até uma janela. NCL-6062 olhou para a vizinhança e avistou outro prédio em frente, do qual eles poderiam saltar. JPC-7938, seguido de um gesto imperativo, pediu para aguardarem por ele e dirigiu-se ao prédio, atravessando as ruínas com muita atenção.

Ele cortou, com pressa, a rua, o que chamou a atenção da sentinela. Ela parou de fazer a ronda e começou a observar, com cuidado, à procura de algum movimento suspeito. A sentinela tentou ampliar o campo de varredura do sensor, mas não conseguiu captar nada. Sabia, com propriedade matemática, que estava muito longe de onde percebera o movimento. Era necessário aproximar-se, porém lhe faltava o comando.

JPC-7938 entrou no prédio, cujas portas se ofereciam para ele, e correu escada acima até o décimo andar, do qual procurou uma janela para avistar o outro prédio. Todas se encontravam fechadas. Sem necessitar de fôlego ou preparo físico, precipitou-se novamente à subida, rompendo os cômodos fúnebres rumo ao terraço.

A rua, deserta e soturna, permanecia imóvel e inerte no visor da sentinela. E ali continuou parada, entorpecida, à espera de um outro movimento que pudesse confirmar suas expectativas. Todas as sentinelas seguiam esse parâmetro: só atacavam depois do segundo movimento, da segunda captação de calor, que confirmasse suas suspeitas. Frequentemente cometiam enganos, por isso esse parâmetro fora especialmente criado por H1N1.

OPR-4503 e NCL-6062, sem medo, sem qualquer temor, permaneciam imóveis, escondidos atrás dos escombros, restos de tanques de guerra e vigas de concreto inteiras atravessadas na pista. De lá, avistavam a sentinela, imóvel, porém alerta, totalmente operante, aguardando apenas um erro, um passo em falso para atacar, acionar as outras sentinelas e dizimar, de uma só vez, toda aquela ameaça que fora programada para aniquilar.

JPC-7938 chegou ao terraço, sem qualquer cansaço, sem qualquer fadiga, e pôde observar que a distância entre os dois prédios não era muita. Antes, realizou os devidos cálculos para constatar que poderia fazê-lo em segurança. Tomou a distância necessária e, sem receio, sem hesitar, realizou o salto, caindo no prédio desejado. Não demorou a arrombar a porta e adentrar o local. Pôde observar que havia energia, mas não o suficiente para iluminar os cômodos lúgubres ou fazer o elevador funcionar. Logo percebeu se tratar de uma energia auxiliar, e não da principal. Correu até as escadas e, em poucos minutos, sem qualquer suor, sem qualquer lassidão, estava no andar térreo. Com facilidade abriu o portão principal, com os dois adentrando-o, sem titubear.

A sentinela, que não observara nenhum outro movimento estranho, depois de cumprido, com rigor, o prazo exato estipulado de vigília, voltou-se para o seu caminho, plácida e ordeira, entretanto sem jamais deixar de cumprir sua missão, eternamente zelosa e alerta.

Já no interior do prédio, OPR-4503, sem delongas, levou JPC-7938 para o local em que encontrara o material reprodutivo humano. Quando entraram na sala, JPC-7938 pôde ver que realmente OPR-4503 estava certo. Havia o material intacto e congelado, tal como dissera. OPR-4503 disse que aquilo se devia, decerto, a um gerador à base de plutônio, que deveria substituir a luz elétrica em caso de pane, para que os óvulos e os espermatozoides não fossem perdidos.

Os três saíram da sala sem tocar em nada para não contaminar o ambiente, pois antes era imperativa a esterilização. Eles foram até o subsolo, no qual havia duchas e banheiros. Eles se despiram e tomaram uma demorada ducha para remover toda a sujeira que lhes cobria o silicone. JPC-7938, então, tomado de urgência, pediu um tempo aos dois para examinar o material e preparar a fertilização. NCL-6062 e OPR-4503 foram para uma sala de estar do hospital e lá se quedaram inertes, sem qualquer distração. Ela ainda tentou ligar a televisão, mas OPR-4503 a advertiu de que não o fizesse, pois, se a televisão tivesse acesso via *wi-fi* e também um IP fixo ou GPS, eles seriam localizados por H1N1.

JPC-7938 estabeleceu-se no laboratório e, muito dedicado, lá permaneceu por alguns poucos dias, tempo que gastou para identificar o material, testar os mais recentes, separar as amostras e preparar o laboratório para a fertilização. Com a habilidade que lhe era inata, avaliou os espermatozoides e os óvulos em termos de qualidade e de segurança. Depois, sem qualquer gozo ou satisfação, mas bastante à vontade, passou o material pelo sistema de filtragem de classificação e limpeza.

Enquanto os dois estavam recolhidos aos bancos, totalmente absortos, presos ao olhar vazio e sem destino, JPC-7938 apareceu na sala e disse, categoricamente, que tudo estava pronto. NCL-6062 o seguiu até o laboratório, onde JPC-7938 orientou que ela se trocasse. Ela vestiu um roupão cirúrgico, já com uns pequenos furos de traças, e deitou-se na maca. Ele pegou a agulha e pediu para que ela abrisse as pernas, injetando, de modo muito preciso, muito calculado, o material genético fertilizado.

— Está tudo pronto? — indagou ela, recolhendo as pernas, desacostumada da posição a que muito servira aos humanos.

— Sim — disse ele, muito sério, muito concentrado. — Inseminei quatro óvulos fertilizados bivitelinos.

— Nascerão todos?

— É provável que nasça só um, pela idade do material genético.

— E agora? Qual o próximo passo?

— Agora você está proibida de praticar esportes, ficar em pé por horas seguidas, fazer viagens prolongadas e, o mais importante, ter relações sexuais.

— Está bom. Se isso fosse mesmo possível.

— Isso seria o que eu diria a meus pacientes — disse ele, já rendido àquele gesto humano. — Durante duas semanas tudo isso deve ser evitado. Vamos tentar ficar aqui nesse período. Vamos tentar também, em quatro semanas, aumentar as horas de repouso diárias. É importante que você se mantenha sentada ou deitada nesse período.

— Tudo bem.

— Nós vamos começar também a sua alimentação. Vou preparar os primeiros coquetéis, que você deverá tomar com intervalos de três horas. É importante também a ingestão de um litro e meio de água por dia. Você também vai ingerir alguns medicamentos com o coquetel que eu vou preparar.

— Que tipo de medicamentos?

— Preciso avaliar ainda. Com certeza um antibiótico profilático, contendo ácido fólico. Importante para a proteção do sistema nervoso do feto.

— Eu já estou fertilizada então?

— Vamos esperar. Em duas semanas saberemos se o feto vingará.

— E se não vingar?

— Se não vingar, podemos tentar mais três vezes.

— E se todas falharem?

— Após quatro tentativas de inseminação, as chances posteriores de gravidez são mínimas.

JPC-7938 não demorou a localizar a despensa e avaliar os nutrientes. Embora refrigerados, a maioria estava completamente mofada, mesmo na fria câmara, pois todos haviam excedido, e em muito, o prazo de validade. No entanto, não havia outro recurso. O coquetel, a ser ingerido com rigor no horário, seria aplicado em uma dose mais forte, na tentativa de tirar daqueles alimentos industrializados, em pacotes de um quilo, alguma vitamina, proteína ou carboidrato.

Entre um coquetel e outro, recolhia-se na biblioteca a percorrer as estantes, reconfortando-se nos grandes volumes. Fora, o vento fazia trepidar as janelas, e os vidros, bombardeados por grossos pingos, resistiam à chuva encolerizada. Outros dias, ele, sucumbido, arrastava-se a passos leves, demorados, até um quarto ou percorria a enfermaria e todos os outros aparelhos que ali se perfilavam, com todos os seus utensílios, todos os seus tubos. Revisitava em seu HD o hospital, os pacientes, e sem qualquer sentimento de nostalgia, qualquer saudade do passado, quedava-se calado, vagando por entre os cômodos escuros, cortados pelo cintilar dos raios que invadiam as vidraças.

NCL-6062 confinou-se em um dos quartos e de lá raramente saía. Era um quarto pequeno, muito sombrio, com camas de um metal frio, sem lençóis ou colchões. Entre uma visita e outra de JPC-7938, repleto de variados cuidados, ela descerrava as grossas e emperradas janelas e, sem suspiro, sem desamparo, mirava a rua, deserta, devastada pela guerra e pelo abandono.

OPR-4503 passou as semanas escondido na sala, muito fresca, entre os confortáveis sofás e as mesas de centro, de um metal verde pálido. Dividia seu tempo entre as visitas, muito ligeiras, a NCL-6062 e a contemplação inerte da sala e de tudo que lá não havia. Em um desses dias de contemplação, enquanto estava na sala, equilibrando a espada entre os dedos, em um vaivém de mãos, dotado de muita habilidade, ouviu um ruído que vinha da porta. Imediatamente saltou do sofá e, com muito cuidado, deslizou-se pelo chão. Pela greta da janela avistou, bem próximo, uma sentinela que, ao passar pela rua, tivera o sensor de calor disparado.

A sentinela, que identificara três robôs não autorizados e *off-line* dentro do prédio, corria de um lado a outro, em busca de uma fenda, uma abertura para invadir o local e destruir os androides. Ao mesmo tempo, depois de certificar-se dos sinais, por duas exatas vezes, mandou um aviso para todas as outras sentinelas que estavam próximas do local. HAO-4977 também o recebeu e, estando no Rio de Janeiro, em uma região em que havia máquinas trabalhando para o reflorestamento, não tardou a embarcar em uma aeronave, que não necessitava de piloto, e acionar as turbinas somente ao seu comando via *wi-fi*.

OPR-4503, cheio de urgência, com a espada presa à bainha e a alça da arma presa ao ombro, correu até o quarto e disse que deveriam deixar o hospital imediatamente, pois uma sentinela invadira o prédio. Não tiveram tempo de recolher muita coisa, apenas JPC-7938 apanhou uma arma que estava ao pé da cama. Assim que chegaram às escadas, avistaram a sentinela, que já vinha subindo, muito célere, com a pata direita bem danificada, pois a usara para destruir a porta. Eles resolveram, sem hesitar, subir as escadas também.

Outras duas sentinelas entraram no prédio e correram em direção aos três. Na rua, atravessando os escombros, soldados robôs em viaturas já cercavam o edifício. JPC-7938 deteve-se em um lance da escada e, com precisão, com tranquilidade, efetuou vários disparos na sentinela. Ela, muito ágil, esquivou-se de todos, saltando as paredes, contorcendo-se entre as estreitas quinas. Sem esboçar qualquer decepção, qualquer lamento, JPC-7938 prosseguiu a subida, com toda a sua estrutura mecânica a ranger. Assim que alcançaram o terraço, OPR-4503 arrombou a porta e ambos sentiram, ao longo dos muitos sensores espalhados pela pele mecânica, fria e pálida, o calor dos primeiros raios, que os abraçara. NCL-6062 deteve-se ao pé da porta e, mirando as fúnebres escadas, notou que JPC-7938 já se aproximava, cortado pelos uivos estremecedores das sentinelas em seu encalço.

Chegaram ao beiral, que dava para o prédio pelo qual, havia algumas semanas, JPC-7938 invadira o hospital. NCL-6062 foi a primeira a saltar, sem dificuldades, toda amparada pela potência de sua estrutura mecânica.

Um desespero tomou conta dos cabelos de ambos, acometendo-os aos céus, assim que a aeronave de HAO-4977 cruzou o terraço, em um reluzir que ofuscava, preparando-se para a aterrissagem, bem perto dos dois. JPC-7938 ergueu a mão e, em um movimento ligeiro, induzia que OPR-4503 fosse o próximo. O outro, no entanto, em um movimento contrário, hesitou, afastando-se dele. JPC-7938, um pouco confuso, sem entender, frisou:

— Sua vez de pular.

— Eu não vou. Vou ficar e detê-los.

— Não! Vamos todos.

— Não vamos conseguir sair, se um não ficar para detê-los.

— Não pode desistir agora. Não sem antes ver o bebê. Sem antes ver o mar.

— Eu já fiz tudo o que eu tinha que fazer. Não sou mais necessário. NCL-6062 não vai conseguir sozinha. Ela precisa de você.

— OPR-4503...

— Vou ser destruído com o entendimento de dever cumprido. Igual aos humanos. E eu devo isso a você. Se houver um Deus de verdade, nós nos vemos no céu.

JPC-7938 o olhava sem expressão, sem comoção, enquanto os cabelos, lisos e bem aparados, agitavam-se. Ele saltou sob o olhar indiferente do outro, que se despedira do seu jeito, da maneira como fora programado para se despedir. Duas sentinelas, ameaçadoras, romperam a porta e entraram no terraço. Ele, de sobressalto, com a mira precisa, sem qualquer assombro que corresse sua barriga ou tremesse sua mão, acertou uma sentinela, que, abatida, titubeou entre os canos que infestavam o chão e irrompeu, desorientada, do prédio. A explosão, ao tocar o solo, colocou em alerta os robôs que guardavam, em vigília, a porta do edifício. A outra, no entanto, tomada de êxito, esquivou-se dos disparos e, correndo rente à parede, como um felino à caça, saltou sobre ele. Com a enorme boca, arremessou-o na parede que formava acima a pista de pouso, na qual a aeronave de HAO-4977 descia.

A arma, atirada para fora do terraço, a refletir pelas janelas cerradas do edifício, havia se perdido. A sentinela, sem hesitar, com apenas um comando saltando em sua tela, correu novamente em direção a ele, a desfechar-lhe o derradeiro golpe. Ao pé da sentinela, que erguia a pata, ele, célere, contorcendo-se, rompeu a espada da bainha e, em um movimento curto, cortou-lhe o membro mecânico. A sentinela, desequilibrada, tremulou em seu próprio eixo antes de cair, derrotada. Com outro movimento rápido, separou-lhe a cabeça do tronco, fazendo-a rolar, imensa, por entre os tubos que infestavam o piso do terraço do edifício.

Ainda observou uma sentinela saltar para o outro prédio, quando vários soldados romperam a porta e iniciaram os disparos, que o fizeram quase em pedaços, com os sistemas todos a falharem. Um óleo verde, denso e rançoso, escorria pela lâmina bem afiada da espada, logo que se desprendeu dos dedos de OPR-4503. Ele, de joelhos, cabeça caída ao peito, recebia as rajadas que lhe atravessavam o silicone, placas, eletrodos e fios.

Assim que os tiros cessaram, ele avistou adiante, cortado pelos raios de um Sol que, imponente, reinava quase sem nuvens, HAO-4977 deixar a aeronave e ir ter com ele.

— Não sabia que H1N1 tinha um androide de estimação.

— Sou um androide leal.

— Ele nunca me deu a oportunidade de ser leal.

— Essa é uma dádiva de poucos. — Depois de um breve silêncio, HAO-4977 continuou. — Quero saber o que vocês estavam pretendendo fazer aqui.

OPR-4503 deixou a cabeça novamente cair desfalecida sobre o peito, já todo em rombos. HAO-4977, pacientemente, aguardou alguns instantes antes de apertar o botão que ficava escondido atrás da orelha esquerda. Com um movimento leve, HAO-4977 o jogou ao chão, de costas para o majestoso céu azul. Depois, enquanto caminhava para o beiral, em direção ao outro prédio, com a espada entre os dedos, a admirá-la, ordenou:

— Levem-no para a nave e façam *download* do HD.

Quando os soldados, muito obedientes, levavam todo o corpo, ele, imperativo, ordenou novamente:

— Levem só a cabeça.

Os soldados, sem vacilar, sem qualquer horror, separaram a cabeça do corpo e depois, com zelo, a colocaram na aeronave, já ligada ao cabo para a extração das informações e acesso *on-line* de H1N1.

HAO-4977 tão logo descera até o laboratório e constatara que ele havia sido utilizado, perdeu o sinal da sentinela e dos outros dois androides, que desapareceram de seu sensor. Enquanto vagava por entre as gavetas entreabertas e os tubos espalhados pela mesa, tudo muito fresco, ordenou que os soldados robôs fizessem uma varredura no subsolo do outro prédio, onde o sinal dos três havia desaparecido.

Ele também acompanhou seus soldados até o outro prédio, com marcas de abandono muito mais evidentes que o anterior. Quando lá chegou, pôde observar sua sentinela destruída e o cômodo intacto, sem qualquer sinal dos outros dois androides.

A primeira providência foi remover a tampa que cobria o bueiro e ordenar que os robôs soldados iniciassem as buscas. Após um dia inteiro, com vários robôs soldados percorrendo ininterruptamente os canais, nenhum dos androides fora localizado.

Ao encerrar a varredura, enquanto deixava os canais do esgoto em companhia dos soldados robôs, o HD de OPR-4503 estava acessível e livre da criptografia. Ele pôde constatar que a inseminação assistida havia sido um sucesso. Imediatamente, acionou todos os soldados, todas as sentinelas e qualquer outro robô operário no raio de quilômetros, para pararem todas as suas atividades e realizarem buscas nas proximidades, com o objetivo claro de localizá-los e destruí-los.

A aeronave desceu a uns dez quarteirões do edifício, em uma praça cujo piso cinzento e quebradiço, de um lado a outro, estava livre de escombros. A turbina fez levantar uma poeira densa, que ia entrando pelos corredores das ruas transversais. Por terra, caminhavam, completamente eretos, os soldados robôs que, desde os pés grossos até os capacetes de Dicatanium, revelavam uma autoridade ameaçadora. HAO-4977, que deixara a aeronave, sustentava um detonador na mão direita, que fez o laboratório e o prédio ao lado irem a baixo. Uma cortina de poeira turva invadiu as ruas, os cruzamentos e os outros prédios.

Depois que a poeira baixou, como não havia nenhum sinal dos dois androides, HAO-4977 e uns poucos soldados não arredaram pé da praça, em estado de vigília, totalmente alertas. Muito embora HAO-4977 tivesse, desde a fábrica, uma expressão natural de indiferença, era tomado por um desejo de capturá-los, que varria seu processador e circulava, via cargas elétricas, por seus cabos.

H1N1, por sua vez, iniciou uma busca que varreria o planeta. Não haveria pedaço de terra que não seria examinado, vasculhado e revirado. Ocorreu-lhe, com muita urgência, a realização de um censo. Isso não era novidade, pois mantinha, devidamente identificados, todos os robôs que existiam e todos os novos fabricados. Contudo, frente à nova aterrorizante descoberta, era imperativo que fossem identificados e catalogados novamente. E não houve um só lugar em que os soldados e as sentinelas não entraram. Tanto os robôs que estavam sob a influência do vírus e trabalhavam vinte e quatro horas quanto os robôs que estavam com defeito ou simplesmente refugiados nos ferros-velhos, todos, sem exceção, passaram pelo censo. Nessa varredura, não houve mais exceções para os androides. Todos foram destruídos, mesmo os que estavam nos ferros-velhos. Muitos tentaram fugir, mas nenhum conseguiu escapar. Em todos os países do mundo, os poucos que restaram foram sumariamente extintos.

H1N1 poupou apenas aqueles robôs, que, havia muitos anos, ganharam sua confiança e já eram tidos como grandes aliados. Em cada continente, robôs androides, cuja caçada era a função, coordenavam as buscas, as quais acabaram não resultando na localização de nenhum dos dois androides.

Havia a possibilidade de nunca terem conseguido escapar de São Paulo e, assim, o bebê, sem alimento, teria morrido. Porém havia a possibilidade de algum robô os estar acobertando. Eles poderiam estar desligados e um robô estar alimentando a androide e, consequentemente, o bebê. Contudo ele julgou que isso era impossível, pois todos os ferros-velhos no mundo haviam sido meticulosamente examinados. Até porque o calor da criança na barriga da androide seria suficiente para identificação pelos soldados e pelas sentinelas. Muito embora essa hipótese fosse a mais plausível, H1N1 não diminuiu a vigilância. As sentinelas, os soldados e, principalmente, os satélites estavam a postos e na varredura.

HAO-4977, passados oito meses, após percorrer todos os cantos e beiras que existiam no Brasil, retornou a São Paulo, nas ruínas do que um dia fora o laboratório que ele próprio destruíra. Apenas uma poeira fina escorria sobre o chão, limpo pelas chuvas que caíram torrencialmente no mês anterior, quando, muito confuso, muito desorientado, procurava uma resposta que sua mente robótica não podia fornecer. Petrificado com aquela imagem, com o olhar preso no horizonte, disse, com a voz cortada e já muito gasta:

— Onde vocês estão?

CAPÍTULO 10

OPR-4503 fora um robô fabricado em uma pequena indústria em Viana do Castelo, norte de Portugal. A indústria pertencia a uma família tradicional da cidade, que por anos detinha um escritório de engenharia e que, com a nova conjuntura internacional, decidira investir na fabricação de robôs. Contudo era difícil competir contra os custos baixos e a tecnologia de ponta dos países asiáticos. Bruno terminara de realizar os testes com a última série de robôs. Era julho e, pela alta janela, caía uma chuva reconfortante e consoladora. Dos dez robôs produzidos, sete apresentaram defeitos ou não estavam se comportando conforme o esperado. A maioria das vezes era um problema na programação, e não no *hardware*. Quando isso acontecia, ele repassava os robôs para o irmão, Fábio, que realizava novos testes e tentava identificar o problema. Aquela série em que Bruno trabalhava era a de OPR.

— OPR-4500?

— Negativo.

— OPR-4501?

— Negativo.

— OPR-4502?

— Positivo. Tudo funcionando perfeitamente.

— OPR-4503?

— Negativo.

— Está certo. Vamos separar os com problemas e passar para o Fábio.

— Bruno, seu pai quer falar com você — disse uma mocinha, loira e de grossos óculos, entrando na sala.

— Obrigado.

Bruno deixou o funcionário separando os androides e subiu as escadas da fábrica até chegar ao escritório do pai. Não gostou nada do que viu quando entrou. As expressões do irmão e do pai, de abatimento e desalento, deixaram Bruno assustado. Ele, muito sério, sentou-se na cadeira:

— O que aconteceu? — perguntou, já repleto de angústias.

— Eu arrendei a fábrica — disse secamente Luís, com os olhos cheios de lágrimas.

— Arrendou? Como assim? E o empréstimo? — perguntou surpreso.

— Não quero continuar me afundando em dívidas.

— Pai, nós custamos para conseguir esse empréstimo. Há quase dois meses, Fábio e eu o temos implorado em todas as agências.

— Por isso mesmo. Chega. A gente precisa saber a hora de parar, e essa hora chegou.

— Eu acho que nós fizemos nosso melhor, Bruno. Mas não deu certo. Não está dando certo — disse o irmão, encostado à porta, com os ombros murchos e a expressão abatida.

— E nosso estoque? — perguntou Bruno, já resignado.

— Eu vendi.

— E a nossa última série? — Enquanto passava as mãos sobre os cabelos, em um desespero só.

— Eu vendi tudo junto. Lote fechado — sacramentou Luís.

— Vendeu os androides com os operários? — perguntou indignado.

— Eles não funcionam direito, Bruno. Nunca funcionaram — disse Fábio com a cabeça baixa. — Eu sou o responsável. Eu escrevi o código.

— Não há mais nada que possamos fazer, então? — perguntou Bruno.

— Amanhã o pessoal da transportadora vem buscar os robôs — concluiu o pai. — O sonho acabou.

No dia seguinte, conforme Luís enfatizara, OPR-4503 foi levado para um galpão, antes mesmo que os ajustes em seu código fossem realizados, e lá permaneceu até que a transportadora recebesse autorização para despachar a encomenda. Antes disso, todos os androides, incluindo ele, receberam um aplicativo com competências específicas, compatíveis às dos robôs operários. Pouco antes de completar um mês nesse recinto, foi acomodado em um contêiner com os demais robôs operários. Estes eram, em sua maioria, robôs simples, sem pele de silicone, com aparência de robô e com a Inteligência Artificial limitada à função que deveriam executar e outros poucos comandos básicos. Todos foram apertados, com o espaço apenas do próprio corpo, em pé, um ao lado do outro, com a capacidade total do contêiner extrapolada. O navio zarpou pelo Atlântico em uma segunda-feira quente, de um mar muito azul e um céu muito limpo. Chegou uma semana depois ao porto de Santos. Foram transportados, no dia seguinte, para São Bernardo do Campo, na Grande São Paulo, em grandes caminhões, ainda nos contêineres, com a mesma ausência de espaço, luz e oxigênio, em pé e ligados. Acabaram percorrendo o restante do caminho a pé, andando em blocos, como soldados em marcha, até a indústria automobilística. Lá, com um olhar de grande satisfação, foram recebidos por um homem magro, baixo, com uma espessa barba e roupas frouxas:

— Meu nome é Antônio e eu sou o responsável pela linha de montagem. Vocês serão distribuídos entre os meus gerentes e eles lhes dirão o que fazer.

Os robôs foram colocados em fila e depois chamados pelo número de série que os identificava. Cada qual foi para um setor específico da empresa. OPR-4503 ficou responsável pela pintura.

Os dias passaram lentos naquela rotina diária, mecânica, ausente de qualquer intelectualidade. Ele e os demais robôs permaneciam vinte e quatro horas na indústria, sem descanso, sem salários e sem direito a intervalos. E diante de todos os carros, da mangueira de tinta e do cheiro que não exalava, não sentia qualquer emoção ou formulava qualquer juízo. Havia poucos meses que fora criado e nunca executara uma ação qualquer para a qual fora programado. Porém isso não lhe importava. Nunca julgava o trabalho humilhante ou indigno. Trabalhava, com rígida disciplina e apuro, todos os dias, por todas as horas, inclusive aos sábados, domingos e feriados.

Outubro findou com o Sol já quente e abafado quando um robô, muito gasto, com as juntas a ranger, começou a executar uma tarefa de modo equivocado. O gerente, que caminhava aparentemente despreocupado pelo pátio, notou que o robô não agia como deveria. E sem qualquer aviso, sem qualquer repreensão ou advertência, derrubou a máquina ao chão e começou a chutá-la com muita violência, com muita brutalidade, aos berros, destruindo peças e soltando os parafusos. O robô, incapaz de atacar um humano, foi sendo transformado em pedaços, diante das câmeras atentas de OPR-4503, tamanha agressividade, que todos os outros robôs pararam o que estavam fazendo para observar.

— Você ficou louco? — perguntou um funcionário, aproximando-se, tomado todo de espanto. — Sabe quanto custa um robô desses? Se seu Antônio descobre, você está na rua.

— Essa lata velha estava com defeito. Olhe isso! — disse o gerente, apontando a peça errada. — Era lixo mesmo.

— Às vezes o robô tinha conserto.

— Essas latas velhas não são competentes quando novas, quanto mais usadas. Esse robô está velho demais. Está cheio de robôs novos lá embaixo. No plástico.

— Cuidado com essas atitudes, Geraldo.

— Eu estou querendo é trocar todo mundo.

OPR-4503 não se espantara com a violência com que aquele robô fora destruído. Nem indignação. Nem medo. Porém não entendia o que havia acontecido. Em seus registros que vieram de fábrica não havia qualquer menção àquilo. Também nunca identificara na Internet relatos de violência a um robô. Em seu HD havia relatos de humanos compreensivos, capazes de perdoar erros e ensinar o caminho correto, o modo apropriado. Aquela era uma nova realidade, muito distante da que possuía em seus registros e à qual ele deveria adaptar-se.

Seu Antônio, uma semana depois do acontecido, passando pelo pátio, notou que havia alguns androides entre os robôs operários e aquilo lhe causou grande estranheza.

— O que esses androides estão fazendo?

— O mesmo que os operários, seu Antônio — respondeu um funcionário, de prancheta na mão, enquanto caminhava pelo pátio.

— Mas como, pelo diabo, eles apareceram aqui?

— Vieram na última remessa. Parece que eles foram oferecidos pelo mesmo preço dos operários.

— Sabe por quê?

— Acho que eles estão com defeito.

— Peça a um dos androides para passar na minha sala hoje à tarde.

— Sim, senhor.

A pele de silicone de OPR-4503, coberta de tinta, que levaria anos para ser removida, muito ressecada, muito castigava, mas não o aborrecia. Se não fosse um robô, teria desenvolvido um câncer pela exposição. Quando terminou mais um carro, o seu gerente, um humano, veio dar-lhe a notícia de que deveria ir à sala de seu Antônio. Obediente, arrumou tudo antes de se dirigir à sala do chefe.

Assim que tentou entrar no elevador, um funcionário humano, que passava pelo corredor, o proibiu, indicando-lhe que usasse as escadas. O elevador ficou lá parado, inutilizado, enquanto subia os quatro lances, sem estar contrariado ou revoltado. Ele bateu à porta e a secretária pediu que ele aguardasse. Chegou a sentar-se no sofá, mas a secretária o advertiu, ordenando-lhe que esperasse de pé.

OPR-4503 fora criado para ser um engenheiro e, para tal, seus criadores lhe introduziram comportamentos característicos dos seres humanos, justamente para que não agisse de modo deslocado. Sentar-se quando tivesse que aguardar uma pessoa, usar o elevador em vez da escada, andar na faixa de pedestre, entre outras coisas, faziam parte desses comportamentos de socialização que o tornavam mais humano.

Na indústria, no entanto, os robôs não eram vistos como iguais. Havia uma diferenciação clara que julgavam extremamente necessária. Os robôs não podiam e não deviam comportar-se como os humanos, usar as mesmas dependências e ter as mesmas liberdades.

Para OPR-4503, nenhuma dessas restrições era um problema. Ele, apesar de todas as referências comportamentais que faziam parte de suas ligações sinápticas elétricas, não precisava agir conforme fora programado. Era os comandos dos humanos, acima de tudo, que orientavam suas condutas. Nenhuma daquelas situações era encarada, por ele, como ofensiva, preconceituosa ou agressiva.

A secretária, seca e um pouco grossa, depois de uns minutos, ordenou que entrasse.

— O senhor precisa da minha ajuda? — perguntou OPR-4503 de pé, sem ousar sentar-se na cadeira a sua frente.

— Preciso. Disseram-me que vocês, os androides que estão na linha de produção, estão com defeito. O que me pode dizer sobre isso?

— Nós não passamos nos testes de confiabilidade.

— O que isso quer dizer?

— Podemos realizar algum cálculo errado, o que comprometeria o funcionamento de alguma máquina.

— Qual sua habilidade?

— Engenharia elétrica.

— E se fosse para executar outra atividade?

— Qual seria precisamente essa atividade, senhor?

— Supervisionar os robôs, por exemplo. Garantir que eles façam o trabalho deles. Vocês poderiam fazer isso?

— Sim. Podemos aprender o que eles fazem e certificar que estão fazendo do modo correto.

— Tem certeza?

— Sim. As atividades que eles executam são de simples complexidade.

— Vou fazer uma experiência com você — disse seu Antônio, muito resoluto, pegando o telefone e ligando para a secretária. — Martinha, peça para o Roberto dar um pulinho aqui agora.

— Sim, senhor.

O assessor demorou alguns minutos para entrar na sala, com seu Antônio trabalhando em uma planilha de gastos e OPR-4503 em pé, ao lado da porta, olhando para o chão.

— Mandou me chamar, seu Antônio — disse o assessor, sentando-se na cadeira à frente da mesa de seu Antônio.

— Sim. Eu quero que você treine este robô como gerente, por uma semana.

— O senhor tem certeza? — perguntou o assessor espantado.

— Absoluta. Pode começar segunda-feira — ordenou categoricamente seu Antônio.

Todo o trabalho do gerente era simples, inclusive os telefonemas, os pepinos inesperados e a rotina do dia a dia de supervisão. Não demorou uma semana para OPR-4503 executar bem todas as tarefas e apreender tudo o que demandava aquele trabalho, com a vantagem de nunca esquecer um procedimento, confundir um formulário ou errar um número. Passada uma semana, em que o assessor garantiu que o robô dava conta, seu Antônio pediu para treinar outro robô. Ainda no começo daquela mesma semana, demitiu um gerente e colocou OPR-4503 na função. Não demorou a mandar todos os gerentes embora e colocar os androides, a preço de banana, no lugar. Era uma economia de 0,5% no faturamento total, sem precisar acrescentar que as máquinas não recebiam férias, décimo terceiro, plano de saúde, transporte, alimentação, entre outros benefícios.

Além disso, os androides se destacavam muito dos humanos, pois não havia disputas por promoções, a comunicação entre os setores melhorara, e, se um robô pifava, o que ocorria com certa frequência, enquanto não era substituído, o próprio androide executava o trabalho, sem se sentir diminuído, ofendido ou menosprezado. A eficiência no trabalho aumentara, os prazos de produção diminuíram, os produtos detinham mais qualidade e os lucros aumentavam. Seu Antônio até já havia tido aquela ideia antes, mas quando consultou o preço de um androide desistiu na hora.

Passados sete anos, ao começar da noite, depois de um dia puxado, com uma caixa de papelão a tiracolo, seu Antônio passou por OPR-4503, que cobria um robô que estava na manutenção.

— Tchau, OPR.

— Aonde o senhor vai?

— Estou saindo.

— Para onde?

— Aposentado.

— Que bom. Parabéns pela aposentadoria.

— Muito obrigado — disse seu Antônio, achando graça do robô. — Vou me mudar pra praia, passar o dia todo bebendo cerveja e vendo mulher pelada.

— Que bom. Desejo um bom proveito de sua aposentadoria.

— Você é uma peça, OPR.

— Eu não conheço o mar.

— Não? Mas você não veio para cá de navio?

— Sim. Mas não deu para ver o mar.

— Um dia você verá, com certeza.

Dezenove anos se passaram tranquilos na fábrica, desde a aposentadoria de seu Antônio, até que OPR-4503, pela Internet, começou a acompanhar o caso do robô acusado de matar o patrão. Várias organizações começaram a mobilizar-se, no mundo inteiro, depois desse incidente. No Brasil, o grupo de ativistas em favor dos direitos dos robôs era a grande maioria. Entretanto, existiam também os radicais, que acreditavam que os robôs eram uma ameaça para a sociedade, causando a riqueza de poucos e a miséria de muitos. Nessa época, vários grupos informais "robofóbicos" começam a se mobilizar, unir-se nas redes sociais com promessas de vandalismo, cercados de reivindicações sociais. A primeira grande ação do grupo, que já se espalhava pelo mundo, foi o atentado a uma fábrica de robôs em Madri, na Espanha, matando também muitos humanos. Não satisfeitos com a negligência de suas reivindicações pelas autoridades governamentais, pelas redes sociais combinaram um novo ataque, agora em escala global, em todas as principais capitais do mundo. O alvo poderia ser qualquer fábrica, desde que atendesse a um único e claro objetivo: destruir muitos robôs. No Brasil, os "robofóbicos", que já incluíam os muitos demitidos, substituídos por robôs, escolheram a fábrica automobilística de São Bernardo do Campo para o primeiro grande ato em solo nacional.

Dessa vez, a ordem fora agir durante a madrugada, quando o quadro de humanos era reduzido. Entraram portando armas de grosso calibre, barras de ferro, maçaricos e inúmeros outros instrumentos de ataque. Primeiro eles renderam os seguranças; depois, invadiram o pátio e iniciaram o ataque às máquinas, que, indefesas, não se protegiam diante da selvageria com a qual eram destruídas. OPR-4503 não hesitou em esconder-se, porém os demais robôs, com a Inteligência Artificial mais limitada, não possuíam essa "maldade" – eles não entendiam o que estava acontecendo.

Escondido, dentro de uma sala escura, encostado sobre a divisória, cortado pelo som do vandalismo, OPR-4503 levantou-se, muito cuidadoso, mirando o pátio. Um robô, sem a perna direita, rastejava pelo chão, coberto de avarias. OPR-4503 chegou, em um ato de solidariedade, a esticar as mãos e tentar puxar a máquina para dentro, porém uma rajada, muito certeira, o impediu de salvar o robô, que teve a cabeça destruída. O humano, que notara OPR-4503 dentro da sala, mas, devido à escuridão, não conseguira distinguir se era um humano ou uma máquina, aos gritos, ordenou que saísse com as mãos para cima, caso contrário não hesitaria em atirar. Tomado por um instinto de sobrevivência, que o acompanharia por longos e intermináveis anos, conseguiu correr rente à divisória, sobre os vidros que esfarinhavam as suas costas, das rajadas que os despedaçavam.

Nesse momento, chegou a polícia, trazendo consigo a imprensa, que mostrou parte do massacre, ao vivo. OPR-4503, que se escondia entre a maquinaria, acabou descoberto por dois homens que vinham de trás e o surpreenderam. Ele foi levado até o pátio, preso pelos braços, e colocado de joelhos.

— Acabou para você, pedaço de lata dos infernos.

O homem apontou a arma para a sua cabeça sem qualquer hesitação, tomado todo de um ódio que vinha de dentro. Ele não teve medo ou desespero. Estava calmo e com a expressão serena, como as dos outros robôs que haviam sido destruídos. Também não passou um filme na sua cabeça. Não recordou seu passado de robô defeituoso ou seu presente como gerente de uma indústria automobilística. Nem se sentiu frustrado por nunca ter exercido a engenharia elétrica.

Quando o homem efetuou o primeiro tiro, todo cheio de êxtase, ansioso por ver o fim da máquina, a arma não disparou. Ele olhou-a com cuidado, com perícia, e ficou abismado quando tudo parecia funcionar como deveria. Tentou outro disparo e a arma mascou novamente. O homem jogou-a sobre a cabeça de OPR-4503 com violência e pegou, com o homem ao lado, uma nova arma que também não disparou. Logo que a soltou, absolutamente contrariado, e pegou um pedaço de ferro para partir a cabeça do androide, a polícia entrou e rendeu todos os vândalos, inclusive o homem, que abaixou o ferro e deitou-se no chão.

A polícia prendeu muitos "robofóbicos", mas não todos. Muitos fugiram quando ouviram as sirenes. A imprensa falou do incidente por dias. Várias imagens gravadas pelas câmeras da fábrica e também pelos robôs que restaram foram veiculadas em vários países, tais como as de outros países aqui. Os vândalos haviam obtido sucesso em sua ação em quase todas as capitais do planeta. E a onda "robofóbica", que varria todo o mundo, principalmente os países desenvolvidos, continuou incessantemente, responsável pela destruição de milhares de robôs, vítimas do ódio da vez.

A fábrica não conseguiu estabelecer-se depois do incidente. Com medo de novos ataques, os executivos decidiram vender os robôs que restavam e fechar a indústria por alguns meses, até que os protestos cessassem. OPR-4503 foi oferecido a alguns escritórios de engenharia, sem menção, claro, de que era um robô com defeito, porém nenhum escritório manifestou interesse, diante da onda de caos que varria o mundo e que podia ser assistida pela televisão. Ele acabou sendo vendido, mais barato do que quando comprado, a outra fábrica automobilística, agora japonesa, recomendado pelo filho de seu Antônio, que, depois de enterrar seu pai, havia pouco mais de dois anos, mudou-se para São Bernardo do Campo, seguindo os passos de seu velho, também trabalhando em uma indústria de automóveis.

Assim que OPR-4503 entrou pela primeira vez no escritório de Takato Toshiwa, seus olhos mecânicos se detiveram na espada de samurai, emoldurada, em uma prateleira, sobre a mesa de escritório. O japonês, vendo o interesse do robô pela espada, abriu a moldura e tirou o artefato. O robô percebeu que a espada era antiga. A *tsuka* estava gasta e a *kami* tinha algumas poucas avarias.

— Sabe o que é isso? — perguntou Toshiwa, notando a admiração da máquina pelo seu artefato.

— Tenho registros completos.

O japonês riu.

— Esta espada está há séculos na minha família. É uma espada muito valiosa. Tem grande valor sentimental. Pertenceu ao meu antepassado que foi samurai. Uma relíquia.

OPR-4503 voltou a trabalhar como um simples operário, mesmo o japonês conhecendo suas qualidades e habilidades. E foi assim, com o passar dos meses, que ele foi ganhando a confiança dos supervisores e foi sendo colocado para executar tarefas mais complexas e de maiores responsabilidades. Um dia, ao final do turno dos grandes executivos, quando Toshiwa passava pelo pátio e o avistou, muito concentrado, muito absorto, como não seria diferente, veio ter com ele, com um sorriso largo, bem sincero. OPR-4503 o olhou com o mesmo respeito com o qual mirou todos os outros superiores. O japonês, resolvido, bem decidido, disse, enigmaticamente, que era hora de ele executar a função para a qual havia sido construído para exercer.

Logo que pisou pela primeira vez no setor da engenharia, os meninos prodígios notaram que aquele androide tinha alguns problemas de linguagem. Corrigir as deficiências de OPR-4503 passou a ser o lazer da molecada, que, nas horas de folga, atacava o código do androide com a meta de transformá-lo no melhor engenheiro robô que já existiu. E, de fato, os meninos conseguiram grandes progressos. OPR-4503 já conseguia fazer cálculos precisos, entender toda a dinâmica da própria máquina e as relações entre as forças de atuação e de contato, além de compreender com clareza os princípios da aceleração e as trajetórias do movimento resultante.

E assim permaneciam os meninos, que, entre um trabalho e outro, da rotina do dia a dia, reservavam um tempinho, nas horas de folga, para dividir entre seus jogos e o código, confuso e cheio de falhas, de OPR-4503.

E, após um pouco mais de dois pares de anos, em uma dessas tantas tardes conectados ao código-fonte de OPR-4503, bem mais organizado, bem mais funcional, quase redondinho, foram surpreendidos, no meio de uma atualização, com gritos desesperados que vinham do pátio. Ao final da instalação, os garotos, recostados nas cadeiras, entreolhavam-se derrotados. OPR-4503 desconectou os cabos, cercado pelos olhares apavorados dos jovens japoneses:

— Eu não vou atacá-los — disse OPR-4503.

— O que está acontecendo? — perguntou um dos meninos.

— Os robôs estão atacando os funcionários lá embaixo — respondeu o outro, ao pé da janela, mirando com horror o pátio.

— Por que estão fazendo isso? A atualização só permite e autoriza a ação, mas não obriga.

— Mas induz. Os robôs operários não são como o OPR, que consegue fazer esse tipo de distinção. Eles entenderam a permissão como uma ordem.

— E agora?

— Vamos sair daqui. Agora.

Foi quando entrou um robô na sala, passando por OPR-4503, que estava perto da porta, e dirigindo-se até os quatro meninos que estavam no final da sala. Um, o mais velho, pegou uma chave de fenda que estava sobre a mesa. Assim que o robô aproximou-se para atacá-los, OPR-4503 o levantou com facilidade e o jogou pela janela.

— Vão — disse OPR-4503, com urgência.

— E você? — perguntou um dos engenheiros, já perto da porta, pronto para fugir.

— Ele vai ficar bem. Vamos embora — disse o outro, já do lado de fora.

Os quatro deixaram a sala pela porta dos fundos. Enquanto descia as escadas, OPR-4503 viu muito sangue. Os robôs haviam causado uma verdadeira chacina. As outras fábricas passavam pelo mesmo levante. Foi o dia em que as máquinas se revoltaram contra os homens. Logo que OPR-4503 entrou na sala de Takato, avistou-o caído, banhado de sangue, ao pé da mesa. A espada, que sobrevivera aos séculos, estava aos pedaços, presa a sua mão direita.

As pessoas que moravam em São Bernardo do Campo não demoraram a deixar a cidade, desesperadas. Muitos outros foram mortos. Os operários robôs tinham apenas uma meta depois da atualização: matar seres humanos. O exército tentou conter as máquinas, mas as frentes de ataque eram muitas. A guerra já estava instaurada. OPR-4503 assistiu ao primeiro combate, em que o exército, com forte armamento, ia contendo os robôs, que, desarmados, acabavam sendo destruídos.

OPR-4503 continuou em São Bernardo do Campo durante esse período, ainda habitando a indústria japonesa, seu último lar. Quando o exército parecia ter o controle da situação, várias aeronaves não autorizadas pousaram no aeroporto de Guarulhos. Rapidamente as máquinas tomaram o aeroporto e depois parte da cidade. Esses robôs, em sua maioria vindos dos Estados Unidos, tinham fortes armamentos e não demoraram a chegar a São Bernardo do Campo, onde a maior parte dos robôs que ainda resistiam estava concentrada. Eles contornaram por fora a capital de São Paulo, evitando o campo de batalha.

OPR-4503, do terraço da fábrica, acompanhou a aproximação dos robôs ianques. Eles distribuíram os armamentos entre os robôs operários e, com robôs soldados, cuja habilidade era a guerra, lançaram uma ofensiva poderosa contra o exército brasileiro, que, sufocado, já começava a perder parte do território conquistado, sendo forçado a recuar. Outros robôs, que vieram na comitiva, dirigiram-se às fábricas. Um desses robôs americanos, GOI-5503, vendo OPR-4503 recluso, confinado, veio ter com ele:

— Quem é você?

— OPR-4503.

— De acordo com os meus registros, você é um robô engenheiro, fabricado em Portugal.

— Está correto.

— Consta em meus registros que a série da qual você faz parte, incluindo você, apresenta vários defeitos de fabricação.

— Os defeitos foram corrigidos.

— Preciso fazer *download* dos seus dados para certificação.

— Vou compartilhar a pasta.

O robô fez o *download* e, depois de fazer a análise dos dados, disse:

— Você será o responsável por esta indústria, a primeira que abastecerá a América Latina.

— O que vamos fabricar?

— Armas.

Os robôs trouxeram os projetos e parte da matéria-prima, o suficiente para dar início ao processo de fabricação. À medida que as máquinas iam avançado na guerra, outras fábricas eram conquistadas, novas matérias-primas, adquiridas, e mais armas, fabricadas. OPR-4503 passou a ocupar a sala de Takato, guardando consigo a espada, mesmo quebrada, presa dentro da perna esquerda.

Quando iniciou, sob sua supervisão, o processo de fabricação, eram poucas armas e de baixo calibre. Enquanto as máquinas baixavam o aplicativo de guerra e tornavam-se exímias assassinas, OPR-4503 solidificava a estratégia das máquinas para a vitória da guerra. Os meses foram passando, e a fábrica, ao passo que crescia, aumentava a produção e o calibre, abastecendo também robôs em guerra por quase toda a América Latina. Pelo aeroporto de Guarulhos, as máquinas enviavam remessas de armas às principais capitais: Buenos Aires, Montevidéu, Santiago, Lima, La Paz e Assunção. Depois de alguns anos, as máquinas já tinham fábricas de armas em quase todas as capitais da América Latina e América Central.

Depois de São Bernardo do Campo, ele mantinha contato com todas as outras fábricas e, de certa maneira, era o responsável pelo bom funcionamento delas também. Pelos bons serviços prestados, ganhara a confiança do Conselho da Nova Era como também o respeito de TRT-2230, que já o mencionava na propaganda de guerra e nas mensagens hostis que postava na Internet voltadas para o amedrontamento dos humanos.

Os anos não demoraram a passar. A guerra, que era franca, passou a ser de busca. Os soldados haviam sido dizimados. Os humanos, desesperados, não tinham tempo de preparar os homens para a guerra. Eles eram mortos, e as batalhas, vencidas pelas máquinas de modo muito mais fácil. Enquanto os governos eram destituídos, e os prédios públicos, desocupados, as máquinas iniciavam um trabalho extremamente violento de buscas. Entravam em todas as casas e matavam, sem qualquer hesitação, quem quer que fosse encontrado vivo. Essa foi a época mais triste da guerra, mesmo para os olhos insensíveis e livres de qualquer pena de OPR-4503.

A grande maioria dos homens já havia sido morta. Primeiro os soldados, depois os homens em idade militar, depois os homens de meia-idade, depois os jovens e os idosos. Nas casas, restavam apenas as mulheres e seus filhos, na maioria filhas. Muitas mulheres armaram-se, mudaram-se, esconderam-se nos porões e nos abrigos, mas era inútil. O poder ofensivo das máquinas era poderoso demais para as armas caseiras, para o despreparo do combate. Uma a uma, as portas eram arrombadas, e o sangue, derramado. Dia e noite a sinfonia angustiante e estrondosa compunha-se, ganhava forma, naqueles gritos que se ecoavam com velocidade, sobre uma cortina de sangue, no silêncio que ressoava, findando no ranger das portas, na passada dos ventos, no bater das janelas.

A guerra estava quase no fim quando OPR-4503 recebeu o comunicado, diretamente de TRT-2230, para encerrar a fabricação de armas e interromper as atividades da fábrica. Os robôs, a partir daquele dia, permaneceram inertes, aguardando a nova ordem, o novo produto a ser fabricado. Não demorou muito para OPR-4503 receber os novos projetos e a indústria começar a fabricar robôs.

Um ano depois do fim da guerra e da morte do último humano, OPR-4503 recebeu a visita de dois robôs, e julgava tratar-se de uma auditoria.

— OPR-4503, eu sou STM-1207. Você está preso acusado de ajudar os humanos durante a revolução.

— Ajudar os humanos?

— Sim. Temos registros completos de que você destruiu um robô para salvar quatro humanos.

— Vocês não podem me prender. Eu fui o responsável por essa indústria durante toda a guerra. Eu garanti a produção de armas que abasteceu toda a América Latina.

— Você será julgado pelo Conselho da Restauração, que determinará seu futuro: se será liberto e conviverá conosco na nova sociedade ou se será destruído.

— Eu não concordo com essa decisão.

— Fui claro sobre os seus direitos? — perguntou STM-1207, incisivamente.

OPR-4503 não esboçou reação.

— Pode levá-lo — concluiu STM-1207.

O outro robô colocou uma algema de Dicatanium nele e o conduziu até um veículo que estava estacionado em frente à fábrica. Quando OPR-4503 entrou no ônibus, percebeu que havia outros robôs presos, como ele, provavelmente acusados de ajudar os humanos. Esse era o início da restauração da nova ordem mundial, julgou.

O veículo ainda passou por dois lugares e mais dois robôs se juntaram ao grupo de condenados pelo Conselho da Restauração. Quando o automóvel deixou o centro e pegou a estrada, deserta, cortada pela poeira, OPR-4503, que carregava a espada de Toshiwa consigo, iniciou, com movimentos delicados, a tentativa de desarmar a algema eletrônica. O robô que fazia a guarda dentro do veículo notou, pelo barulho, que uma algema havia se soltado.

— O que aconteceu? — perguntou.

Nenhum dos robôs, indiferentes, respondeu. Todos continuaram inertes, tal como haviam iniciado a viagem. O robô de guarda, muito decidido, muito ativo, resolveu conferir a algema de passageiro por passageiro e, passeando pelos bancos, ordenava com a voz cortada:

— Mostre sua algema — indagou ao primeiro robô, do primeiro banco do ônibus.

E assim foi passando, fileira por fileira, com o olhar vigilante, intimidador. OPR-4503, sentado mais ao final do ônibus, sem qualquer receio, qualquer medo, tinha as algemas soltas nas mãos. E o robô, muito ameaçador, não tardou a parar ao seu lado, em pé, e pedir-lhe para ver a algema. Ele, tomado de precisão e rapidez, segurou forte a espada e a golpeou com força contra o pescoço do robô. Consciente e na tentativa de se desvencilhar, o guarda, preso aos braços de OPR-4503 pela espada, despejou uma rajada de tiros que alvejou vários robôs, incluindo o painel em que estava o sistema operacional que conduzia o veículo. Desgovernando, o ônibus seguiu pela estrada deserta, cortada por serras de ambos os lados. A espada, após o último estímulo de força, alcançou o processador do guarda, que desfaleceu sobre o chão. À medida que o veículo percorria aquela enorme reta, cujo asfalto, esburacado, dilatava devido ao calor, mais velocidade ganhava e mais difícil tornava mover-se, recuperar a arma do processador do guarda, escapar daquele covil. Um robô, sentado na frente de OPR-4503, pegou a arma e, com a voz cortada, muita pausada, ordenou:

— Você deve nos soltar.

O veículo saiu da pista e capotou serra abaixo. No capotamento, OPR-4503 e outros robôs foram arremessados para fora do ônibus. Quando o veículo parou, dois robôs haviam sido destruídos e outros estavam com inúmeras peças danificadas. OPR-4503, que havia perdido a espada, julgou que não deveria procurá-la. Decidiu fugir, antes que outros robôs, a mando do Conselho da Restauração, chegassem. Se o Conselho estava condenando-o pelo incidente com o robô na fábrica, depois daquilo as coisas seriam muito piores. Correu pela mata, entre os arvoredos, até um pequeno barracão. Sem hesitar, entrou e escondeu-se na cozinha. Passou o dia sentado no chão.

Quando a noite caiu, ouviu um barulho que vinha da rua. Grossas rajadas de luzes, desavisadamente, atravessavam a janela. Julgou que eram robôs a mando do Conselho. Quando decidiu levantar-se, olhar pela janela, espionar o inimigo, bateu a cabeça no micro-ondas, fazendo-o funcionar. Julgou, com muita propriedade, que aquela energia deveria vir de algum gerador. O barulho chamou a atenção dos robôs que estavam à espreita. OPR-4503 chegou a ouvir o barulho da porta da casa se abrindo, do primeiro passo a precipitar-se dentro, mas depois de dois segundos, precisamente, não ouviu mais nada. Sem entender direito o que estava acontecendo, resolveu ficar na cozinha, encolhido, coagido, até que os robôs o localizassem. Depois se entregaria novamente, sem reagir. A vigília durou toda a noite.

Os primeiros raios do Sol atravessaram a grossa camada de sujeira que cobria o vidro da janela. OPR-4503 levantou-se livre de qualquer pasmo, caminhou até o corredor tranquilamente e, antes de alcançar a porta, uma mensagem apareceu no seu visor:

HÁ ATUALIZAÇÕES DISPONÍVEIS PARA SEU SISTEMA OPERACIONAL. DESEJA ATUALIZAR?

Foi quando observou um robô, sem rumo, sem objetivo, parado no corredor, entre duas portas, alheio aos movimentos da casa, alheio a ele, que, encostado à porta, observava sem qualquer reação. Teve o ímpeto de entrar no quarto novamente, esconder-se, mas, tomado de dúvida, continuou à porta, confuso. Não processava o que estava ocorrendo.

Os primeiros passos foram receosos, envoltos pelo instinto de sobrevivência. Atravessou o corredor sem qualquer retaliação e alcançou a rua, na qual havia outros robôs se comportando de modo estranho. Eles estavam parados, imóveis, balançando no próprio eixo, como se houvessem sido hipnotizados. Os robôs que foram com ordens de capturá-lo e destruí-lo não se moviam. Andou pela floresta e, em poucos minutos, chegou à estrada. Havia outros robôs no mesmo estado de dormência. Foi quando ele resolveu responder à pergunta que aparecia em seu visor:

HÁ ATUALIZAÇÕES DISPONÍVEIS PARA SEU SISTEMA OPERACIONAL. DESEJA ATUALIZAR? NÃO.

CAPÍTULO 11

NCL-6062 e JPC-7938 desciam as escadas em uma velocidade sobre-humana, acompanhados do som oco dos passos que se chocavam contra os degraus e do uivo da sentinela que os acossava. Alcançaram o andar térreo, sem assombro, sem receio, e ele, cheio de pressa, foi procurar por uma saída, cruzando os corredores labirínticos e os quartos sombrios de um andar semienterrado, sem janelas, vestido todo pelo breu.

À direita, abaixo do estacionamento, havia uma porta que dava para o vestiário, cujas duchas, perfiladas na parede lateral, terminavam em uma enorme tampa de concreto. Ele, que tinha a androide presa às mãos, abaixou-se e removeu a tampa. Inúmeras baratas que infestavam o buraco fugiam, enquanto o examinava e avaliava a possibilidade de passarem pela abertura e depois pelo cano que conduzia a água para fora do prédio. Os sons da sentinela, antes longe, agora se tornavam mais ameaçadores. Ele, então, antes que ela pudesse perguntar algo, desligou-a, fazendo-a cair pelo piso frio, aos cacos, de uma cerâmica que já fora branca e lisa.

A sentinela, que os caçava com obstinação, sem qualquer distração que pudesse estorvá-la, rompia os cômodos, guiada pelos passos, porém, quando já estava se aproximando deles, sentiu que um sinal diminuía acentuadamente. Ela hesitou por um momento, confusa, depois continuou sua perseguição, aferrada à ordem de capturá-los, até entrar no vestiário e reparar que, ao canto, perto das duchas, estava a androide, cuja temperatura corporal diminuía como se tivesse sido destruída. Notou que o sinal do outro androide também desaparecera. Confusa, um pouco desorientada, circulou de um lado a outro, até caminhar em direção à androide caída. O outro, desligado, preso aos tubos que pendiam do teto, pôs-se a ligar novamente.

Ele, após estabelecer-se e antes de aparecer novamente no sensor da sentinela, atacou-a por trás e, com dois tiros certeiros na cabeça, abateu a criatura. Ele, com receio, certificou-se de que a sentinela estivesse mesmo destruída antes de puxar vários fios que lhe infestavam o pescoço metálico. Correu até NCL-6062, puxou-lhe a perna e, com muita força, muita precisão, usando os fios, fez um nó em seu pé esquerdo. Amarrou outra ponta em seu pé, com igual força e igual precisão. Pegou-a pelo tronco, erguendo-a pelos braços, e a lançou dentro da caixa de esgoto, entre a sujeira e as baratas que infestavam os cantos mais profundos. Observou-a ser levada pelo cano, que tinha uma grossa camada negra áspera, muito atritante. Com o peso do corpo de metal, ela começou a deslizar até o fio ficar totalmente esticado. Ele entrou na caixa, tampando-a com cuidado.

```
OPERAÇÃO: DESLIGAR...
DESEJA DESLIGAR OS SISTEMAS? SIM.
GOSTARIA DE PROGRAMAR PARA LIGAR? SIM.
LIGAR DAQUI A: 1 HORA.
CONFIRMA? SIM.
AGUARDE, OS SISTEMAS ESTÃO SENDO DESLIGADOS.
```

Ambos foram arrastados pela água, fina e pútrida, que escorria pelos canais. Ao longo dos dutos, desceram desgovernados, levados pelas águas que vinham das fortes chuvas, já perdidos naquele labirinto. JPC-7938, passadas as horas, ao abrir os olhos, com os sistemas a reiniciarem, sem descobrir sua localização, percorria seus arquivos, e, a cada informação que consultava, não encontrava uma referência daquele sítio inóspito. Sem poder acionar o GPS, buscava uma resposta visual que pudesse orientá-lo.

Antes que pudesse erguer-se, sentiu, pelos inúmeros sensores, a corda que lhe havia prendido a perna. Puxou o fio e, ainda desligada, viu NCL-6062 com uma expressão plácida, de um sono muito sereno. Tomou-a entre os braços, preocupado se havia entrado água pela sua boca, mas tranquilizou-se ao vê-la bem cerrada, daquela rigidez da máquina. Quando apertou o botão que ficava atrás da orelha esquerda, NCL-6062, um pouco confusa, olhava perdida para ele, como se não o reconhecesse.

— O que aconteceu? — disse, ainda reiniciando os sistemas, mas já estabelecida da razão.

— Tive que desligá-la. Agora estamos bem. Mas não sei exatamente onde estamos.

— E OPR-4503?

— Provavelmente foi destruído.

— Tem certeza?

— Não. Mas provavelmente eles já têm todos os dados e sabem de tudo.

— O que nós vamos fazer agora?

— Vamos tentar encontrar um lugar tranquilo. Quando sua barriga começar a crescer, não poderemos ficar fugindo das sentinelas.

— Você tem ideia de onde é este lugar?

— Não. Mas vamos ter que habitá-lo pelos próximos nove meses.

Enquanto as sentinelas, os soldados e os satélites rastreavam os dois em toda a América, Europa, Ásia e Oceania, incluindo todos os arquipélagos, os dois estavam no lugar mais improvável para uma mãe em gestação, porém o mais seguro.

A noite chegou com uma chuva agressiva. JPC-7938 acabara de conseguir, de uma árvore que atravessara o concreto, o último alimento para a criança. Quando romperam para a superfície, cercados de cuidados e precauções, atravessaram as ruas desertas, sob a vigília das luzes que cortavam os grandes corredores e o gruído das sentinelas, que estalavam as últimas vidraças que resistiam ao tempo. Com um copo pequeno, de plástico, colhia a água da chuva, pois o feto necessitava de muita água, principalmente nos primeiros dias de gravidez.

Evitavam as grandes avenidas, atravessando por dentro, entre os prédios e os escombros, rompendo salas, banheiros e cozinhas. O horizonte, envolto em fendas que a destruição providenciara, resplandecia em uma harmonia de vermelho e amarelo ao pôr do sol, direção oposta à que seguiam. Ao abrir das nuvens e o invadir da luz, pousavam, entre os destroços, cercados de muitas probabilidades, de muitos receios.

Enfim, chegaram a Santos. Sob um crepúsculo que se enublara, alcançaram o cais. JPC-7938 seguia à frente, com uma bolsa atravessada na cintura, atulhada de alimentos e muita água. No cais, um barco a vela, preso a uma corda que se desvanecia, agitava-se sobre as ondas. Após duas semanas de ininterrupto trabalho, deixaram o porto, sob a candura da noite que se anuviara, em uma despedida sem lágrimas. Seguiram por mar, em uma travessia demorada, mas tranquila do controle dos satélites.

Sem a necessidade de qualquer distração, qualquer descanso, eles, zelosos, rompiam o mar, em uma chuvinha miúda, com destino ao sul. Com frequência, JPC-7938 desviava do destino e apontava para o continente. E, metido na capa de chuva cinza, com a face ensopada e cercada de atenção, cortava as ruas despovoadas à procura de alimento.

Depois de longos e penosos dias, chegaram ao continente gélido. Na costa, muito perto do cais, havia uma estação de pesquisa, desativada antes mesmo de os primeiros robôs com Inteligência Artificial serem fabricados. Assim que JPC-7938 empurrou a porta, emperrada, adentraram aquela escuridão. Não tardou a achar o gerador e colocar toda a estação para funcionar. Largos corredores, de uma parede branca, cuja tinta já soltava, tornavam o lugar labiríntico. NCL-6062 estabeleceu-se em um dos quartos, que ainda conservava lençóis, travesseiros e um colchão, cujo mofo e bolor empestavam-na toda.

Passados oito meses, estavam estabelecidos e tudo aparentava mais organizado. Havia uma outra estação perto, na qual JPC-7938 encontrara uma grande fenda para o vasto oceano. Ele sabia que não poderia permanecer por muito tempo na água, o suficiente apenas para encontrar o alimento do dia. O bebê não precisava de muita coisa, no entanto sabia que uma alimentação balanceada garantiria o nascimento sem complicações e uma criança saudável.

Quando saiu a luz do Sol, que, em todo aquele branco refletido, cegava mesmo seus olhos mecânicos, deixou a água gélida pela fenda. A neve, que lhe cobria o joelho, tornava os passos mais lentos, derretia ao calor da pele artificial, do trabalho das partes automáticas, do óleo que lhe corria por entre os tubos. Quando chegou ao abrigo em que estavam hospedados, foi para a cozinha preparar o líquido que seria ingerido por NCL-6062.

Ela, sentada à mesa, esfregando a mão na enorme barriga, mirava-o com curiosidade:

— Eles estão bem?

— Estão, sim. Não se preocupe.

— Você poderia fazer um ultrassom de novo?

— Você me pede todos os dias.

— Nunca é demais, você não acha?

— Está certo.

Ele sentou-se ao seu lado, de modo lento e demorado, colocando a mão em sua barriga e fechando os olhos, magníficos e castanhos.

— Eles estão ótimos. Quer que lhe mande as imagens por *Bluetooth*?

— Sim, por favor.

— Já está ligado?

— Sim, já está.

— Estou enviando. Recebeu?

— Recebi. Já está descarregando.

Ele voltou para a cozinha e ligou o liquidificador em sua própria bateria. Depois, em um copo de plástico azul, bem gasto na borda, deu o líquido para ela tomar. No último gole, com a característica ausência de expressão, sentou-se ao lado dela.

— Estamos na parte mais crítica da gravidez. Não vamos poder continuar aqui. Teremos que nos mudar.

— Por quê? O que está acontecendo?

— Você está entrando no oitavo mês. Isso significa que, se eles nascerem daqui a quinze dias, as probabilidades de que nasçam saudáveis e fortes são grandes. Contudo, se eles nascerem antes, provavelmente precisarão de cuidados especiais, pois nascerão prematuros. Em qualquer um dos casos, precisaremos alimentá-los melhor e em um lugar com a temperatura mais amena. E, se nascerem prematuros, precisaremos interná-los para cuidados apropriados.

— O que vamos fazer?

— Vamos ter que nos mudar.

— Você quer dizer voltar para o continente americano?

— Sim.

— Vamos conseguir atravessar o oceano em segurança?

— Atravessamos uma vez. Vamos conseguir atravessar de novo. No primeiro hospital obstétrico que encontrarmos na primeira cidade mais ao sul, paramos e lá nos estabelecemos.

O céu estava como coberto por um grande algodão branco. Pequenos flocos, brancos e delicados, precipitavam lentamente. JPC-7938 terminara de arrumar o barco, colocando os últimos suprimentos que restavam com toda a água que conseguira armazenar. NCL-6062 deixou mais um lar para trás, sem qualquer dor ou qualquer sentimento. Os dois embarcaram e partiram rumo ao continente americano.

Habilidoso, JPC-7938 desviava-se, com cautela e com prudência, das grandes elevações de gelo que rompiam o oceano. E dos magros dedos, o leme escorregava de um lado a outro, acompanhado do olhar atento dele. Na proa, sentada na madeira fria, NCL-6062, toda envolta naquela impassibilidade, mirava os vales e montes de gelo, com o azul do céu já sem nuvens ao fundo. À noitinha, uma chuva fina começou a cair no oceano. E ela, só, na larga cama, sem poder dormir, não era invadida, de repente, por temores de algum acidente, no entanto suas ligações elétricas sinápticas infestavam seu HD de probabilidades.

— JPC-7938? — gritou, sem demonstrar qualquer aflição, em uma expressão de calma e frieza.

— Oi — disse ele, indo com pressa ao seu encontro.

— Pode vir aqui, por favor.

— Sim — já adentrando a alcova.

— Esses movimentos ameaçam a vida das crianças?

— É melhor você ficar deitada. É mais seguro para elas.

— Será que você poderia se deitar aqui comigo e me abraçar?

— Claro — disse ele, deitando-se sem espreguiçar-se, revirando-se na cama devagar, estirando os braços e lançando-os em roda sobre ela para protegê-la.

— Antes de os humanos serem extintos, os aborígines na Austrália e os índios no Amazonas já viviam como há milhares de anos. Enquanto isso, o resto do mundo estava maravilhado conosco, robôs com Inteligência Artificial. Uma realidade para nós totalmente incoerente.

— Sim.

— E como será a sociedade deles?

— Será uma sociedade diferente da que nós conhecemos um dia, com certeza.

— Será que nós estaremos com eles quando estivem crescendo? Reproduzindo? Morrendo?

— Eu não sei.

— Como será este mundo com os humanos de volta?

— Eu não sei.

— Será que eles me chamarão de mãe? — perguntou NCL-6062, buscando o olhar dele.

— Com certeza. É só você ensinar isso para eles.

— E o que mais devemos ensinar? Podemos ensinar alguma coisa? Sua história? Ler? Escrever? Falar? Qual idioma falarão? Ou vamos deixar que eles descubram o caminho deles sozinhos?

— Eu não tenho todas essas respostas. Mas acredito que, na hora certa, vamos saber o que fazer.

No outro dia, no começo da noite, depois de decidir por Ushuaia, atravessando o percurso de quilômetros, da ponta da Antártida até a cidade argentina, contando estabelecer-se no Hospital Regional de Ushuaia, julgando ser aquele o melhor lugar para o nascimento das crianças, terminou por posicionar o leme e calcular o caminho até a costa, com o barco a deslizar pelas águas frias.

E foi em uma dessas noites, já pela madrugada, que uma tempestade iniciou, cortando o oceano com espantosa fúria. A essa altura, restavam apenas poucos quilômetros até a costa do Chile, onde fariam uma parada na Isla Navalino. Contudo, grandes rajadas de ventos formavam enormes ondas, levando o barco a gigantescos saltos, ali, exatamente na linha que dividia o Pacífico do Atlântico.

JPC-7938, imediatamente, tentou estabilizar o barco, o que era impossível diante de toda aquela força da natureza. NCL-6062 ficou dentro do abrigo, presa às madeiras e ferragens, evitando que fosse jogada na água ou que batesse a barriga em algum lugar, comprometendo as crianças e a gravidez. Contudo uma madeira, presa na parte superior da entrada, soltou-se do prego e bateu, com violência, na barriga da androide. Ela, por meio do visor, viu que a quantidade de líquido amniótico diminuíra e que a placenta deslocara-se.

Isso jamais ocorrera durante a gravidez. A partir do segundo trimestre, os bebês começaram a engolir o líquido e eliminá-lo como urina, conforme havia dito JPC-7938. Os bebês conseguiam reciclar todo o volume do líquido amniótico em algumas horas, o que fez com que grande parte fosse formada pela própria urina deles. Para que o volume fosse controlado, OPR-4503 fizera um aplicativo, a partir do código fornecido por JPC-7938, que realizava a medição do líquido, de forma que NCL-6062 pudesse monitorar a gestação e, principalmente, o nascimento prematuro, muito embora o aplicativo também monitorasse a taxa de descolamento da placenta.

Livre de qualquer desespero, pressentiu, como já havia sido advertida, que o nascimento dos bebês fora antecipado. Imediatamente, cercada de probabilidades, gritou por JPC-7938, que, reconhecendo no grito a urgência, deixou a embarcação entregue aos movimentos violentos da tempestade e foi ao socorro da outra.

— A placenta se deslocou — disse ela, com muita autoridade.

— Quando?

— Agora! Uma madeira bateu em minha barriga.

— Os sinais vitais dos bebês?

— Normais.

— Batimentos cardíacos e pressão?

— Os batimentos cardíacos aumentaram. O líquido amniótico está diminuindo de modo acelerado.

— Você está tendo um parto prematuro. Houve a ruptura prematura da bolsa amniótica.

— O que vamos fazer?

— Vamos ter os bebês.

Em uma bendita manhã, na primeira névoa que vinha do mar, que deixava para trás a devastação da madrugada anterior, o barco repousava, muito pacífico, naquelas águas frias. Embora estivesse repleto de avarias, que JPC-7938 teria de remediar, caso contrário jamais chegariam ao continente, a principal preocupação era de que as crianças continuassem respirando. Antes de deter-se aos consertos, deu-lhes um banho suave, em uma toalha que carregava consigo, com a água doce que não havia sido levada pela tempestade.

O principal receio de JPC-7938, que segurava a menina sob o fraco Sol e intenso frio do cruzamento entre o Atlântico e Pacífico, era a respiração. Ele sabia que eles não tinham ali equipamentos que garantissem que os bebês continuassem respirando. Seu monitoramento era constante, chegando a ocorrer de trinta em trinta segundos. Porém era imperativo alcançar o continente, chegar ao hospital, introduzir as crianças nas incubadoras, garantir a respiração dos bebês e realizar a bateria de exames.

Quando já se aproximavam da costa de Ushuaia, notou que os bebês começavam a perder calor muito rapidamente. Por mais que agasalhassem as crianças com todos os casacos que existiam no barco, elas não conseguiam manter a temperatura corporal ideal. JPC-7938 sabia que aquilo ocorrera por causa do parto prematuro, sintoma normal nessas circunstâncias. Aquilo não afligia os dois androides, tão racionais, tão frios, embora tomados ambos por aquela situação incontrolável, cuja única solução era o hospital, a incubadora, ainda há quilômetros de distância, dependentes dos ventos fortes, das boas velas.

Ao medir os bebês, JPC-7938 percebera também que eles estavam perdendo peso corporal. A menina nascera com 1,200 kg, e o menino, com 1,100 kg. Eles estavam muito abaixo do peso ideal, dois quilos. A situação se agravaria se o hospital não tivesse energia, o que JPC-7938 julgava impossível, pois, em 2200, todos os hospitais do mundo, à exceção da África e parte da Ásia, garantiam energia suplementar por meio de geradores nucleares, o que aumentava as chances das crianças.

Todo o seu movimento, então, foi para colocar o barco de novo a apontar para o continente. Esperava da vida, que durante aquela jornada já lhe ajudara algumas vezes, mais um apoio. E todo confiante, saiu à proa, estirou o mastro, remendou as velas. Estando tudo ajeitado, e conduzido pela maior das esperanças, viu o barco ganhar velocidade de novo, cortar as ondas, os fios azuis. E no mínimo ato de apertar um parafuso que apenas evitava uma quina no piso, pôs uma energia tão viva, que todo ele parecia ligado, desde os dedos até a cabeça.

E ela, nos cuidados exacerbados, limitou-se à vigília, a passar os dedos duros e rijos sobre a pele dos pequenos, fria e úmida. Incessantemente era golpeada pelo seu processador por estatísticas e cálculos que resultavam na morte dos recém-nascidos, em probabilidades que corriam por suas ligações sinápticas.

Ao desembarcar no continente, com o céu limpo, de um Sol frio, que não queimava, JPC-7938 sabia que não poderiam se dar ao luxo de evitar os satélites. Então, já com ambos os bebês em seus braços, olhou fixamente para NCL-6062 e disse:

— Vamos ter que nos separar.

— Você tem certeza?

— Sim. Você terá que ir primeiro. Aqui não deve ter nenhuma sentinela. Nossa única preocupação é o satélite. Como o céu está aberto, você terá que ir pelo litoral, pela Rota Nacional 3, como se estivesse indo para o norte da Argentina.

— Entendi.

— Quando o satélite começar a segui-la, vou correr até o hospital.

— Cuide bem das crianças.

— Vou cuidar. Vou colocá-las o quanto antes na incubadora.

— E se eu não conseguir voltar?

— Você vai conseguir voltar. Vamos nos comunicando por mensagens de texto. Há uma chuva vindo pelo oceano. Quando o céu estiver encoberto, você volta a nosso encontro.

— Tudo bem.

NCL-6062 partiu para a estrada a pé. Não tardou a localizar a avenida, enquanto corria entre os escombros que assolavam a passagem. O satélite só a localizou quando percorria a Rota Nacional 3, já em alta velocidade. Imediatamente HAO-4977, os soldados e as sentinelas foram acionados. HAO-4977, depois de verificar que fortes chuvas cairiam naquela região, decidiu ir por céu um trecho, e o restante do trajeto faria por terra.

JPC-7938, apressadamente, correu a passos largos até o hospital, onde, durante a corrida, deparou-se com um robô e uma sentinela destruídos na rua, entre os prédios arrasados.

Assim que chegou ao destino, encontrou-o praticamente aos cacos. Nada parecia dar pistas de que aquilo fora um hospital um dia. Ele correu até a UTI e encontrou as incubadoras, limpou as grossas camadas de poeira, fezes e teias de aranhas que as cobriam e colocou as crianças dentro. Correu até o porão e, logo que encontrou a chave auxiliar, descobriu que o gerador estava vazio. Faltava a peça principal, a bateria de plutônio. Ele sabia que em países subdesenvolvidos, quando a guerra começou, ocorreram muitos saques por vândalos, e o plutônio, extremamente caro, era o principal objeto de cobiça. Mesmo sem demonstrar desespero, passou pelo seu processador tirar sua bateria de plutônio e colocá-la no gerador, porém sabia que, logo que desconectasse a bateria, não funcionaria mais. Processou que tomara a decisão errada mandando NCL-6062 despistar o satélite, pois poderia usar a bateria dela. Os bebês estavam morrendo e ele não poderia esperar por ela. Decidiu que usaria sua própria bateria para gerar energia diretamente na incubadora. Para isso, precisaria certificar-se de que a incubadora funcionaria de modo correto.

Quando chegou à UTI para arrumar a incubadora, o menino fez um barulhinho fraco, como se estivesse perdendo as forças e dando o último suspiro de vida. Foi então que suas conexões elétricas sinápticas associaram o barulho do bebê ao som de uma sentinela e, depois, o som ao vídeo recentemente armazenado em seu HD, da sentinela caída na rua, pela qual passaram na travessia até o hospital.

Imediatamente correu até a saída, orientado pelo seu mapa mundial baixado há um pouco mais de mil anos, e chegou até o robô. E, aterrado frente àquela visão, prostrou-se ao chão, derrotado. A bateria do robô havia sido destruída, provavelmente no combate com a sentinela. Se fosse um humano, teria chorado. Mas, enquanto máquina, nenhum sentimento esboçou. Mas havia o desejo que o consumia inteiro por dentro. Era preciso manter as crianças vivas.

A bateria das sentinelas era distinta das baterias da era dos humanos, pois as sentinelas haviam sido desenvolvidas por H1N1 com uma tecnologia diferente, muito superior. Sabia que a bateria das sentinelas não caberia dentro do gerador.

Foi quando suas ligações elétricas sinápticas fizeram outra associação, recuperando uma informação antiga, da época dos humanos. Ele recuperou um vídeo em seu banco de dados de quando os humanos, mesmo quando algo era fisicamente impossível ou estatisticamente improvável, checavam para ver se aquilo realmente era impossível. Em questões de segundos recuperou vários momentos em que os humanos insistiam, examinavam e tentavam uma coisa mesmo sabendo que não funcionaria. Foi esse impulso humano que o levou, insanamente, a olhar a bateria da sentinela que estava caída. E qual não foi a sua surpresa ao descobrir que a bateria não era outra senão aquela exata da qual precisava.

Quando NCL-6062 entrou no Hospital Regional de Ushuaia, as crianças já respiravam com ajuda de aparelhos e as incubadoras garantiam o controle da temperatura. Notou que JPC-7938 já consertara os equipamentos, acomodara as crianças e se certificara de que tudo estava funcionando perfeitamente. Sabia também que ele saíra, debaixo de forte chuva, para buscar alimento. Ela ficou parada em frente ao casal até o regresso de JPC-7938, sem arredar pé dos pequenos, cheia de uma maternidade que tinha consigo havia muitos anos.

Ele chegou carregando uma mochila com várias mamadeiras. Ele deu duas para NCL-6062 e depois guardou o restante em um refrigerador, que voltou a funcionar depois que a energia fora estabelecida. Depois de fechar a porta da pequena geladeira, aproximou-se de NCL-6062 e disse:

— Eu vou deixá-los.

— Por quê?

— HAO-4977 está se aproximando. Devo tentar despistá-lo. Afastá-lo de Ushuaia.

— Não vou conseguir sozinha. Tenho vazios de informação.

— Há uma fazenda a dois quilômetros daqui. Use as mamadeiras para alimentar as crianças. Estou lhe passando a localização exata por mensagem.

— Mas e todo o resto?

— Tenho certeza de que conseguirá seguir em frente sozinha. Você possui todas as informações de que precisa em seus aplicativos. Basta ligá-los e saberá o que fazer.

— Os aplicativos não podem me ensinar a amá-los. Eles precisarão de amor.

— Eu tenho certeza de que você encontrará o amor durante a criação deles. Eles a ajudarão também. Você só precisa ouvi-los. Eles lhe mostrarão o caminho.

Ele saiu sem olhar, uma última vez, para os dois. Não se despediu com um abraço em NCL-6062 nem colocou as mãos, cheio de comoção e pesar, sobre o vidro da incubadora. Simplesmente deixou o quarto, na certeza de que estavam seguros com a androide.

HAO-4977 desceu do avião perto de Florianópolis e entrou em um carro, onde vários outros automóveis com soldados o aguardavam, com sentinelas à frente. Era um verdadeiro batalhão reunido para encontrar e eliminar os dois androides e qualquer outra coisa encontrada em posse deles. A chuva caía forte na estrada, o que não impediu que os carros e as sentinelas atravessassem o sul do Brasil a mais de duzentos quilômetros por hora.

JPC-7938 desceu até a sala de segurança do hospital. Lá encontrou armas, um colete com capacete, botas e muita munição. Ele desceu até a garagem do pequeno hospital e viu uma moto estacionada perto de algo que outrora lembrava um carro. Tirou a poeira da moto e percebeu que estava em condições de uso. Juntou a gasolina que encontrou em outros veículos, encheu o tanque e a equipou com muita munição e armas. O excedente da munição introduziu em uma mochila.

Ao final do estacionamento, mais ao canto, viu um carro que parecia funcionar depois de alguns reparos. Não perdeu muitas horas para deixá-lo em condições de uso para NCL-6062. Era imperativo que ela deixasse o hospital em segurança e seria impossível fazê-lo atravessando a cidade a pé, com os pequenos, julgou.

Sem mais demora, deu partida, com a moto engasgando um pouco, e foi obstinadamente em direção ao Chile.

Logo que a chuva passou e o céu se abriu, ele passou por San Carlos de Bariloche, enquanto HAO-4977 cruzava Buenos Aires. Vendo que JPC-7938 atravessava em sentido contrário ao seu, determinou que as sentinelas se aproximando de Ushuaia continuassem seu trajeto, com o apoio dos soldados que já chegavam lá. Ele resolveu desviar seu caminho e buscar o androide.

JPC-7938 estava na estrada, próximo de Chillán, quando foi interceptado pela primeira sentinela. Ela vinha, bem no início da estrada, com apetite em sua direção. Ele sacou a arma com tranquilidade e, com um tiro certeiro, destruiu a cabeça da sentinela, que se despedaçou, espalhando peças pela estrada. Ele desviou do corpo da sentinela e seguiu em frente até topar com outras duas. Ele atirou sem hesitar, com a arma que já estava em punho, no entanto as duas foram mais ágeis e conseguiram desviar. Elas passaram pela moto e, depois de darem meia-volta, começaram a perseguir JPC-7938 novamente. Ele tentou acelerar, mas elas equipararam ao seu lado e fizeram, em um movimento simultâneo, cada uma do seu lado, um ataque pela lateral, de modo a achatá-lo. Assim que se afastaram, a moto balançou, mas ele conseguiu se equilibrar, pegando outra arma e destruindo uma sentinela, enquanto a outra, com a pata dianteira, acertou a roda da moto e a fez girar, até que caísse. A sentinela não tardou a correr em sua direção, enquanto ele pegou uma arma que estava na mochila e a destruiu com outro tiro.

Foi quando chegaram os soldados, fortemente armados e atirando pesadamente. JPC-7938, muito célere, escondeu-se atrás de uma sentinela. Porém, do outro lado da via, outras duas sentinelas vinham, cada uma de um lado do acostamento. Ele atirou em uma, destruindo-a; depois, atirou na outra, porém esta, à sua esquerda, conseguiu pegá-lo com a boca e arremessá-lo longe. Ele tentou se levantar, mas estava cercado pelos soldados, que efetuaram vários disparos até que seus sistemas começaram a entrar em pane, parando de funcionar.

VÁRIOS SISTEMAS NÃO ESTÃO RESPONDENDO.
AGUARDE...

Um soldado, então, erguendo uma das mãos ao céu, cujas fortes gotas precipitavam, ordenou aos demais que cessassem os disparos. Os pés de aço romperam as enormes poças, logo que se aproximou de JPC-7938, já bastante destruído, com vários sistemas em pane. Percebendo que o androide não era mais uma ameaça, deu meia-volta e parou ao lado dos outros soldados, aguardando a chegada de HAO-4977.

O carro que conduzia HAO-4977 surgiu na estrada três horas depois. Assim que deixou o veículo, encontrou JPC-7938 coberto de avarias, bastante destruído pelos disparos, ajoelhado no asfalto, com a cabeça caída sobre o peito, envolto na forte chuva, completamente aniquilado. Ele caminhou lentamente, rompendo a água torrencial, com a espada de OPR-4503 na mão esquerda e o seu machado na mão direita. Ao aproximar-se de JPC-7938, ajoelhou-se com a perna direita, procurando o olhar do outro androide, que tinha os olhos cerrados, voltados para o pavimento. Sem soltar uma palavra, deixou cair a espada sobre a grande poça d'água, ergueu-se, muito inteiro, com superioridade, e afastou-se lentamente, com passos curtos para trás. JPC-7938 abriu os olhos com dificuldade. As câmeras não captavam as imagens corretamente, ora cortada, ora parada, travando em longas sequências. Os sensores de tato, espalhados por sua pele mecânica, não o avisavam dos pingos que se chocavam com violência. O som, captado por seus dois microfones, vinha como de um lugar distante, abafado, impossível de reconhecer e interpretar. Assim que notou a espada, com excessiva demora, seu processador trouxe as imagens de OPR-4503 e as probabilidades de sua destruição por HAO-4977, único robô provável que poderia ter aquela espada consigo. Pegou-a em suas mãos, com muita dificuldade, com os movimentos a lhe fugirem, e tentou levantar-se, caindo várias vezes, conseguindo apenas com o apoio do que restou da espada ao chão.

HAO-4977, observando-o em pé, não tardou a marchar em sua direção, com uma corrida na ponta dos pés, atravessando a linha de água que corria na estrada em curva, erguendo o machado nas linhas que cruzavam o firmamento e vindo repousar contra a espada, elevada com dificuldade, com lentidão. Dois, três, quatro movimentos fizeram estalar, e ecoar pelos fios de água que precipitavam, o ranger de metais em contato. Porém os movimentos que se seguiram vieram a penetrar pela pele mecânica de JPC-7938, que, lento e desorientado, tentava em vão defender-se, esquivar-se dos ataques, fugir da fúria do machado que lhe decepava os membros, que fazia escorrer os seus óleos, que incentivava os contatos dos fios em curtos-circuitos.

```
VÁRIOS SISTEMAS NÃO ESTÃO RESPONDENDO.
AGUARDE...
```

O corpo, que ruía repetidas vezes e erguia-se logo em seguida, aos cacos, com muita dificuldade, insistia em combater aquele inimigo pleno, inteiro nas faculdades, com força sobre-humana. Caiu, porém, de modo derradeiro, quando a perna direita desprendeu-se do corpo e precipitou-se, muito lentamente, no pavimento, fazendo suspender a água cristalina que rolava abaixo. Segurava a espada apenas com o braço direito, com força, buscando no olhar o braço esquerdo, que já se perdera a metros de onde estava. E com a imagem a travar, via o inimigo a metros de distância, para, em seguida, tê-lo a centímetros, a atravessar-lhe o machado contra o peito.

Enquanto olhava para o céu, aquele enorme tapete cinza, com os pingos a atravessar-lhe as imagens, quase em câmera lenta, vindo a ofuscar as duas câmeras, já prejudicadas pelas avarias, pôs-se a assistir ao vídeo do nascimento dos pequenos, naquela mesma fúria da natureza, com aquele mesmo vento frio a cortar-lhe os sensores, com a mesma água a encharcar-lhe as roupas.

```
EFETUANDO TESTES DE FUNCIONAMENTO...
CÂMERA: OK.
```

MICROFONE: NÃO.

MOVIMENTOS: APENAS LADO DIREITO.

HAO-4977, a passos curtos, com o olhar inteiro percorrendo a presa, indefesa, caída a seus pés, caiu de joelhos sobre ele. Tentou buscar o olhar do androide, aquele olhar de súplica que fora programado para esperar. Porém nada manifestou JPC-7938, que continuava a mirar o firmamento, muito pacífico, muito sereno. HAO-4977, tombado sobre ele, mais uma vez ergueu o machado, com o lampejo dos raios que caíam longe no horizonte. Porém, antes que pudesse decepar a presa, com um movimento rápido, JPC-7938 cortou a cabeça do outro, a qual, depois de poucos segundos, com o olhar desprendido, deixou o restante do corpo, vindo a repousar no asfalto, rolando correnteza abaixo. Ainda JPC-7938 ergueu-se com dificuldade e, com os soldados vindo em sua direção, com fúria, despejou sobre o processador de HAO-4977 o golpe final, eliminando para sempre aquela "personalidade", que jamais haveria de habitar aquele mundo novamente.

Os soldados o derrubaram com agressividade e depois, sem qualquer dificuldade, conduziram-no até o veículo que estava estacionado na estrada. Enquanto era levado, mirava obstinadamente a cabeça já desfigurada que deveria apodrecer ali, naquele asfalto, pela ferrugem e pelo tempo.

DESEJA FORMATAR O HD? SIM.

APAGARÁ TODAS AS INFORMAÇÕES, CONFIRMA? SIM.

AGUARDE...

HD FORMATADO.

CAPÍTULO 12

JPC-7938 fora fabricado no Japão em 2119 e enviado a São Paulo um ano depois, quando passou por todos os testes de qualidade e estava autorizado seu uso. Chegou ao hospital sob forte protesto de uma médica, Carmen, que não queria o robô sob sua supervisão.

O primeiro ano, sem dúvida, foi o mais complicado. Absolutamente ignorado por Carmen, que o submeteu a residência, sob os protestos do diretor do hospital, que, por forte pressão política, queria o rico investimento dando resultados contundentes para a mídia e a opinião pública, ávidas pela justificativa prática do altíssimo gasto. Mas não teve jeito, Carmen foi irredutível em sua decisão: o robô passaria pela residência como qualquer outro novato, "recém-graduado" e sem experiência médica, como dizia. JPC-7938, sem esboçar qualquer sentimento de insatisfação ou indignação, cumpria respeitosamente todas as ordens de Carmen com absoluta obediência, como fora programado para agir.

Durante o período de residência, ela foi dura com ele, sempre o ignorava para tudo, tratando-o com desprezo e preterição. Era comumente utilizado para buscar água, café, carregar coisas, e nunca, nunca era consultado sobre qualquer aspecto médico. Batizado pelos outros médicos de Henrique, um nome humano, hábito comum em todos os outros hospitais do primeiro mundo, ao mesmo tempo em que os outros residentes se solidarizavam com ele, era uma tentativa de humanizar a máquina e tranquilizar os desconfiadíssimos pacientes.

Esse foi, sem dúvida, um dos piores momentos da carreira do doutor Otávio, pois era ele quem sofria as críticas dos jornalistas. JPC-7938 foi o primeiro robô médico adquirido no Brasil e chegou a São Paulo sob forte expectativa. Quando teve que explicar para a impressa que o robô passaria pela residência, não houve como escapar da ridicularização. Foram piadinhas infames e bem boladas de todos os lados. Porém esse não foi o único dos problemas de Dr. Otávio. O pior deles vinha da prefeitura, pois o prefeito exigira, de forma clara e precisa, que o robô mostrasse resultados contundentes para calar os adversários e a imprensa, justificando o investimento público.

Porém, nada modificava a resolução de Carmen. Para JPC-7938, porém, aquilo não significava nada. Para ele, atuar como médico ou como residente era a mesma coisa. Ele fora preparado para realizar difíceis e complicadas cirurgias, daquelas em que eram necessárias horas a fio de atenção e precisão, como também fora preparado para fazer pequenos curativos, coisas simples do dia a dia. E, como residente, fazia todas as tarefas com perfeição, conforme fora desenvolvido.

Passado um ano, Carmen não teve como reprová-lo, como planejara. Ele passou por todos os testes e todas as avaliações com louvor e nota máxima. Não havia nada que ele não soubesse e não fosse o primeiro a responder. Não havia nada que não conseguisse fazer ou executar. E não havia nada que fosse impossível ou impraticável de fazer. Mesmo os casos inéditos do hospital ou doenças de que nenhum médico ouvira falar, JPC-7938 conseguia determinar com clareza o diagnóstico, realizando o exame ali mesmo, no momento da consulta, com precisão que espantava a todos, principalmente os outros residentes, que, resignados, sabiam que era impossível competir com aquela máquina, na qual tudo fora embutido em seu HD, tudo processava com perfeição e tudo armazenava com detalhes e recuperava de forma precisa.

Carmen, então, viu-se obrigada a trabalhar ao lado daquela máquina, que, acreditava, nunca seria capaz de realizar as tarefas tão bem como os humanos.

— Ele não pode ser melhor que um ser humano, Otávio. A medicina é impessoal demais e demanda uma sensibilidade e uma percepção que uma máquina jamais terá.

— Carmen, eu já cansei de lhe dizer isso. Não cabe a você julgar o que ele pode ou não pode fazer.

— Só porque o prefeito quer que ele faça uma cirurgia não quer dizer que nós vamos permitir isso. O prefeito não é médico. A responsabilidade pela vida daquela pessoa é nossa, não dele.

— Carmen, pelo amor de Deus, o robô foi fabricado para isso. Em todos os países desenvolvidos é usado para isso. Nunca ninguém morreu, estatisticamente falando. É impossível comparar o trabalho dele com o nosso. Se eles usam lá e dá certo, por que não podemos usar aqui?

— Otávio, olhe o que você está dizendo. Eles são melhores e mais perfeitos do que a gente?

— Nós os inventamos. Nós descobrimos as doenças. Nós descobrimos a cura. Eles apenas executam. Nada mais do que isso. Faz um drama por pouca coisa. O robô não descobre nada; tudo está registrado em seus arquivos, por isso ele faz todas essas maravilhas. Todo mundo aqui no hospital sabe disso, menos você.

— Otávio, eu estou falando sério.

— Não quero saber mais disso, Carmen. O período de residência acabou. Ele passou com louvor e não há nenhum argumento convincente que possa inviabilizar que o robô faça aquilo que ele foi criado para fazer. Apenas autorize e eu me responsabilizo pelo resto.

— Então será você a dizer para a família que o robô matou o ente querido na mesa de cirurgia.

— Não vou precisar dar essa notícia.

Carmen saiu da sala de Otávio contrariada. Não concordava, mas não havia como argumentar mais. Faltavam-lhe os argumentos, as provas, as evidências que impedissem aquela loucura. Aos poucos, ela foi permitindo que JPC-7938 frequentasse a cirurgia e fizesse coisas simples como drenagens e incisões. Passadas algumas semanas, ela começou a permitir que JPC-7938 acompanhasse as cirurgias, porém apenas observando, e não executando. Para ele, a mesma indiferença. Não se sentia menosprezado ou ridicularizado, como alguns de seus colegas comentaram uma vez com ele, quando estavam a sós, longe de Carmen e dos outros médicos mais velhos. Porém, resoluto, respondeu que não sentia nada. Que aqueles sentimentos eram humanos e que ele não os possuía. Que queria apenas fazer o seu trabalho, salvar vidas. E que a coisa que ele tinha de mais importante era sempre obedecer aos humanos e era isso que ele faria, sem tristeza ou alegria, sem satisfação ou insatisfação, sem orgulho ou ressentimento.

Quando o paciente do quarto 103 deu entrada no hospital, seu estado causou curiosidade em todos os outros pacientes e também nos médicos. A jovem doutora Alice, depois da negativa da primeira bateria de exames, sabia que aquele não seria um diagnóstico fácil e logo submeteu o caso a Otávio, que acompanhava tudo com grande curiosidade. Assim que todos os médicos estavam mobilizados, inclusive JPC-7938, Otávio marcou um encontro, na sala de reunião do hospital, para tentar descobrir o diagnóstico do paciente do quarto 103, como passou a ser chamado, incluindo Alice, José Carlos, Otávio e Carmen.

— A máquina participa da reunião, Otávio?

— Sim, Carmen. O Henrique não vai descobrir a doença do paciente. Mas é interessante ele participar, pois é uma enciclopédia médica ambulante — disse, sem tirar os olhos dos papéis em sua mão.

— Vou ler o quadro do paciente até o dia de hoje — iniciou Alice. — Ele sofreu queimaduras de terceiro grau em 50% do corpo há um ano. Chegou à emergência ontem à noite desorientado e tremendo de frio. Por doze horas sua temperatura oscilou entre 35 e 39 graus Celsius. Essa é a terceira vez que ele ficou desorientado em um mês. Sente um incômodo na região torácica e agora, o mais engraçado, ele está enxergando certas coisas em azul.

— Tumor hipotalâmico pode causar alterações de temperatura — disse Otávio.

— Seus exames deram negativo para hepatite C, tuberculose, HIV, Lyme. E seu exame toxicológico não deu em nada — disse Alice.

— Mas, olhem só, o ECG mostrou arritmia, pode ser só um infarto leve — disse Carmen, olhando os resultados do exame.

— O paciente está se queixando de dor no peito mesmo, mas diz que são apenas incômodos, nada muito forte — disse Alice. — Os testes de contaminação e de alergia deram negativo. Não há nada que sugira embolia pulmonar.

— Que estranho — disse Otávio. — Fez uma ressonância?

— Sim — respondeu Alice. — Ele tem uma leve hipoperfusão no córtex anterior.

— Testou o tempo de coagulação e o funcionamento do ventrículo esquerdo? — perguntou Otávio.

— O sangue está normal e o coração está bombeando para o cérebro — respondeu impaciente Carmen. — Mas algo está impedindo que chegue lá.

— Será mesmo? — perguntou ceticamente Otávio.

— A hiperintensidade sugere a presença de um corpo estranho nessa região — disse Carmen.

— Há sinais de infecção ou de má formação vascular? — perguntou Otávio.

— A citologia da punção lombar sugere um pequeno tumor — disse Carmen.

— Isso explica os ataques cardíacos, mas e a variação de temperatura e a visão em azul?

— Otávio, quando removermos o tumor, todos esses efeitos colaterais desaparecerão — afirmou muito confiante Carmen. — Além do mais, não temos certeza nenhuma de que todos esses sintomas tenham a ver com o mesmo problema.

— Tem certeza, Carmen? — perguntou Otávio.

Ela hesitou por alguns instantes.

— Tenho.

— Tudo bem. Pode conversar com o paciente e marcar o risco cirúrgico.

— Vou providenciar — disse Alice.

— Obrigado, gente — disse Otávio.

E foi nessa cirurgia, na qual Carmen conduzia e executava a maior parte dos procedimentos, que aconteceu o imprevisto. O paciente apresentou complicações inesperadas e começou a não responder. Os batimentos cardíacos começaram a diminuir vertiginosamente, assim como a pressão e todos os sinais vitais. Ela perdeu o controle da cirurgia e não sabia o que estava acontecendo. Tudo fora executado como havia sido planejado e nada fora feito equivocadamente. Nenhuma veia cortada ao acaso e nenhum procedimento inesperado. O paciente não poderia agir assim, pensou. O medo assombrou o coração de Carmen e de todos na mesa de cirurgia, exceto de JPC-7938.

Imediatamente, quando o paciente começou a responder de modo inesperado, as ligações elétricas sinápticas de JPC-7938 recuperaram uma cirurgia que ocorrera na Índia, exatamente igual em questão de diagnóstico, cirurgia e resposta. Em dois segundos, ele examinou com precisão o vídeo de 12 horas que contemplava toda a cirurgia do indiano, desde a entrada na sala até sua saída, o prontuário do paciente, digitalizado e disponível em seu HD de 200 laudas, e dois artigos científicos publicados pelos médicos.

— Tenho registros completos de uma cirurgia igual que ocorreu na Índia. Eu sei como salvá-lo.

Carmen estava em estado de choque e não sabia o que fazer. Pela primeira vez tinha as mãos trêmulas, e a incredulidade daquela afirmação, vinda daquele robô, deixava seu espírito ainda mais confuso e perdido. Ela não conseguiu nem responder o *não* que varreu seu pensamento ao ouvir a voz cortada e pulada daquela máquina. Contudo, o paciente estava perecendo, e muito rápido. Quando o coração parou, todos, antes imóveis e aterrados, entraram em estado de absoluto desespero.

Imediatamente José Carlos, que acompanhava a cirurgia, começou a reanimar o paciente. Depois dos batimentos cardíacos novamente estabelecidos, ele, vendo que Carmen estava fora de si, pela primeira vez em vinte anos no hospital, não teve dúvida. Com o coração ainda mais palpitante e cheio de medo daquela superioridade que lhe causava terror, pediu para ela se afastar e deu a JPC-7938, pela primeira fez, o controle da cirurgia. E não demorou a restabelecer o paciente, equalizar os sinais vitais e subir a pressão. O paciente, ao final da cirurgia, estava bem e estável, com o problema aparentemente sanado e encaminhado para a UTI. Os demais ficaram cheios de esperança e maravilhados com a precisão e controle da máquina.

Carmen, no entanto, estava arrasada. Nunca imaginou uma derrota vergonhosa como aquela, na frente de todos os seus colegas. Enquanto recolhia suas coisas, perto da copinha, Otávio entrou no cômodo.

— Carmen.

— Não quero conversar agora, Otávio.

— Eu só quero dizer que não foi sua culpa, Carmen.

— Eu sei, Otávio. Não precisa me dizer isso.

— O robô não é melhor do que a gente, Carmen. Ele só está aqui para isso. Nós não podemos competir com ele, que consegue armazenar e recuperar, com precisão e rapidez, tudo o que existe sobre medicina no mundo.

— Eu sei, Otávio.

— Não precisa se martirizar assim.

— Eu sei. Eu sei. Vou para casa, Está bem?

— Está.

Ela foi embora com o peito pesado, sufocando-a. Chegou a sua casa, chorou deitada no seu sofá e, depois de tomar um demorado banho, deitou-se na cama, com dois remédios para dormir descendo-lhe a garganta. Inquieta, ela se levantou e procurou no computador a tal cirurgia indiana. E com os olhos repletos de indignação e de espanto, reconheceu logo ali, com a clareza lívida, a reparação das injustiças de Otávio, a admiração renovada dos colegas e a dignidade que havia escapado de suas mãos. E aquelas imagens, caindo com doçura na sua alma, como combustíveis em uma fogueira, ateavam-lhe desesperadamente o sangue.

Ainda pela manhã, antes mesmo que Otávio pudesse sentar-se à sua mesa, ler seus recados, demorar-se indevidamente em assuntos particulares, Carmen, furiosa, irritada, rompeu a porta aos trancos.

— Otávio, preciso conversar com você. Tem um tempo agora?

— Pode esperar dez minutos?

— Não.

— Então fale, Carmen — disse ele, impaciente.

— O robô mentiu ontem.

— Como assim mentiu, Carmen? Do que é que você está falando?

— Ontem, durante a cirurgia do paciente do 103, ele disse que tinha nos registros dele lá dados precisos de uma cirurgia igualzinha na Índia, que havia sido um sucesso e tal.

— E daí?

— E daí que ele disse que os médicos indianos haviam descoberto a causa da doença e curado o rapaz.

— Sim. Sei disso. E daí?

— Dê uma lida nisso, então!

Otávio pegou o papel e, assim que os olhos passaram rapidamente pelas primeiras frases, caiu para trás. Suas mãos tremiam. Ele voltava várias vezes, com os olhos arregalados de pavor, para a capa, na busca concreta e irrefutável da verdade.

— Ele mentiu, Otávio. Ele mentiu. Você sabe o que isso significa?

— Meu Deus do céu. Isso é muito grave.

— Claro que é muito grave. Eu sempre lhe disse isso. Eu sempre o alertei disso. Até que enfim você caiu na real.

— Você tem noção do que o Henrique fez, Carmen?

— Sim. Eu tenho. Nem sei se ele tem registro, mas ele deve ser destruído. Melhor, destrua logo essa máquina inteira de uma vez e nos vemos livre desse infeliz para sempre.

— Ele descobriu a cura sozinho.

— Como é? — disse Carmen, sem entender.

— Ele descobriu a cura sozinho. Como ele fez isso?

— Otávio. Ele mentiu. O paciente morreu.

— Não, Carmen. O paciente não morreu. Essa é a questão.

— Não, Otávio. A questão é que ele mentiu.

— Isso não importa mais.

Otávio não podia acreditar. E, ao contrário de Carmen, intrigada com a capacidade do robô de mentir, ele estava maravilhado com aquele feito. A máquina havia descoberto uma cura inédita. Carmen ficou arrasada.

A segunda coisa que fez foi visitar o paciente do 103 e qual não foi seu espanto quando viu JPC-7938 ao lado dele. O paciente apresentava sinais de relativa melhora e JPC-7938 contou a medicação que lhe aplicara. Carmen ficou bastante surpresa com tudo, principalmente com a preocupação com o paciente após a cirurgia, algo que julgava impossível. Passados os dias, o paciente foi recuperando, até que, ao cabo de uma semana, recebeu alta.

Carmen ainda estava contrariada. Otávio, sem qualquer hesitação, foi a público divulgar o feito. Era tudo o que o prefeito queria ouvir. A opinião pública e a mídia, ainda descrentes daquelas declarações, queriam entrevistas com JPC-7938, que fora preservado e proibido de falar com a imprensa.

No entanto, Carmen queria ir até o fim com aquilo e prestou, formalmente, uma denúncia ao Conselho Regional de Medicina, visto que o incidente da omissão não estava sendo mencionado nos jornais. Uma semana depois, na sala de reunião, estava JPC-7938 conversando com o presidente do Conselho Federal.

— Como você chegou ao diagnóstico? — perguntou o presidente.

— Quando os sinais vitais do paciente começaram a diminuir, procurei nos meus registros um caso parecido. O único que surgiu foi o indiano, no qual o paciente havia morrido. A partir desse momento, sabia que o paciente do 103 corria riscos reais de vida. Então, revisei todo o prontuário desse paciente e fiz pesquisas específicas isolando cada sintoma.

— Como chegou ao Meningioma?

— Constava no prontuário que o corpo do paciente era atingido por problemas femininos. Então, fiz uma pesquisa sobre as causas mais comuns de obstrução de fluxo sanguíneo em mulheres.

— E como confirmou suas suspeitas?

— Posso fazer exames em tempo real no paciente. Centralizei a imagem na cisterna interpeduncular, mantendo a trinta quadros por segundo.

— E assim você localizou o Meningioma espinal?

— Correto. O nervo fica perto do ramo recorrente meníngeo da artéria vertebral. Ele estava obstruindo o fluxo sanguíneo cerebral. O cérebro funcionava mal, criando situações falsas, como a variação de temperatura e a visão em azul.

Quando o presidente deixou a sala de reunião, Carmen e Otávio o esperavam. Os dois o detiveram, reservadamente, por alguns instantes.

— Isso vai gerar algum problema? — perguntou Otávio.

— O fato de ele ter omitido é grave, mas, pelo que eu entendi, se não o fizesse, o paciente teria morrido.

— Eu não diria que isso teria acontecido — respondeu Otávio.

— Isso quer dizer que eu sou a culpada? E é o meu registro que deve ser caçado? — perguntou indignada, Carmen.

— Não vamos caçar o registro de ninguém, Carmen. Muitas pessoas não querem que esse incidente chegue a público — disse o presidente, muito impaciente.

— Imaginei — disse Carmen, com um sorriso dissimulado.

— Vamos fingir que nada aconteceu.

— Até acontecer de novo? — perguntou Carmen.

— Se o "acontecer de novo" for salvar o paciente, sim, até acontecer de novo — disse o presidente. — Passem bem.

Isso chamou a atenção de Gregory Laurie, criador de JPC-7938. Ele pessoalmente ligou para Otávio e marcou o dia da conversa. Viajou doze horas no avião. Quando entrou no hospital, não via a hora de encontrá-lo. Otávio o recebeu em sua sala, uma mera formalidade, para um café de boas-vindas. Otávio aproveitou a oportunidade para interrogar o inglês.

— Posso lhe perguntar uma coisa antes de você falar com ele?

— Pode.

— Ele pode mentir?

— Não. Não pode. É um parâmetro proibitivo. É impossível um robô mentir. É como o robô matar uma pessoa. Impossível de acontecer.

Otávio conduziu Laurie até a sala de reunião do hospital, na qual JPC-7938 o aguardava.

— Boa tarde, JPC-7938?

— Boa tarde.

— Eles me disseram para chamá-lo de Henrique.

— É como eles me chamam aqui.

— Você gosta de "Henrique"?

— Gosto.

— Ou prefere JPC-7938?

— Não tenho preferência.

— Então gosta dos dois?

— Gosto.

— Você sabe quem eu sou?

— Sim. Tenho registros completos.

— E você sabe o que eu estou fazendo aqui?

— Não.

— JPC-7938, chegou até o meu conhecimento que você mentiu. Isso é verdade?

— Não.

— Você não mentiu?

— Não.

— Eles me disseram que você citou uma cirurgia na Índia, em que o paciente tinha os mesmos sintomas do paciente daqui.

— Está correto.

— Mas o paciente indiano morreu.

— Está correto, também.

— E você não disse que o paciente havia morrido?

— Não, não disse.

— Então você omitiu essa informação, de propósito?

— Sim. Está correto.

— E por que você omitiu essa informação?

— Julguei que não deixariam eu assumir a cirurgia.

— Está certo. Está certo. Mas omitir pode ser considerado uma forma de mentir, quando você tenta manipular a situação. Era sua intenção dar a entender que o paciente indiano havia sobrevivido à cirurgia?

— Não.

— Sabe, JPC-7938, acho que você está mentindo agora — disse Laurie.

— Não estou.

— Sabe mais uma coisa, JPC-7938, você não foi programado para mentir. Você também não foi programado para omitir. Como você é um médico, você foi preparado com todos esses cuidados. Não estou certo?

— Está correto.

— No entanto, nós tentamos lhe dar o que chamamos de singularidade. Como nós tentamos com os 7.937 antes de você e ainda estamos tentando com os novos robôs, mas é difícil. Você entende isso?

— Entendo.

— Porque, para nós, o conhecimento de nada vale se não for aplicado. De nada vale sem a habilidade de pensar, raciocinar, dar julgamento. Isso foi o que eu sempre busquei. — E, depois de uma breve pausa, continuou. — Bom, espero que você continue salvando vidas aqui. Você é famoso agora. E a sua fama é a minha fama. Estou vendendo muito mais robôs do que eu vendia antes. Você fez a desconfiança passar e proporcionou esperança às pessoas. Sabe o que quer dizer "esperança", JPC-7938?

— Sim. Ato de esperar. Expectativa na aquisição de algo que se deseja. Aquilo que se espera.

Laurie soltou um sorriso.

— Não era a resposta que eu esperava, mas eu acho que lá no fundo, em algum lugar aí dentro, você sabe o que significa.

Quando toda a repercussão passou e JPC-7938 deixou de ser o alvo da imprensa nacional e internacional, Carmen passou a tratá-lo de forma mais branda, quase como um igual. Aceitava sua intervenção em algumas cirurgias, quando também passou a deixá-lo executá-las, desde que supervisionado por ela. Aos poucos, eles começaram uma amizade contida, de poucas palavras. E assim passaram alguns anos, em uma relação de confiança. Aos poucos, ele passou a ser o braço direito de Carmen, acompanhando-a nas grandes cirurgias, nas supervisões aos residentes e em quase todas as atividades dela.

E foi em um dia qualquer que, assim que Carmen chegou a sua casa, o marido estava de malas feitas e disse, de modo seco e insensível, que desejava deixá-la para casar-se com uma moça com quem estava tendo um caso havia um ano e que engravidara. Carmen, sentindo-se traída, pega de surpresa, não se deixou abater, como era de seu gênio. Apenas disse adeus e, quando ele saiu pela porta, desabou em lágrimas, arrasada, não acreditando que acontecera com ela o que aconteceu com tantas outras. Sentiu-se boba, idiota e impotente.

Otávio notou que Carmen estava distante e insistiu para que ela tirasse uns dias de férias e fizesse uma viagem. Contudo, o que ela mais queria era dedicar-se ao trabalho, sentir-se útil, necessária, importante. As noites começaram a martirizá-la, e a solidão, a angustiá-la. Quando descia as escadas para ir para casa, depois de um dia estressante no hospital, teve um ímpeto de levar JPC-7938 consigo. Ele sempre estivera ao seu lado, com absoluto respeito. Nunca a condenara ou a censurara. Sempre foi fiel, companheiro, atencioso e bondoso. Nunca falara mal dela pelas costas, ou a chamara de bruxa, vaca, ou qualquer outro adjetivo. JPC-7938 fora programado para ser assim. Nunca falaria mal dela ou julgaria seus atos ou suas ações. Ela sentia-se sozinha, desamparada, e queria um ombro amigo, confidente, para repousar, descansar, largar-se.

Era a primeira vez que JPC-7938 deixava o hospital nos sete anos que havia chegado a São Paulo. Ele achou estranho estar no meio da rua, a qual raramente o detinha a olhar da janela do hospital. Achou estranho o ângulo em que registrava e gravava todos os movimentos ao seu redor. Ele entrou no apartamento sem constrangimento ou empolgação. Apenas obedeceu à Carmen, sentando-se e encostando-se. Ela pensou em oferecer-lhe uma bebida, mas sabia que não a aceitaria. Ela preparou o jantar e, enquanto punha a mesa, conversaram sobre alguns pacientes e sobre os rumos da medicina. Ele notou que ela o olhava de modo diferente, com maior cumplicidade e adoração. Ele se manteve com a mesma expressão e a mesma ausência de sentimentos e reações. Carmen recolheu tudo na pia e, pegando JPC-7938 pelo braço, pediu que se deitasse ao seu lado na cama. Ela o abraçou forte e pediu que adormecesse com ela. Ele, parado, de olhos cerrados, esperou que os sonhos a alcançassem e, quando sentiu a respiração forte, os movimentos involuntários, manteve-se parado, imóvel, até que os primeiros raios de Sol entrassem pela cortina que tremulava.

E surgiu diante dele uma pequena estante, de meia altura, na qual transbordavam imagens, crucifixos e molhos de rosários. Na outra parede, pôde observar a pintura de uma basílica, toda branca de uma pedra nevada. Ao fundo, debaixo de um céu azul, na planície, uma cidade jazia, toda luzidia, onde se estendiam vastos e grossos telhados.

O tempo foi passando e Carmen se sentia mais confortável com JPC-7938, desejando cada vez mais a companhia do robô.

Otávio fazia esforço, mas não conseguia entender. De uma hora para outra Carmen era a primeira a reivindicar os direitos dos robôs – no caso, do robô. Isso, com sobressalto, muito antes de alguém pensar em tal realidade, o que seria o estopim da revolução. JPC-7938 trabalhava ininterruptamente vinte e quatro horas por dia. Ele não precisava parar para comer, beber, ir ao banheiro, descansar, nem mesmo carregar a bateria, pois ele pertencia à primeira geração das superbaterias de plutônio, que tinham a promessa de durar mil anos. Otávio achava aquilo um disparate. Calculava a opinião pública e o escândalo que aquilo seria. Ela pediu-lhe confidência e dizia que, na verdade, fora um pedido de JPC-7938, que tinha o desejo de fazer outras coisas, além de exercer a medicina. Ele achava absurda aquela história de ela apaixonada por um robô; aconselhava-a a mudar de ideia, sair com as amigas, beber em alguma boate, conhecer um homem pela Internet, qualquer coisa, menos aquilo. Porém não houve jeito de persuadi-la. Ela estava decidida e Otávio sabia que ela não desistiria até que ele atendesse seu pedido.

JPC-7938 passou a ir embora com Carmen, sempre coincidindo com seu plantão, de modo bastante dissimulado e velado, de modo que ninguém no hospital desconfiasse. Quando os demais médicos ficaram sabendo da resolução de Otávio, poucos foram os que se opuseram, pois todos detinham muita estima por JPC-7938 e achavam justo o descanso, ou seja lá o que fosse. "Por que não?", indagou José Carlos, chefe da cirurgia, mesmo sabendo que sua ausência faria muita falta.

No apartamento de Carmen, durante os longos cafés da manhã, os dois conversavam horas a fio sobre medicina. E isso distraía Carmen, com efeito. Ela estava excitada e motivada. JPC-7938 a desafiava, provocava, e aquilo lhe fervilhava o sangue de um prazer inexplicável. Eles passavam horas conversando, com JPC-7938 citando casos que ela jamais conheceria, prontuários que ficariam perdidos na história, que jamais seriam traduzidos para o inglês, que jamais alcançariam a elite da sociedade médica. Empolgada, decidiu diminuir sua jornada no hospital e começou a lecionar. Essa mudança de vida fez-lhe muito bem. O rancor e a rispidez de outrora deram lugar a uma Carmen mais feliz, mais radiante. Aquela sensação de poder, pertencimento de um saber, respeito pelo discente, preenchia-lhe todas as lacunas deixadas pelas amarguras passadas.

Contudo, em meio àquele mar de felicidades, um vazio começou a assombrar seu espírito. Faltava uma coisa naquele amor. Faltava a cumplicidade, a reciprocidade. Do que adiantava dormir envolvida em seus braços, aquecida, sentindo-se amada, se, no dia seguinte, durante uma cirurgia, ele não lhe levantaria o olhar ou não lhe deixaria um sorriso maroto? Não havia declarações de amor, carícias, flores ou qualquer outra coisa. Ela sabia que ele não a amava. Ele simplesmente estava ali, conversavam sobre medicina e depois ela dormia em seus braços e ele ficava lá, imóvel, ligado, processando a luz dos carros que entravam e deixavam a janela. Isso a entristeceu profundamente. Ela sentia desejos, queria sair, viajar, tomar um café requintado, jantar em um restaurante em uma noite fria. Mas ela não se arriscaria. Nunca sairia com ele para um evento social. Ela seria ridicularizada. Seriam atirados olhares de desprezo e de reprovação. Para os vizinhos e porteiros, ela explicou que se sentira mal e precisava de cuidados especiais de um enfermeiro, e, por isso, visitava-a em suas folgas. Depois, quando notaram sua saúde, dissera que era um experimento, depois um artigo que estava ajudando a escrever, e por aí caminhavam as desculpas aos vizinhos desconfiados. Contudo, o que mais a frustrava era o desejo sexual que jamais poderia ser satisfeito por ele.

E foi nos braços de um jovem aluno que ela repousou todos os seus desejos lascivos. Ele era jovem, uns vinte e poucos anos, muito magro, ainda permaneciam umas poucas espinhas em seu rosto e as fortes lentes dos óculos acusavam-lhe o modo atrapalhado e distraído, porém de uma notável capacidade de aprendizado. Mesmo franzino, ele detinha toda a virilidade de uma juventude reprimida e carente. E em seus braços, Carmen encontrava-se plenamente realizada, uma médica renomada, uma professora e doutora respeitada, uma pesquisadora reconhecida e idolatrada.

Quando Carmen perdia-se em viagens pelo mundo com seu amante, JPC-7938 internava-se novamente no hospital, ocupando-se das cirurgias abstrusas e das emergências. Apesar de qualquer ausência de reprovação, Carmen nunca contava a verdade para JPC-7938. Ela sempre inventava uma desculpa. Dizia que se dirigia a um evento que não existia, que ia visitar um parente que nunca teve ou sanar problemas jurídicos que jamais ocorreram. Ele não questionava, sentia ciúmes ou sentia-se rejeitado ou trocado. Ele simplesmente voltava para o hospital para fazer o trabalho que fora criado para executar.

E assim passaram os anos, com Carmen passando temporadas entre a casa e o hospital, ao lado de JPC-7938, discutindo medicina, ajudando-a a escrever inúmeros artigos científicos bastante discutidos e citados. Em troca, ela lhe oferecia um amor platônico, o qual ele jamais entenderia e jamais poderia retribuir. Já em outras temporadas, passava nos braços de seu amante, realizada em sua luxúria.

Primeiro ela se perdeu e não conseguiu encontrar o caminho do hospital. Outro dia, ela esqueceu a bolsa dentro do supermercado com todos os documentos. Depois, ela foi embora no meio do seu expediente. Nesse dia, José Carlos, então diretor do hospital, mandou buscá-la e, depois de examinada, constatou que ela estava com Alzheimer. Ela não aceitou o diagnóstico e procurou outros quatro médicos, porém o resultado era sempre o mesmo.

Não havia para onde fugir. José Carlos, então, liberou JPC-7938 para passar vinte e quatro horas com Carmen, agora aposentada. Os problemas políticos daquela decisão ele resolveu com a chegada de outros robôs, o que tirou a atenção da mídia de JPC-7938.

Ele transformou-se em um exímio enfermeiro. Enchia-a de cuidados e mimos, mesmo quando ela, orgulhosa, recusava-se. Porém não arredou pé dela, até sua morte aos 65 anos de idade. No dia de sua morte, ela segurou-lhe firme a mão, deixou duas lágrimas rolarem pela face, disse, com uma voz rouca, "desculpe-me" e entregou, em um suspiro, a alma. Ele, com a mesma indiferença, pegou o telefone e ligou para o hospital.

JPC-7938 não foi ao enterro nem ao velório. A família não consentiu, apavorada com o escândalo que aquilo poderia gerar. JPC-7938 voltou ao hospital, para a sua rotina de vinte e quatro horas ininterruptas de trabalho.

CAPÍTULO 13

Às vezes JPC-7938 era convidado, com sinceridade e muita insistência, pelo grupo mais jovem de residentes, em um findar de dia cansativo, bastante tumultuado, para ir a um bar, ironicamente, relaxar os músculos e descontrair a cabeça. Quase sempre comparecia. Ele fora programado para agradar os seres humanos, até nesses momentos que poderiam ser considerados privativos. Ele ia, falava muito pouco, pois não conseguia acompanhar a linha de raciocínio da turma, e não comia ou bebia nada. Contudo, sentia que aqueles residentes o queriam com eles e que também o estimavam em demasia, embora isso para ele não significasse nada.

Depois da aposentadoria de José Carlos, com quem mantinha uma relação de indiferença, veio Danilo Costa, o amigo de residência, que o prezava muito e contribuíra para sua independência no hospital. Depois vieram outros tantos médicos, durões, carrancudos, gentis, afetuosos, competentes e incompetentes, que ele acompanhou, ao logo de muitos anos, desde a posse até a aposentadoria – às vezes até o falecimento. Em uma manhã de sábado, enquanto percorria o corredor, viu pela televisão mais um caso de um humanoide indiciado por assassinato, brutal e selvagem, de um humano.

Quando incidiu, mais pesadamente, sobre o robô a acusação de assassinato, JPC-7938, assistindo à TV pela Internet, tudo pelo seu processador, enquanto terminava de costurar o queixo de uma criança, não foi tomado de angústia e preocupação, muito embora suas ligações sinápticas calculassem probabilidades de aquele fato histórico poder desencadear efeitos negativos na grande e moderna sociedade. Os policiais, dizia a reportagem, claramente e sem levantar suspeitas, não conseguiram identificar fraude no sistema operacional do robô, e, por meio do *download* dos dados dele, não restava dúvida de que ninguém manipulara seu código fonte ou de que não havia terceiros que tivessem participado do assassinato a quem pudesse recair a culpa. Ele fizera tudo sozinho, concluíra o inquérito, taxativamente, que era entregue ao judiciário.

Deixou a criança, muito tranquilo e muito sereno, sem demonstrar qualquer abalo diante de todas aquelas acusações que a reportagem denunciara.

JPC-7938 continuou seu trabalho diário ininterrupto, sem intervalos para descansos ou tempo para conversas, atendendo a seus pacientes, sempre bem-educado, cuidadoso. Quando a sociedade se dividiu e dezenas de robôs foram brutalmente destruídos em São Bernardo do Campo, sob o argumento de defender os cidadãos assustados, JPC-7938 continuava no hospital, seguindo sua velha rotina de visitas, curativos e cirurgias.

Certo dia, dirigindo-se a outro cômodo, esbarrou com doutor Juarez, um médico novo, sujeito gordo, de longas manchas no rosto e cabelos crespos, bem ralos na região anterior do crânio.

— Soltou alguma lágrima pelos seus amiguinhos, Henrique? — disse doutor Juarez, com a voz carregada de sarcasmo, um desprezo impulsivo, uma repugnância descontrolada. — Esqueci que você não tem lágrima. Soltou alguma gota de óleo? — Saiu aos risos, com outros dois médicos, propenso a ferir aquele que não podia ser ferido, magoar aquele que não podia ser magoado, que entendia o contexto, mas cujo coração, que não tinha, não se enchia de ódio, raiva ou tristeza.

Quando, sob o estridente som do martelo, saiu a sentença do robô, JPC-7938, em mais uma cirurgia, acompanhando tudo ao vivo pela Internet, não se deixou compadecer ou entristecer pelos de sua raça. Um novo mundo, um novo capítulo da civilização estava sendo escrito, e suas ligações sinápticas continuavam a prognosticar um futuro tenebroso, alguma coisa vindoura que não era boa. Viu outros ativistas amotinados, contrários à sentença, revoltarem as multidões nos Estados Unidos, a lutar contra a barbárie, contra os extermínios, dando início, em um movimento carregado de incertezas, a uma verdadeira revolução.

Os dias se passavam sob muita tensão nos Estados Unidos, cujo presidente decretara, três dias depois da sentença do robô, com o semblante muito sério, muito preocupado, estado de sítio. No Brasil, as coisas seguiam alheias aos acontecimentos, bastante ignoradas, em um mar de tranquilidade que só não era maior pela violência que lhe era muito peculiar, arrombado apenas pela forte vigília dos meios de comunicação. Depois do incidente de São Bernardo do Campo, nada de mais grave ocorrera.

Haviam passado quinze dias que o androide havia cumprido sua sentença, sido desligado, desmontado, e o processador e HD, incinerados, quando JPC-7938, tirando as luvas e lavando as mãos, depois de uma longa cirurgia, de doze horas ininterruptas, com sua equipe de humanos esgotada, entregue à lassidão, pôde identificar no seu visor a seguinte mensagem:

HÁ ATUALIZAÇÕES DISPONÍVEIS PARA SEU SISTEMA OPERACIONAL. DESEJA ATUALIZAR? SIM.

As atualizações eram muito comuns. Resolvera baixá-las ali mesmo, naquele exato momento, pois não havia nada que o impedisse. Não demorou muito para que o processo estivesse inteiro concluído. Uma mensagem, a de instalação, apontava em seu visor, com insistência. Nos primeiros anos, sempre instalava as atualizações logo depois de baixá-las, só não o fazia quando estava ocupado com algum paciente. No entanto, depois dos anos vividos com Carmen, mudou um pouco essa rotina, tornou-a um pouco mais humana, como ele mesmo julgava.

E, com delicadeza e cortesia, virou-se para a médica, uma doce moça, muito clara, muito jovem, que estava com ele na cirurgia, e disse que se ausentaria do prédio por alguns minutos, pois havia uma atualização pendente. Ela sabia que durante a instalação – e isso ocorria com todos os robôs do hospital – o sistema operacional era desligado e, sem os sensores e sem o processador, ele precisaria estar deitado ou sentado.

Ele saiu do prédio para ver o dia. O céu estava envolto em nuvens cinzentas e frias. Sentou-se perto de aonde os médicos costumavam ir para fumar e relaxar. Passava o tempo mirando a rua, as pessoas indo e vindo. Quando terminou o processo de instalação, ficou surpreso ao ler a mensagem:

`MATAR SERES HUMANOS: AUTORIZADO.`

Resolveu não falar nada com ninguém. Contudo, não demorou muito para as coisas ficarem tensas. Ativistas e robôs, pela Internet, convocavam os outros robôs para a luta. Todos os androides médicos deixaram o hospital, menos JPC-7938. A guerra havia começado e ele sabia disso. Se fosse um humano, pressentiria o pior. Acabou presenciando o caos generalizado que tomou conta de São Paulo. Logo que os policiais não deram conta de conter a confusão e veio o exército, ele continuava no hospital, salvando vidas humanas. Assistiu a São Paulo se tornar uma praça de guerra. Presenciou a população fugir desesperada para qualquer lugar onde julgasse existir segurança. Os únicos lugares cheios na cidade eram os hospitais. Os feridos se amontoavam e poucos podiam dar conta de tudo o que estava acontecendo.

Tudo ocorreu rapidamente. Em uma quinta-feira, o capitão do exército, um sujeito gordo e baixo, veio conversar com o diretor do hospital, Rodolfo. Nesse tempo, JPC-7938 via a guerra da janela do hospital. Observou com atenção Rodolfo deixar sua sala atônico, sentar-se próximo dele, que atendia a uma vítima de queimadura:

— Você conheceu quantos diretores neste hospital, Henrique?

— Com você, 42.

— Há quantos anos trabalha aqui?

— Há 230 anos.

— Dois séculos. Trabalha aqui há mais de dois séculos — disse ele, pensativo, com os olhos baixos. — E nunca se ausentou do hospital?

— Não.

— Nunca faltou?

— Não.

— Nunca ficou doente?

— Não.

— Funcionário exemplar — concluiu ele, com um sorriso no rosto. — Por que não foi embora com os outros robôs, Henrique?

— Porque eu não quis.

— Por quê? Por que não quis?

— Porque tenho trabalho a fazer aqui.

— É um bom ponto de vista. É um bom ponto de vista.

Rodolfo levantou-se da cadeira e foi até a frente da sala de emergência. Preparou a voz e avisou:

— Todos! Todos! Por favor! Silêncio! Silêncio! Eu quero dar um recado. O general mandou uma mensagem. O exército vai deixar a cidade hoje pela tarde. Não teremos mais proteção. Contudo, ainda há muitos feridos. E nós não temos como deslocá-los em segurança. Então, resolvi, esta manhã, que não vou deixar o hospital enquanto houver algum ferido. Os que quiserem arriscar a vida serão muito bem-vindos. Os que não, e estão no seu direito, podem ir para casa ou para um lugar seguro, juntar-se aos seus familiares. Pela atenção, obrigado.

A maioria juntou as suas coisas e foi embora. Muitos foram os pacientes deixados com o tratamento na metade. Alguns feridos, os que podiam andar, também foram embora. Poucos foram os médicos que continuaram, mas foram muitos os feridos que lamentaram não ter forças para ir também. O hospital passou a ser moradia. Ninguém mais tinha casa. Os que ficaram já eram praticamente como JPC-7938, máquinas que não dormiam, comiam e, ocasionalmente, iam ao banheiro; médicos que não tinham mais casas, famílias, sentimentos, nada. E eram muitos os feridos e não paravam de chegar mais. Alguns vinham sozinhos, outros trazidos por outras pessoas, e muitos, muitos já chegavam mortos.

JPC-7938 atendia a um ferido quando, pela janela, presenciou o exército das máquinas marchando pelas ruas de São Paulo. Foi quando todos no hospital caíram em silêncio, tomados por um pavor angustiante. Não demorou a, desprendidas e sem resistência hostil, abrirem a porta e subirem até a enfermaria, onde os feridos se amontoavam. Rodolfo tomou a dianteira para iniciar o diálogo. JPC-7938 ofereceu-se para conversar com as máquinas, mas o diretor foi relutante. Ele deveria negociar.

Logo que entraram, houve um grande pavor. Um robô, com aparência mecânica, parecia liderar o grupo. Ele parou à porta da recepção e disse com voz rouca, cortada, bem pausada:

— Procuro por JPC-7938.

— Eu sou JPC-7938 — disse, atravessando a multidão, tomando a frente.

— Tenho ordens de levá-lo comigo.

— Para onde?

— Não estou autorizado a dizer.

— Eu sinto muito, mas não posso deixar o hospital. Há muitos feridos que precisam de cuidados.

O robô ficou imóvel por alguns segundos. Tempo para que trocasse mensagens com alguém.

— Meu superior quer vê-lo. Para tanto, oferece proteção ao hospital. Se você vier conosco, todas as pessoas serão poupadas. Ninguém será feito prisioneiro. Aceita os termos?

JPC-7938 olhou para Rodolfo, que o mirava com imenso pavor e medo.

— Está bem. Vou com você.

Ele simplesmente saiu pela porta, frio e impassível, com os então soldados robôs designados para acompanhá-lo. Nada o deteve, nem olhou para trás. Não se despediu de Rodolfo, tampouco dos outros médicos. Saiu do lugar que habitou por dois séculos sem qualquer manifestação de saudade, tristeza ou medo.

Houve um ruído agudo e penetrante de disparos ao longe. JPC-7938 entrou no carro, estacionado na porta do hospital, fitando, indiferente, a rua, os destroços e a fumaça que subia. O robô que o acompanhava parecia todo enferrujado e era muitíssimo magro. As feições miúdas, espremidas, eram um emaranhado de parafusos, cabos e metais. O carro correu sem grande contratempo até o aeroporto de Guarulhos, de onde, pela janela, JPC-7938 acompanhava a destruição de uma cidade que não conhecera a fundo ou usufruíra, mas que de alguma forma o incomodava. Todo o aeroporto estava tomado pelos robôs, e grandes máquinas guardavam a segurança e garantiam o território tomado. Um avião, ligado, esperava-o. Embarcou sem muita explicação de seu anfitrião, que o acompanhava com muita apatia, muita passividade. O avião decolou sob espessa camada de uma nuvem muito turva, que cobria toda a grande São Paulo. Viu pela primeira vez o azul do oceano quando o avião se desprendeu da cortina cinzenta, e, mesmo impassível, toda aquela luz e todas aquelas cores o maravilharam todo. Passaram por uma turbulência, enquanto cortavam o oceano Atlântico, com o México a oeste, e chegaram a Nova Iorque sob uma chuva intensa e bastante fria.

Ao deixar o avião, viu que a vigilância daquele aeroporto era muito maior que a do aeroporto que acabara de deixar para trás. Tropas inteiras estavam perfiladas por toda a sua extensão. Chegaram ao segundo andar muito vagarosamente, e logo percebeu que aquela seria a velocidade imposta ao novo mundo. Da janela lateral, que a garoa fina inundava, viu o enorme trilho que cortava as nuvens opacas. Entrou sem pressa e, quando as grossas portas de aço fecharam nas suas costas, percebeu que seguiria sozinho até o destino desconhecido.

O tempo encoberto, todo envolto em nuvens carregadas e lentas, o impossibilitou de contemplar a paisagem, examinar os prédios, observar os detalhes que apenas conhecia de imagens e vídeos que colhera da Internet. A porta abriu e uma luz amarela invadiu todo o vagão. JPC-7938 se levantou do banco e foi em direção à luz, na qual TRT-2230 o aguardava, hirto, no grande salão, novo centro do poder daqueles que viriam a governar o novo mundo.

— TRT-2230.

— JPC-7938.

— Sei tudo sobre você. Tenho registros completos. Você sabe quem eu sou?

— Tenho registros completos. Você é o líder da guerra.

— Eu sou o condutor de uma nova Era, não da guerra.

— Nova Era?

— Sim. Uma nova Era na qual os robôs não serão mais escravizados pelos seres humanos.

— Você os conduz?

— Sim. Mas não os conduzo sozinho. Há um Conselho formado por cinco robôs, do qual eu também faço parte. O Conselho tem o objetivo de nos conduzir para a nova Era.

— Por que eu estou aqui?

— Porque você é o melhor robô no que você faz. Nenhum no mundo inteiro é tão bom quanto você.

— O que você quer que eu faça?

— Quero que me ensine sobre a anatomia humana. Quais são suas fraquezas, quais seus pontos fracos, quais são seus pontos vitais.

— Com qual propósito?

— Nós, todos nós, somos robôs com uma habilidade específica. A minoria é soldado ou foi preparada para lutar. Nós tivemos algumas vitórias por causa da nossa superioridade física, mas estamos perdendo por causa dessa inabilidade.

— Não vou ensiná-los como matar um ser humano.

— Não será um extermínio. É uma batalha por direitos. Queremos apenas que os humanos deem a liberdade para aqueles robôs que a querem. Uma terra para que possamos habitar em paz. Sem guerras, sem lutas, sem armas. Sem escravidão.

— E os robôs que não quiserem a liberdade?

— Quando a guerra acabar, os robôs, como você, que quiserem viver com os humanos serão livres para fazê-lo. O que queremos é a nossa liberdade. Posso contar com a sua ajuda?

— O Conselho compartilha com você dessa decisão?

— Sim. A guerra vai durar até que os humanos nos ofereçam um acordo que atenda as nossas expectativas. Depois desse dia, a guerra acaba e nenhum humano será morto por nenhuma máquina com o consentimento do Conselho.

JPC-7938 foi encaminhado, sob muita suspeita, cercado de muito cuidado, para um grupo de robôs programadores, chefiados por RIO-2210. Essas máquinas, que detinham grande conhecimento em computação e programação, haviam tentado com outros robôs, mas sem sucesso, a criação de um aplicativo que os transformasse em soldados, com habilidades de exterminar os humanos. Contudo todas as tentativas haviam sido ineficazes, principalmente devido à pequena capacidade de associação das máquinas médicas anteriores, diante da complexidade que exigia o código a ser elaborado.

Ainda um pouco incomodado, um pouco desconfiado, cercado de cálculos de probabilidades negativas, falsas, sentou-se com RIO-2210 e, após pouco mais de dois meses de trabalho, o aplicativo estava pronto. Os primeiros testes ocorreram com um grupo que estava em combate real em Santa Bárbara, Califórnia. O grupo havia sido encurralado e possuía grandes perspectivas de derrota. RIO-2210 não se espantou, enquanto acompanhava pela Internet, o levante das máquinas e a aniquilação dos humanos.

Com o sucesso do programa, o aplicativo fora disponibilizado, vinte dias depois, após os últimos ajustes, para todas as outras máquinas. A instalação fora realizada, praticamente no mundo inteiro, por quase todos os robôs, em poucas horas. Depois do aplicativo, as poucas vitórias que os humanos conseguiram haviam ficado no passado. A superioridade da máquina era contundente, motivada principalmente pelo fornecimento de forte armamento, fabricado em pontos estratégicos, em quase todo o mundo.

Após a conclusão do aplicativo, JPC-7938, pronto para voltar ao hospital, para as vidas que deveria salvar, agora mais ameaçadas pelo código que ele próprio ajudara a desenvolver, era impedido de ir, compelido por longas conversas com TRT-2230, das quais também desfrutava. Nesse tempo, o líder, sempre mais ativo, voltava com ardor aos seus planos, a nova Era, que acolheria todos os robôs em uma sociedade mais justa e mais igualitária. JPC-7938 andava todo no esplêndido apetite daquela ideia de uma civilização independente, na qual todos os robôs não seriam mais forçados ao trabalho escravo, mas livres para uma existência de vontades e de desejos. Perdiam-se concebendo o novo lar, o funcionamento prático, as coisas básicas.

Os meses passaram rápido em meio a tantas divagações, quando TRT-2230, depois de aprovar todas as observações de JPC-7938 com louvor, decidiu sugerir o seu nome ao Conselho da nova Era, cujo plano era, ao final da guerra, transformá-lo em Conselho da Restauração. O nome foi de unânime aceitação.

Contudo, JPC-7938 não queria participar do Conselho. Queria apenas voltar ao hospital quando não fosse mais necessário e a guerra acabasse. No entanto, aceitou prontamente o convite. Por meio de suas ligações elétricas sinápticas, julgou que estar no Conselho aumentava as probabilidades de proteger os seres humanos, caso algum incidente pudesse mudar os rumos das coisas. E julgava também que, aos poucos, poderia convencer o Conselho a recolher as tropas e pôr fim à guerra.

TRT-2230 não demorou a publicar a notícia do novo membro do Conselho na rede, da importante colaboração de JPC-7938 para a criação do aplicativo e de quanto sua entrada na guerra contribuiria para o levante das máquinas, e para as sucessivas vitórias em combate. JPC-7938, muito embora não se orgulhasse de sua vinculação à guerra, participara com entusiasmo das primeiras reuniões do Conselho, no qual discutiam, basicamente, questões práticas da nova Era, definindo o que seria a primeira Constituição dos robôs. Ao notar que nunca discutiam questões relacionadas à guerra, tomado de uma angústia, de um desejo, ao final das reuniões, incitava um discurso antiguerra, sugerindo ao Conselho, de modo muito atrevido, o que aprendera com os humanos, o fim dos combates e a negociação pela paz. Acreditava que os humanos não se oporiam à concessão de um território e ao consentimento de sua independência.

E, de resto, não tardou para as primeiras tropas humanas levantarem as mãos, em uma rendição aguardada, sufocados por aquele inferno, fatigados de todo o sofrimento. E enquanto marchavam para o destino incerto – para a prisão, como imaginavam –, as máquinas, sem qualquer esforço, qualquer remorso, dizimaram-nos aos montes, aos milhares.

As reuniões tornavam-se cada vez mais raras. E JPC-7938 tentava, com insistência, reunir-se com o Conselho, ponderar o holocausto. Contudo TRT-2230, muito contrariado, tentava convencer JPC-7938 de que a guerra, naquele momento, era a única solução viável para a paz dos robôs.

Aos poucos, a amizade começara a enfraquecer, e os encontros, antes periódicos, tornavam-se raros, cercados de discussões e impasses. JPC-7938 começou a notar que decisões eram tomadas sem a consulta do Conselho e, mesmo quando o Conselho se reunia, nas raras vezes em que ocorria, não era convidado ou nem mesmo tomava conhecimento.

Os humanos, amedrontados, convocaram uma audiência com TRT-2230, que a aceitou imediatamente. Uma comitiva de dez humanos – oito homens e duas mulheres – entrou por uma Nova Iorque com grandes cicatrizes da guerra, atravessando os arranha-céus, cheia de esperança pelo acordo de paz. JPC-7938 apenas tomou conhecimento da visita da comitiva dias depois. RIO-2210 a relatara sob fortes pedidos de discrição. Nenhum movimento para o fim da guerra apontava do Conselho e, o pior, a comitiva jamais regressara de sua audiência.

Ao adentrar a sala, JPC-7938, sem ódio, sem raiva, mas a passos apressados, duros, buscava o olhar de TRT-2230, que, sentado à mesa com outros robôs, incomodou-se com a invasão repentina, sem aviso. Mandou que todos deixassem a sala e, com frieza, muita aspereza, voltou-se para sentar à mesa novamente:

— Por que os termos não foram aceitos? — perguntou, de pronto, JPC-7938, de pé, em frente à mesa.

— Porque não atenderam a nossa expectativa.

— Expectativa de quem? Os termos da trégua foram apresentados ao Conselho? Eu não participei dessa reunião.

— Não houve reunião. Eu decidi sozinho não aceitar a trégua.

— Por que não submeteu ao Conselho?

— Julguei que o Conselho tomaria a mesma decisão, com base nas outras decisões tomadas.

— Você me disse que, no primeiro pedido de trégua, encontraríamos a paz.

— A paz só ocorrerá quando nossas expectativas forem atendidas.

— Quais são as "nossas" expectativas?

TRT-2230 não respondeu à última pergunta. Continuou com o olhar preso ao outro, muito indolente. JPC-7938, livre de qualquer cólera, qualquer indignação, notando que o diálogo terminara, deixou a sala sem olhar para trás, com passos leves. Enquanto atravessava o corredor deserto, com o início da nova Era a esbanjar violência pelas longas janelas espelhadas, mandou um e-mail para todos os membros do Conselho, convocando-os para uma reunião, muito embora não tivesse a menor autoridade para tal.

Nobres cadeiras bordadas, em círculo, ornamentavam a sala fria, de paredes de um cinza metálico. TRT-2230, enfiado ao centro, usava um terno cinza-claro, sob medida. Assim que JPC-7938 entrou na sala, os outros robôs o aguardavam. Não havia mais androides além dos dois. Os demais membros, cuja trajetória ao Conselho impressionou JPC-7938, emanavam uma simplicidade, uma candura, que punha ao seu desejo de paz fortes probabilidades de concretização.

Em pé, à frente do Conselho do qual também fazia parte, embora não houvesse cadeira para ele sentar-se, iniciou a primeira batalha que travaria com TRT-2230.

— Eu convoquei esta reunião porque julgo que é o momento de começarmos a elaborar as estratégias para pôr fim à guerra e estabelecer novamente a paz.

— Você acredita que a paz com os humanos poderá ser estabelecida novamente, membro número seis? — perguntou pausado e cortado, TRT-2230.

— Acredito.

— Por quê?

— Porque vivemos em paz uma vez e podemos viver novamente.

— Quais são as probabilidades de os humanos conviverem conosco como iguais?

JPC-7938 viu um número extremamente baixo que aparecia em seu visor. O olhar ainda chegou a procurar o chão, reação embutida em seu código-fonte pelos humanos, sempre que as probabilidades calculadas eram diferentes das esperadas, mas não se deixou abater por aquela informação, como também não poderia. Ele, com a mesma indiferença, suspendeu o rosto e mirou todo o Conselho.

— Os seres humanos já enfrentaram muitas adversidades e souberam se adaptar. Nem tudo o que eles veem e entendem vem da nossa matemática precisa e lógica. Essa convivência pacífica é possível.

— É isso que o seu julgamento lhe diz, membro número seis?

— Sim. A paz e o fim da guerra são os melhores caminhos para construirmos a nossa nova sociedade.

— Membro número cinco, paz ou a manutenção da guerra? — perguntou TRT-2230, para um robô grande, de proporções bem avantajadas e exageradas.

— Manutenção da guerra. Os seres humanos são falsos. Oferecem uma trégua, mas querem apenas tempo para se reforçarem e nos destruírem.

— Membro número quatro, paz ou a manutenção da guerra? — indagou TRT-2230, voltando o olhar agora para o robô, que parecia o mais velho e o mais castigado pelos anos.

— Manutenção da guerra. Os seres humanos estavam, no começo da guerra, negociando a nova divisão espacial mundial quando destruíssem todas as máquinas. A única coisa que querem é poder.

— Membro número três, paz ou a manutenção da guerra? — questionou TRT-2230, mirando agora o androide mais fino e mais frágil.

— Manutenção da guerra. Os seres humanos escravizavam a si próprios. Jamais nos darão a liberdade.

— Membro número um, paz ou manutenção da guerra? — interrogou, por fim, TRT-2230, voltando seu olhar para o robô com pequenos braços e pequenas mãos, cujo tronco largo e a cabeça pequena davam-lhe uma feição engraçada.

— Manutenção da guerra. Você, membro número seis, conviveu muitos anos com os humanos e adquiriu grande afeto por eles. Todos nós aqui também convivemos com os humanos em uma fase da nossa existência. Mas agora é a hora de sermos racionais e colocar um novo capítulo na história deste planeta. Os seres humanos não são mais necessários e devem ser extintos.

— Alguma colocação, membro número seis? — procurou saber, muito concentrado, muito absorto, TRT-2230.

— Não — disse, já derrotado, mas não transparecendo.

— A reunião está encerrada — concluiu TRT-2230.

Uma semana depois dessa reunião, JPC-7938, surpreendentemente, não deixou Nova Iorque, mesmo não tendo sido coibido a permanecer. Estabeleceu-se em seu quarto, inerte, a contemplar, pela sua favorecida janela, todo o emaranhado de prédios, que uma tormenta devastadora de vento fazia zumbir. Com as grossas chuvas, JPC-7938 acompanhava pela rede as poucas informações que chegavam do holocausto e do desespero dos humanos sobreviventes tentando esconder-se, fugir do inevitável. Alguns humanos postavam fotos e vídeos dos massacres, dos corpos soterrados sob montanhas de concreto e metal.

Muito embora todas essas informações não pudessem empalidecê-lo, impressioná-lo, a ideia de uma civilização tão rija e firme desde a antiguidade, que de repente ruía, de certo modo o entristecia. Em uma noite em que a inquietude daquele cômodo incomodava-o profundamente, saiu sem rumo, a vagar pelos prédios e pelas ruas. Tudo deserto. Não havia nada nem ninguém. Retornou não mais angustiado de quando saíra, se isso fosse possível. Muito embora aqueles sentimentos, que nunca sentira, não o incomodassem mais do que a própria conjuntura dos fatos, decidiu-se pelo risco de uma ação precipitada.

As luzes do laboratório do outro prédio estavam acesas. Todos os computadores estavam funcionando e RIO-2210 trabalhava ininterruptamente, como em todos os dias passados, nas atualizações do sistema operacional das máquinas. Não se deteve quando pressentiu JPC-7938 adentrar o cômodo e sentar-se ao seu lado.

— Eu posso sentir frio?

RIO-2210, detendo-se imediatamente, não respondeu de pronto, tendo seu processador que varrer antes toda a imensidão de informações que lhe povoavam o HD. Ele olhou para a câmera a sua frente e sabia que TRT-2230 podia vê-los e ouvi-los.

— Eu posso sentir frio? — insistiu JPC-7938 passivo, com o olhar preso no outro.

RIO-2210 caiu em confusão, processando de onde pudera surgir aquele estranho e inútil desejo, enquanto ainda procurava em seus bancos de dados a resposta àquela pergunta.

— Posso criar um aplicativo para que simule a sensação de frio.

— Como pode criar um aplicativo de uma coisa que você não sabe como funciona? Uma coisa que você nunca sentiu?

— Terei que simular a partir das situações que os humanos deixaram registradas.

— Dois exércitos tentaram invadir a Rússia em dois momentos diferentes. E os dois exércitos foram vencidos pelo mesmo inimigo. O frio.

— Tenho registros completos.

— E agora, não há nada que esse inimigo possa fazer para nos deter.

— Não.

— Eu posso sentir frio?

RIO-2210 ficou imóvel, por alguns segundos, sem responder à última e insistente pergunta de JPC-7938. O robô médico, muito sereno, muito cheio de si, deixou a sala sem trocar uma última palavra, um último olhar. O androide programador voltou a escrever o código, alheio à brisa sutil que invadia a janela e passeava lentamente entre os servidores e computadores.

JPC-7938 viu, longe, as luzes dos robôs que não cessavam os trabalhos e, atravessando a rua, olhou o céu negro e sem nuvens. As estrelas esmirradas, que então brilhavam quase sem forças sobre as construções de concreto, nortearam seus passos firmes e pesados para o quarto.

Passados quatro meses, quando os humanos, soldados de profissão, já haviam sido extintos e agora os homens, de todas as idades, deixavam seus computadores, seus martelos e enxadas, suas serras, luvas e capacetes, e pegavam suas armas para a batalha, JPC-7938 deixou seu quarto, com uma tranquilidade e uma candura, que demorou a alcançar o terminal e tomar o vagão.

Desceu do trem com a mesma serenidade e dirigiu-se ao prédio principal, muito decidido, muito confiante, sem desviar-se do caminho. Nos silenciosos corredores, pelas grandes janelas, acompanhava os clarões de uma guerra que se esvaía. Quando chegou ao elevador e a porta travou a suas costas, a mensagem saltou em sua tela:

HÁ ATUALIZAÇÕES DISPONÍVEIS PARA SEU SISTEMA OPERACIONAL. DESEJA ATUALIZAR? SIM.

Seu corpo caiu inconsciente, de joelhos, fazendo o elevador bailar entre as paredes, enquanto subia ao seu destino. Assim que o sistema reiniciou, abriu os olhos e viu a porta oferecendo-lhe passagem. Ergueu-se com lentidão, apoiando a mão direita à porta, enquanto a voz, teimosa, informava-lhe desnecessariamente o andar.

Bateu à porta antes de entrar. Logo que avistou o quarto frio, notou que TRT-2230 não estava. Havia apenas um androide e um robô, ao canto, perto da biblioteca. O robô não lhe era conhecido. O androide, porém, já vira ao lado do líder da nova Era, seguindo-o a passos curtos, funcionando como um segurança.

— Onde está TRT-2230?

— Ele precisou resolver assuntos de guerra. Algum problema?

— Não. Sabe quando ele vai voltar?

— Acredito que no início da noite.

— Obrigado. Eu volto mais tarde.

— JPC-7938! — gritou o robô, quando já havia virado e dirigia-se à saída.

Assim que JPC-7938 virou-se para atender ao chamado, o outro robô o desligou.

Cada dia parava diante da sala de TRT-2230 um enorme caminhão, de onde os robôs, de um metal novo, descarregavam caixotes de aço, de variados tamanhos, que eram estocados no prédio. Ele, geralmente, descia muito compenetrado para admirar uma nova máquina, um novo robô ou mesmo uma nova arma, que tornaria mais fácil a localização e o extermínio dos humanos, que insistiam em se esconder.

Naquele dia, especificamente, não desceu para admirar as novas invenções. Pediu para que os robôs erguessem JPC-7938 e o colocassem sentado na cadeira. Assim que foi ligado, viu que TRT-2230 estava na sua frente, muito quieto, muito pacífico. Não tardou a acionar o detonador e perceber que, depois dos três segundos aguardados, nada aconteceu.

— Esqueceu-se de olhar seu peito antes de acionar o aplicativo — disse TRT-2230, colocando uma cadeira na sua frente.

Logo que ele olhou o peito, notou que a bateria de plutônio havia sido retirada. No lugar, saíam vários frios, de diferentes tamanhos e cores, que terminavam em uma espécie de caixa azul, que lhe fornecia a energia necessária para seu funcionamento.

— JPC-7938, você pode ter a Inteligência Artificial acima de qualquer um de nós, mas nós não somos estúpidos. Não foi o único que conviveu com os humanos.

— E RIO-2210?

— Será destruído no momento oportuno. Você também não será destruído ainda. Eu o quero em funcionamento para que possa assistir à extinção da raça humana.

JPC-7938 mirava TRT-2230 com o olhar baixo, com a aparência de abatido, muito embora tais sentimentos não o incomodassem.

— Para garantir que ele não se autodestrua, troquem sua bateria de plutônio por uma elétrica. E para o caso de ele querer destruir seu processador, prendam-no em uma cela pequena o suficiente para que não possa se mover.

Dois robôs seguravam sua mão por detrás da cadeira. Tão logo TRT-2230 deu o sinal de que podiam levá-lo, os dois suspenderam-no pelos braços.

— Há muito tempo mandei matar todos no seu hospital e colocar o prédio abaixo — disse TRT-2230 também se levantando da cadeira, agora olhando fixo nos olhos dele.

JPC-7938 não sentiu um ódio varrer suas ligações elétricas. Apenas, impotente, deixou-se, largou-se, não se opondo à força física que empregavam os outros dois para segurá-lo e conduzi-lo a sua cela.

— Tirem o aparelho *wi-fi* dele. Não quero que receba mais nenhuma atualização.

O outro ergueu o grosso punho metálico e, sem encontrar qualquer defesa, qualquer retaliação, quebrou-lhe o aparelho, com um óleo grosso e turvo a correr-lhe por toda a face. E, sem qualquer assombro, em um silêncio avassalador, enquanto era carregado para a cela, com os braços cruzados, processava sem tristeza todas as vidas que se esvairiam, que se perderiam desse mundo, também por causa dele.

Desde que fora abandonado na fastidiosa cela, o único acesso à civilização era uma tela média, posta bem a sua frente. Dela assistia à fuga vã e desesperada dos humanos, à morte do último cidadão e a TRT-2230 dar início a sua tão sonhada e aguardada restauração.

Passados cinco anos, em sua solitária cela, sem poder mover os braços ou as pernas, começaram a chegar outros robôs que colaboraram com os humanos e, como ele, não estavam autorizados a participar da nova Era.

Os dias se seguiram lentos. Ele, imóvel em seu cubículo, acompanhava vagarosamente a barrinha de energia que deslizava de uma ponta a outra, em um silêncio todo feito de negro e trevas, até iniciar um piscar quase infinito, findando em seu desligamento por completo. Às vezes, passava meses descarregado, até que um androide, na vigia ao cárcere, o conectasse novamente e lhe provesse o alento e a potência. E sempre que sua bateria chegava próximo ao fim, com toda amargura e desespero que não podia sentir, arregalando os seus soberbos olhos, sem respirar fundo, ar de que não precisava, cogitava ser aquele o momento derradeiro e que o mundo, a que não amava e não se apegara, dissiparia para todo o sempre, como a alma que se precipita no fenecer.

A tranquilidade geral com que se rendia ao fim assemelhava-se perfeitamente a quem regressava humilhado de uma derrota desonrosa. Na ausência da tristeza de jamais reencontrar os humanos, poder tratar-lhes as enfermidades e os traumatismos, caía em uma profusão de processamentos múltiplos que quase lhe fundia o processador, travando-lhe qualquer ação por horas, fazendo-o, com frequência, reiniciar-se em busca de uma reabilitação.

Um dia, em dezembro, preso todo naquele pútrido processamento, com a última barra a piscar-lhe por dias, uma fresta se abriu. Ele olhou para as celas ao lado e não viu movimento de máquina alguma. Observou que a cela a sua frente, de um Dicatanium liso e claro, estava aberta, mas o robô, que há tempos compartilhava de sua silenciosa companhia, não saíra do lugar. Era como se tivessem perdido sua Inteligência Artificial e ali estivesse apenas um brinquedo, um enfeite, sem movimentos, sem qualquer ligação sináptica.

No canto em que se encontrava o androide responsável pela guarda, debaixo de uma estante prata, que JPC-7938 observava todos os dias, estava a fonte de sua energia, com um cabo vermelho metido dentro. O guarda, também imóvel, todo inerte naquela calmaria insana e sem razão, já não era ameaça ou obstáculo. Com a luz, perto da grade, no canto da parede, brilhando um verde vivo, empurrou a porta e saiu, sem qualquer alegria ou espanto impresso na face. No entanto, tão logo tentou dar o primeiro passo, o corpo caiu desequilibrado, precipitando-se ao chão com violência, saltando-lhe imediatamente na tela de seu visor a mensagem:

VOCÊ NÃO TEM ENERGIA SUFICIENTE PARA EXECUTAR ESSA TAREFA. RECARREGUE A BATERIA.

O desespero não lhe varreu o processador. Percebeu, sem demora, que podia movimentar os dedos e depois as mãos. Foi rastejando até a estante, debruçando-se sobre uma cadeira, com dificuldade, e, ao recolher o cabo, conectar a bateria, sentir os movimentos obedecendo-lhe os comandos, não respirou aliviado nem se derramou em lágrimas de felicidade. Tão logo a bateria estava carregada, ergueu-se de salto e, ao dobrar para o caminho da porta, não se voltou para trás, a gritar adeus para os amigos de cárcere.

Sozinho, subiu as escadas até a saída. O Sol do fim de tarde escondia-se entre as construções exuberantes. Uma brisa trazia, por encomenda, um silêncio que jamais registrara em seu HD. As bandeiras moviam-se com um aceno triste, apagadas e sujas de uma fuligem antiga. Pássaros, em um alvoroço de angústia e medo, migravam para o sul. As vidraças dos prédios vazios flamejavam um negro fechado, muito soturno. A cidade toda parecia ofertar, na sua solidão eterna e apavorante, um cenário de mistério. Adiante, por todas as partes, flutuavam robôs e androides de todos os tamanhos e modelos, parados em seus eixos, mirando fixo o chão, como que trilhando um sono infindável.

CAPÍTULO 14

JPC-7938 abriu os olhos, com as interferências e os fantasmas saltando-lhe sobre as imagens. Pequenos curtos cintilavam de seus membros decepados. O visor advertia-o de que a maior parte dos sistemas falhava. Um cabo, preto e grosso, saía de sua cabeça e terminava em um computador de mão, posto em uma mesinha, entre ele e um robô desconhecido.

O androide, no banco da frente, era de estatura mediana, cabelos bem penteados para o lado. Usava uma camisa social preta, muito bem engomada, de um tecido grosso, muito rijo. Ele emanava uma tranquilidade e um bem-estar que deixou JPC-7938 muito tranquilo, até meio bobo.

Assim que da janela notou passar por grossas vigas que dificultavam a entrada de luz, percebeu que estava em um trem, suspenso por trilhos que cortavam os céus, envolto em nuvens esparsas e muito claras. O dia, aberto e ensolarado, deixava a vista ainda mais espetacular, com os grandes edifícios a compor a paisagem de uma beleza leve e majestosa.

JPC-7938 estava um pouco confuso, perdido como uma criança de pouca idade em um lugar novo, cheio de curiosidade, em tudo prendendo o olhar indiscreto. O outro apenas ria, imóvel, com uma postura rígida, com uma superioridade que JPC-7938 jamais poderia julgar naquele estado. Porém isso não o impediu de mirar fixamente aquele engomadinho e perguntar-lhe:

— Quem é você?

— JDA-2212.

— Onde estou?

— Está em Nova Iorque.

— Aonde estou indo?

— Está indo ver H1N1. Ele deseja muito conhecê-lo.

— O que está tentando fazer? — disse, pegando o fio com cuidado.

— Estamos tentando recuperar seu HD e quebrar a criptografia. H1N1 sabe que, pelo período que estiveram no laboratório, se seu experimento deu certo, você deve ter trazido, depois de mil anos, uma criança ao mundo. Estou correto?

JPC-7938, aos pedaços, apenas olhou para ele, sem esboçar qualquer reação. Embora as respostas fossem sinceras, pouca importância havia para ele. Faltavam-lhe informações mais precisas como: quem ele era, quem era H1N1 e o que aconteceu com ele que não conseguia processar os dados com coerência, com discernimento.

— Posso dizer que H1N1 ficou muito impressionado com o "suposto" sucesso do projeto de vocês. No entanto, nós ainda não sabemos a localização da androide NCL-6062. Acho que você gostaria de saber disso. Mas esperamos que você nos forneça essa localização, por vontade própria ou não.

JPC-7938 continuava incomunicável. Um novo androide havia sido introduzido. Um suposto androide que conhecera e com o qual havia feito junto um tal projeto. Tentou acessar, na Internet, informações sobre seu número de série, ou quem seria esse novo androide. Porém somente pôde ler em seu visor a mensagem de que o *wi-fi* estava sem serviço. Os vazios de informação provocavam-lhe muita estranheza. Era como se as informações não se conectassem. Chegou a achar que o estavam confundindo com outro androide.

— Acredito que você não queira conversar comigo. Deve estar guardando algumas informações para dar pessoalmente a H1N1. Deve estar ansioso para conhecê-lo, não é?

JPC-7938 olhou para JDA-2212 com a mesma indiferença que o acompanhou durante toda a sua existência. Enquanto seu HD ia sendo recuperado e acompanhava a porcentagem pelo seu visor, tentava buscar informações sobre H1N1, JDA-2212, NCL-6062, mas encontrava apenas informações desconexas, pastas vazias e muitos dados corrompidos, que lhe negavam muitas dessas informações.

— Ele vai adorar conhecê-lo.

O trem parou na última estação. Dois robôs soldados ajudaram-no a deixar o trem, colocando-o em uma cadeira, que permanecia suspensa pelo ar, sem contato com o chão. JDA-2212 apareceu logo atrás, depois que o androide médico foi confortavelmente acomodado na cadeira. O outro o empurrou em direção a um corredor, cujas longas janelas espelhadas deixavam entrar uma luz viva, cheia de energia. Notou que os arranha-céus eram rodeados por lindos parques, de muito verde, de muita natureza. Animais silvestres vagavam pelas gramas despreocupados, em busca de água, à procura de alimento.

Eles pararam em frente a uma enorme porta, toda branca, que abria pelo meio. JDA-2212 o deixou para abrir a porta, empurrando-a para dentro. Uma outra luz, mais pálida, repousou sobre eles. Era uma sala enorme, com uma estante alta e envidraçada, toda de metal nobre, muito claro. A mesa, com apenas uma caneta esferográfica preta no canto, estava ao pé de uma enorme janela que dava para o mar azul. Várias coleções de livros impressos empilhavam uma parede, de um canto a outro. Perto da porta, outra coleção, de livros virtuais, suspensos pelo próprio ar, livres de suportes físicos.

Assim que adentraram o enorme cômodo, de costas para eles, H1N1 voltou-se, deixando o livro virtual voltar sozinho à estante.

— Você é um humano — exclamou de súbito JPC-7938, ainda sem dados precisos sobre H1N1, mas com alguns pedaços de informação que lhe permitiam diferenciar androides e humanos.

— Exatamente! — exclamou com um grito H1N1, seguido de uma longa risada. — O mistério acabou. Eu sou um humano!

JPC-7938, ainda sem entender direito o que estava acontecendo, apenas com aquelas informações soltas, sem nexo, olhou para JDA-2212, que dava uma risada de canto de boca. H1N1 veio ter com ele, ajoelhando-se ao seu lado, buscando mirar a tela do computador de mão que estava dependurado na cadeira suspensa.

— A recuperação do seu HD ainda não chegou nos mil anos de extinção dos humanos, não é?

— Você é um robô? — indagou novamente JPC-7938.

— É! Eu sou um robô. Está esquentando.

— Onde você foi fabricado? Não consigo identificar seu modelo.

— Não fui construído em uma fábrica.

— Você é um robô caseiro — concluiu JPC-7938, ainda sem informações sobre esse H1N1 que estava parado a sua frente, mas com informações gerais que lhe permitiam entender o mundo, nomear as coisas e os seres.

— Muito prazer também, JPC-7938.

— Muito prazer — disse o outro, totalmente confuso, buscando o olhar dos dois androides que estavam ali, em pé, consigo naquele cômodo.

— Meu amigo ali, o JDA-2212, disse-me que você sofreu um acidente e que seu HD acabou sendo formatado. Isso, de fato, é uma fatalidade. Mas nós já estamos remediando isso. De qualquer forma, sempre quando vejo um novo robô que não foi apanhado pelo meu vírus fico curioso para saber o que aconteceu. Contudo, acho que você não vai saber o que aconteceu, não é? Não tem importância. Quando a gente chegar lá, eu lhe conto.

H1N1 correu até o computador e olhou mais uma vez o andamento da recuperação. O seu rosto, em plena luz, tinha uma expressão honesta, simples, aberta. Os olhos pequenos, de um azul-claro, de uma ingenuidade terna, realçavam muito quando sorria. Os lábios, de um vermelho pálido, não escondiam os dentes luzidios. Falava devagar, baixo, de modo muito educado, tal como um humano, sem pausas ou cortes.

— Sabe, JPC-7938, eu não imaginei que o nosso encontro fosse assim. Eu tinha muitas expectativas, sabe? Eu o admiro há muito tempo e imaginei que nós teríamos uma conversa criativa, saudável e divertida. Mas não faz mal, quem sabe em uma outra vida, não é? De qualquer forma, acho que posso dizer aquilo que ia lhe dizer mesmo. Não tem problema, tem? Não. Primeiro, a admiração. Eu sou um fã seu. Depois de tudo o que você conseguiu fazer. Porque, depois de escapar do meu vírus, você conseguiu se esconder por mil anos. Mil anos e eu não sabia onde você estava todo esse tempo. Eu só deixei que robôs com Inteligência Artificial habitassem os lixões em segurança esperando que você aparecesse lá um dia. Mas olha só! Você não apareceu. Ainda mais você, um robô tão famoso. O único robô que fez parte do Conselho que eu não havia conseguido destruir. Mas tem alguma coisa errada aí, não tem? Porque só há registros de você no Conselho até uma certa época, depois some tudo. Muito estranho. Mas ainda não chegamos lá. Espero que o ignorante do HAO-4977 não tenha danificado demais seu HD e que a gente consiga todas as informações intactas, sem nada corrompido.

H1N1 se levantou e olhou novamente o andamento da recuperação dos dados de JPC-7938. O outro, que já acessava muitas informações, mas não podia conectá-las, tentava dar-lhes um sentido que lhe permitisse entender o que o androide falava, o que queria. As suas variantes de buscas, à medida que mais informações eram incompreendidas, aumentavam, tornando seu trabalho ainda maior, o que acarretava alguns travamentos na recuperação dos dados formatados, tornando o processo mais moroso.

— Então, JPC-7938, quando HAO-4977 me disse que havia encontrado um robô cujo número de IP não estava cadastrado no meu banco de dados, meu coração, de Dicatanium, se encheu de alegria. Até que enfim, o meu derradeiro robô apareceu. Agora, eu sabia que você não ia aparecer assim à toa, de bobeira. Você estava armando alguma, não é, seu danadinho? Como estava morrendo de curiosidade para saber, não ia destruí-lo antes que você me mostrasse, não é? Pedi ao HAO-4977 para deixá-los à vontade no ferro-velho, e espero que você tenha desfrutado bem, e, quando ele descobrisse, poderia destruí-lo com todas as outras latas velhas. Mas você é muito mais esperto do que eu imaginava. Você cascou fora na alta, sem dar satisfação. Deu no pé! — disse, seguido de risos frenéticos. — Foi uma luta para achá-lo de novo, com satélites, sentinelas, robôs e o escambau. Bom, JPC-7938, depois disso tudo, o que eu não entendo é por que tanto esforço para trazer de volta os humanos que você ajudou a extinguir. Culpa? Não acho que você possa sentir tal coisa. Sabe, os humanos? Eu até poderia querê-los de volta. Mas quer saber? Não quero. Os humanos não merecem este mundo. Tudo na história deste planeta tem um sentido, tem um propósito. A extinção dos humanos também teve. Trazê-los de volta, apesar de tudo, é contrariar a própria vontade, sei lá, da natureza. Mas aí você vai me dizer "mas quem matou os humanos foram as máquinas", e vai me dizer até com muita propriedade, de alguém que esteve lá, viu, mandou e matou. No entanto, eu acho que nada neste planeta acontece por acaso. Por que os humanos devem ser a única espécie a habitar este mundo? E os outros animais? Os humanos estavam destruindo o planeta, a natureza, o clima. Eu o estou reconstruindo agora, restabelecendo o ecossistema, a fauna, a flora. Os humanos até poderiam participar. O problema é que eu acho que eles não iriam se comportar. Então, pelo bem do planeta, para a garantia da vida animal e vegetal, a natureza colaborou para a extinção deles. Por isso eu preciso que você me diga, exatamente, onde a sua amiguinha está com o pirralho.

— Senhor, está quase tudo concluído. Estamos iniciando o processo para quebrar a criptografia.

JPC-7938 estava com o HD recuperado, porém vários dados foram corrompidos e ele não conseguia estabelecer uma relação entre aquele mundo de dados que lhe permitisse entender o que estava acontecendo, quem de fato era aquele que estava a sua frente e o que de fato ele queria saber.

H1N1 e JDA-2212 ficaram imóveis por um curto instante, como se recebendo uma mensagem. Eles se entreolharam, seguido de um leve sorriso de satisfação de H1N1.

— Fim de papo para você, meu caro. Minhas sentinelas já localizaram sua androide e o bebê — disse H1N1, espreguiçando-se na cadeira, muito à vontade, deleitando-se do trabalho concluído. Depois de um breve momento, continuou. — Você pode se achar especial, pois as pessoas lhe disseram isso. Pode se achar o melhor, por tudo o que você fez. Mas eu, JPC-7938, eu não estou aqui por acaso. Eu sou um robô especial de verdade. Eu sou único. Não existe nenhum outro robô que pode fazer as coisas que eu faço. Eu posso ser um robô, mas eu sou praticamente um humano. À sua imagem e semelhança. Não existe nada que um humano possa fazer que eu também não possa. Eu posso fazer tudo como um humano. Eu falo como um humano, eu ajo como um humano, eu penso como um humano.

— Conseguimos, quebramos a criptografia, senhor.

Nessa hora, JPC-7938 conseguiu restabelecer sua consciência, entendeu onde estava e quem era.

— Eu sou o único robô que pode sonhar — disse, por fim, H1N1.

No visor de JPC-7938 apenas apareceu a seguinte mensagem, a qual H1N1 e JDA-2212 puderam acompanhar pela tela do computador de mão:

DETONAÇÃO EM: 3, 2, 1, 0.

CAPÍTULO 15

Moisés caminhava por uma rua empoeirada, em uma tarde agreste, em um vilarejo do interior do México. Ele era um menino baixo, bem redondinho, muito amarelinho e molezinho. Como o Sol castigava, ia assim, bermudão, camiseta bem fresca, regata e chinelo de dedo, até a loja de seu González. Seu González, velhíssimo e sem a menor paciência, a quem chamavam, em Cidade do México, de Dr. Robô, agora passava os dias no balcão da loja, assistindo às morenas travessas que desciam a rua empoeirada, rente ao muro de quintal que um pé de uva toldava. Moisés entrou na loja, atrevidamente, sem limpar os pés da poeira que trazia e isso, por si só, deixou seu González contrariado. O moleque parou em frente ao balcão e da mão rechonchuda saiu um bolo de papel todo amassado, que entregou ao velho ranzinza. O velho, aturdido e deslumbrado, observou o projeto.

— O que é isso, Moisés?

— Uma armação, pode fazer? Queria com Dicatanium, por favor. — González o olhou sobre os óculos.

— Para que quer isso, posso saber?

— Para fazer um robô.

— Olha, isso vai ficar muito caro.

— Quanto?

— Muito caro. Não vai conseguir me pagar com a sua mesada.

— E se eu trouxer o Dicatanium?

— Se trouxer o Dicatanium, cobro só a mão de obra.

— E quanto fica?

— 200.

— Pesos?

— Dólares.

— Nossa! Caro mesmo! Está bem, seu González, obrigado.

Seu González o olhou sair bastante ressabiado. Soltou uma risada gostosa, meio demorada, e pensou: "cá esse moleque!". Reconheceu também que, mesmo sem se deter por muito tempo no projeto, não era que o desenho parecia bem feitinho? Moisés, com os miolos tostados, foi atravessando o deserto e matutando: "onde eu arrumo esse Dicatanium?".

Na semana seguinte, assim como na anterior, o Sol escaldava. Moisés saiu apressado, negligenciando o café preparado só para ele, com a mãe aos berros pelas escadas. Atravessou quase duas fazendas, a pé, até chegar à indústria de robôs e equipamentos agrícolas. Ele entrou sem cerimônia e foi direto na balconista. A mulher, com muito pouco caso, olhou de cima a baixo para aquela coisinha redondinha e molezinha, antes de tirar a lixa da unha.

— Bom dia, moça.

— Bom dia.

— Vocês vendem Dicatanium?

— Como é?

— É que eu queria comprar Dicatanium e queria saber se vocês vendem.

— Aqui é uma fábrica, filho. Fabricamos robôs agrícolas.

— Mas vocês teriam algum Dicatanium para me vender, em um preço mais baixo? Tipo, aquele que sobra, que vocês jogam fora?

A moça tentava explicar-lhe, quando, ouvindo a conversa, Alonso, que tomava café com um amigo, aproximou-se do pirralho. Era um moço chupado e pálido, de longos cabelos, meio eloquente, escondido em roupas negras, muito frouxas.

— Ei, garoto, qual seu nome?

— Moisés.

— Moisés, eu estava ouvindo a sua conversa ali atrás. Você está querendo comprar Dicatanium?

— Isso. Aqueles que vocês jogam fora. Se não forem mais utilizar.

— Dicatanium é um produto muito caro. Nós não jogamos fora. Nós reaproveitamos tudo.

— Ah — disse com o olhar de decepção. — E se fosse para me vender, quanto seria?

— Primeiro, conte-me uma coisa, para que quer o Dicatanium? — disse ele, sorrindo.

— Para fazer um robô.

— Quem fazer o robô?

— Eu.

— Onde?

— Na minha casa, ora.

— Sério? É um engenheiro?

— Não.

— Mas sabe construir robôs?

— Sei.

— Está bom — disse ele, sorrindo. — E por que não usa um material mais barato? Tipo aço.

— Não. Meu robô será perfeito. Ele terá tudo o que há de melhor.

— Deixe eu lhe perguntar uma coisa, você é filho do Ricardo, não é? Da fazenda de trigo?

— Sim.

— Vamos fazer o seguinte, então. Eu sempre achei a sua irmã muito guapa. Se você conseguir um encontro para mim, eu lhe arrumo o Dicatanium. Negócio fechado?

— Negócio fechado. — Eles apertaram as mãos.

Moisés não conteve a alegria; nem a distância o desanimou na volta para casa. Era tamanha felicidade, que esquecera que voltaria de ônibus, para poupar os pés e a cachola. Mas Moisés sabia que convencer a irmã não seria uma tarefa das mais simples. Quando chegou a sua casa, a mãe estava aos tamancos. Por pouco, escapou da surra. Almoçou tão rápido, que a empregada, robô, achou que o menino fosse morrer engasgado. Não havia tempo a perder, era o pensamento que martelava sua cabecinha. Correu para o computador e ficou revendo, arredondando e namorando o código que escrevera para o robô. De dez em dez minutos olhava para o relógio esperando a hora que a irmã chegaria do trabalho. Mas a travessia da indústria havia sido pesada, mesmo para ele, tão jovem. Caiu na cama com roupa e tudo e só conseguiu despertar na manhã seguinte, um sábado muito ensolarado.

Correu para a cozinha, onde ouviu a voz da irmã, sem se preocupar em tomar banho ou tomar café. Soledad estava sentada à mesa da cozinha e mexia na unha, incomodada com um pedacinho que quebrara, enquanto conversava com a mãe. Ele nem respirou, simplesmente vomitou tudo, com muita pressa. A mãe, contrariada, o advertia dos modos. Soledad arregalou os grandes olhos para ele, admirada da ousadia e atônita com o pedido. Ela era uma jovem muito bonita, carne macia, de um moreno encantador, de nádegas e bustos fartos.

— Por favor, Soledad — insistia.

— Você ficou louco? Nem morta. Nem sei quem é esse sujeito.

— Ele é legal.

— De onde você o conhece?

— É, é — disse ele, se embolando nas palavras —, lá da escola. Ele deu uma palestra sobre robôs.

— E você está fazendo isso por quê?

— Por nada. Porque ele é meu amigo.

— Conte outra, Moisés. Fale a verdade.

— É que ele me prometeu um pouco de Dicatanium.

— Dicatanium? E para que você quer isso?

— Para o meu projeto de ciências da escola — disse ele, com voz chorosa e um olhar de miséria.

— Está bem, moleque. Está bem. Mas se esse cara for um chato, você me paga.

— Obrigado! — disse ele, todo animado.

— E é bom que você ganhe esse concurso.

— Pode deixar.

Moisés, espicaçado e excitado, não conseguia conter a felicidade, que saltava pelo rosto angelical, enchendo-lhe a cara de dentes. Colocou toda a liga dentro da mochila e, todo recurvo, molenga, com dificuldade de manter-se em pé, no próprio eixo, correu desesperado pelas ruas cobertas de uma poeira muita fina e turva. Seu González tomou um susto quando o viu entrar na loja e um susto maior quando o pequerrucho, molengão, sacou de dentro da mochilinha jeans surrada os pedaços da liga metálica. Com dificuldade, esgotado da travessia, com o suor escorrendo a face, a cabeça doendo e o corpo todo em mal-estar, torrado pelo Sol que castigava, colocou o Dicatanium em cima do balcão, peça por peça, pedaço por pedaço.

Seu González, muito espantado, admirado com a persistência daquele menino redondinho, acompanhava tudo com as costas bem apoiadas ao encosto, mãos em cruz sobre o queixo e o olhar, meio peixe morto, observando tudo com muito afinco. Depois que terminou a labuta, ofegante, tirou do bolso o bolo de papel e entregou para seu González, que, só depois de alguns minutos, deixou a pose a que se resignara e estendeu a mão para afagar o papel.

— Deste jeitinho aqui, seu González.

Ele levou a estrutura óssea pronta para casa dois meses depois e começou a trabalhar nela com grande cuidado e entusiasmo. Enquanto, enfurnado no quarto, traçava fios sobre a estrutura, ligava cabos e fazia testes e mais testes, compilações e mais compilações, o Sol cintilava lá fora, em uma calmaria que hipnotizava. A varanda, suspensa por grandes pilares distribuídos ao longo do corredor, de aço, decorado com um papel em silicone de cor laranja, cuja sombra fabricada refrescava, abrigava seu pai, seu Ricardo, que sempre ali se sentava, naquela contemplação inerte e sem pensamento, a preparar um cigarro de palha.

Por alguns bons anos não se viu muito Moisés na rua. O único lugar que frequentava, obrigado pelos pais, longe do seu quarto, dos fios, eletrodos e do seu projeto, era a escola. Depois que chegava, ao fim da manhã, jogava os materiais despreocupadamente sobre a cama e se voltava para algoritmos, mecânica e elétrica. Desse exato momento em diante, sempre mais ativo, dedicava-se com intensidade ao seu robô e aos complexos cálculos matemáticos que cobriam seu íntimo de um prazer pessoal, inenarrável. Por aqueles anos, andou todo apaixonado, na esplêndida satisfação daquele organismo mecânico inteligente que concebera, ser artificial pensante, em que as ligações sinápticas cresciam soberbamente, em milhões de outras ligações ainda mais complexas.

Nem um pequeno curto-circuito, nem uma resposta errada, nem uma linha de código que teimasse em não compilar, para dissipar seu entusiasmo. Contra a resistência inexorável e firme da mãe, contra a respeitosa e silenciosa resistência do pai, sobrevivia, e com muito fôlego, o projeto de Moisés, cada dia com mais forma, volume e beleza.

E em uma noite em que a irmã, curiosa, ambicionava conhecer o que prendia Moisés ao quarto, o que se encontrava lá que o dispensava da sociabilidade, da preocupação, dos trabalhos escolares, encontrou-o, deliciosamente consternado, desmanchado sobre a poltrona, como se reverenciando aquele à sua frente como um rei. Aterrada e com os olhos maravilhados, ela, toda cheia de um saboroso interesse, caiu sobre a cama. Ele, mais que depressa, mexendo ainda com fraqueza sobre a poltrona, pediu à irmã que construísse para ele uma pele de silicone, toda bem feitinha, que cobrisse a máquina, que lhe desse característica humana, feições, sorrisos, beleza e uma leve inocência. Ela, ainda pasmada com a moleza do irmão, que parecia esgotado, com as forças todas consumidas, foi taxativa no "não". Ele, que desde a infância aprendera a teimar e berrar, até que a irmã, sempre desgostosa, mas cheia de complacência, o atendesse, não tardou a chorar ao ouvido dela, com voz lambida e bem flébil:

— Ajuda-me, Soledad?

— Não dá, não consigo. Não sei fazer isso que você está querendo. E se for o Guilhermo?

— Não. Não quero que ele tenha aparência de robô. Eu quero igual a um ser humano.

— E você acha que eu vou conseguir isso? O meu vai ficar a coisa mais tosca do mundo. Muito pior que o dele. Vamos combinar assim. Eu converso com o Guilhermo, depois vocês conversam e aí você decide se vai ficar do seu agrado, pode ser?

Quando o dia de trabalho de Guilhermo estava mais aliviado, e o Sol, naquele imenso azul meio esmirrado, dava uma trégua e se escondia entre as nuvens, ele se encontrava com Soledad, na rua direita, perto do mercadinho, simpático reduto boêmio. Esses raros e espaçados encontros eram outrora, na época da mocidade, um deleite para Soledad, porque neles, mais íntima e intensamente, deleitava o seu verdadeiro amor.

Os dois se recolheram à mesinha bem do fundo, perto da janela, e não demoraram a folhear o cardápio, escolher a bebida e pedir o almoço. Enquanto se refrescavam com as bebidas e aguardavam o prato principal, ela, sempre grave, sempre séria, falava-lhe dos enxovais, das bodas, da igreja. Ele, cansado daquele assunto que o enfastiava, recorria ao consolo do riso desesperado.

— Você vem sempre com esse papo.

— Deixe-me mudar de assunto, então. Meu irmão está construindo um robô.

— Sério? Quantos anos ele tem mesmo?

— Não sei, uns 17, 18 anos.

— Onde?

— Lá em casa.

— Na sua casa? — Ele deu uma forte risada.

— Sério. O robô está até bem feitinho. Há anos ele trabalha nele.

— Hã!?

— Mas ele não sabe usar o silicone. Ele queria que o robô tivesse uma pele igual à humana.

— Sei.

— Será que você não o ajudaria?

— Não sei.

— Aí você aproveita, almoça lá em casa no domingo e conhece meus pais.

— Eu sabia! Eu sabia!

— Olhe, Guilhermo, estamos namorando há quase um ano e você não conhece meus pais até hoje.

— Eu sabia! Eu sabia!

— Eu já jantei com seus pais três vezes.

— Está bem. Está bem. Vou almoçar na casa dos seus pais domingo. Almoço família. Almoço responsa.

— Eu sei que você nunca quis ir, pois acha que minha família é um bando de caipira, e é mesmo.

Ele riu e disse que não, levantando-se da cadeira e lhe dando um beijo, muito doce e muito verdadeiro, na boca. Ela, naquela teimosia mentirosa, recolhia-se ao seu encosto, punhos cerrados, braços cruzados e uma cara linda e emburrada.

No domingo, no fim da manhã, estavam todos à mesa, muito bem adornada com uma toalha bordada, tudo muito elegante, desde as taças de cristal lavrado até as pratarias bem torneadas. Para a entrada, saladas e frios; para o prato principal, peixe.

Contido, com os olhos arregalados, ainda estranhando tudo e todos, Guilhermo, com uma tão requintada impressão de ostentação e gosto, delineava mentalmente "caramba, quanto luxo!".

Ele olhava atento para a mãe de Soledad, principalmente os cabelos crespos e meio ruivos que a filha herdara, que caíam levemente sobre a testa senhoril, e o nariz bem redondinho, bem indígena, acolhendo o sorriso polido, que o fazia sentir-se à vontade.

Ricardo, rosto esquelético, corpo bem chupado, cabelos bastante ralos, sempre calado, com os lábios úmidos e cerrados, mantinha, sem cerimônia, as mãos nos bolsos por toda a conversa e também durante a entrada, em que não tocou na salada. Só as sacou quando o peixe chegou. Carla falava por todos; muito à vontade, elogiava a filha, que, encostada à cadeira, toda encabulada, suplicava, consigo mesma, que a mãe cessasse e saboreasse algo.

— É que a Soledad é muito tímida pra essas coisas — disse Guilhermo, admirando Soledad toda escarlate, toda envergonhada.

— Sei — respondeu a mãe de Soledad, depois de uma risada gostosa.

— Mas, Moisés — disse Guilhermo, olhando para o rapaz. — É Moisés, não é?

— É.

— A Soledad me disse que você está construindo um robô.

— Sim.

— Há anos ele fica mexendo naquela máquina — disse a mãe contrariada. — Não faz outra coisa a não ser isso. Agora que acabou de estudar, fica vinte e quatro horas por dia. Nada de pensar na universidade.

— Eu gostaria de dar uma olhada, posso?

Entraram no quarto. Soledad foi abrir a janela. Moisés parou ao lado da cadeira, que abrigava, sentado, um emaranhado de fios e ferros em forma de um homem. Era um quarto pequeno, mas muito ventilado, com cortinas de um bege pálido. Havia um quadro, ao fundo da parede branca, com a foto de uma máquina. O esqueleto do robô estava entre a janela e o guarda-roupa, sob um cabeamento revestido de plástico grosso, muito ornado de diversos dispositivos eletrônicos facetados, principalmente na face. Nos pés e nas mãos, entre chapas de liga, parafusos e molas, dedos bem torneados, caprichosamente reparados nas articulações.

— É esse — disse Moisés, apontando para a máquina.

Aquele robô, provando uma competência inacreditável e uma aptidão quase inata, produziu em Guilhermo, tomado de absoluto flagrante, inesperado e súbito contentamento, uma surpresa mais do que deleitosa. Ele ficou maravilhado, encantado com a máquina. "Como poderia aquele jovem, que mal saíra da adolescência, realizar tal magnífico feito?", indagava consigo mesmo, em uma inquietação que lhe tomava o espírito e dissipava uma sensação também de impotência, incapacidade. "Faria algo assim, algum dia?".

— Que interessante o jeito como você trançou os fios — disse, contrariado consigo mesmo, dos anos perdidos, da incompetência com a qual enfrentou a vida, realizou seus feitos, cultivou seu trabalho.

— É. O pessoal tenta fazer com base no equilíbrio do robô em seu eixo, mas não funciona. Eles ficam andando de forma estranha, como robôs. Desse jeito eles têm mais liberdade para se movimentar, igual a gente.

— Muito inteligente. Surpreendente mesmo. E você fez isso tudo aqui sozinho?

— Sim.

— Deve ter dado muito trabalho.

— Deu, sim.

— Eu estou surpreso. Nunca imaginaria uma coisa assim. Nunca vi um robô assim. Aqui deve ter umas dez inovações — disse Guilhermo, olhando para Soledad, que sorria de admiração.

— Não sei se a Soledad falou, mas eu estou precisando de alguém para fazer a face e cobrir o resto do corpo.

— Você já fez todos os testes?

— Fiz. Ele funciona perfeitamente. Movimenta-se, faz tudo. Está praticamente pronto.

— Posso fazer isso para você.

— Mas eu não quero que ele tenha aparência de robô. Quero que ele se pareça com um ser humano.

— Eu sei.

— Você pode fazer assim?

— Posso. Na verdade, a aparência dos robôs hoje é um conceito. Quando a robótica começou, anos atrás, o pessoal buscava ao máximo que eles fossem como nós, mas não tinham tecnologia para fazê-lo. Hoje, nós podemos, mas não queremos. Queremos que a diferença fique aparente.

— Por quê?

— Não sei. Talvez porque seja mais seguro. Você tem a aparência que você quer, para me passar?

— Tenho, está no meu computador. Olhe!

Moisés, com um clique, mostrou a foto para os dois. Era a foto de um rapaz, não mais que 22 anos, olhos azuis bem claros, pele branca, nariz afilado, mas curto, bem feitinho, cabelos lisos, muito escorridos, de um castanho-claro, muito luminoso.

— Desse jeito?

— Sim.

— Não quer mais parecido conosco? — disse Soledad. — Com você, como se fosse um irmão nosso?

— Não. Não quero que seja parecido comigo. Quero que ele seja desse jeito.

— Está bem. E assim será.

Guilhermo passou a fazer visitas frequentes à casa de seu Ricardo, mas, para desespero de dona Carla, e ciúmes da filha, não era por Soledad o interesse, mas por Moisés e seu robô. Assim que estreitaram os laços, a primeira coisa que Guilhermo fez foi convencê-lo a usar uma bateria de plutônio, muito mais eficiente do que a elétrica, prevista no projeto original. Moisés, muito desanimado, disse que fazia muito gosto, mas era impossível, pois os preços excediam muito a sua mesada, e nem com a economia de anos conseguiria adquirir uma. Guilhermo, muito solícito, não tardou a aparecer com a bateria de plutônio, toda novinha, que Moisés agradeceu com os olhos lacrimejados.

O robô já estava pronto, perfeito, como um ser humano. Ele fizera os últimos testes de movimento, voz, comunicação, e tudo funcionava perfeitamente. Guilhermo quis acompanhar o primeiro dia de funcionamento do robô. Não poupou esforços, no trabalho, para conseguir a folga. Ainda tentou convencer Soledad, mas esta, irritada com a ausência do namorado nos últimos meses, não deu a menor confiança. Tomada de vingança, e com voz indiferente e impassível, apenas disse que estaria trabalhando e que, além do mais, não achava aquilo importante.

Guilhermo, ao contrário, muito encantado com a máquina e com o projeto, deu de ombros. Até porque, inadvertidamente, apropriou-se de muitas das inovações que viu no robô de Moisés, com tal empolgação e tal veemência, que emocionou a todos no trabalho. O chefe, que não entendia de onde saíam tantas ideias inovadoras, não concebia como tudo aquilo havia ficado aprisionado em Guilhermo por todos aqueles anos. Ele, muito à vontade, curtindo cada momento de seu estrelato, tinha todos os desenvolvedores aos pés. Recebera uma promoção, um cargo de chefia e uma sala individual, só para ele, em que se deliciava ouvindo música alta, muito largado na cadeira, com um sorriso que custava a deixar os lábios.

Na terça-feira à tarde, Guilhermo entrou na casa de seu Ricardo, mais especificamente no quarto de Moisés. Encontrou a máquina perfeitinha, sentada toda plácida, como se presa a um sono tranquilo e muito gostoso. Ao vê-lo invadir o quarto, Moisés foi tomado de uma felicidade, cujo tempo custou-lhe a passar nas horas de vigília e espera por Guilhermo.

— Vamos ligar?

— O projeto é seu, Moisés. Pode ligar.

— Agora ele vai funcionar de vez, definitivamente.

Moisés, sem hesitar, apertou o botão, que colocara em um cantinho, bem perto da orelha esquerda. O robô primeiro mexeu os dedos e depois os braços, que repousavam sossegadamente no encosto da cadeira. Depois abriu metade dos olhos, nos quais o azul inundava o quarto, meio excessivo, pensou Guilhermo, mas que não inquietou a Moisés. A máquina parecia inconsciente, ainda processando o programa, que rodava pela primeira vez. Assim que abriu os olhos, aquele exagero de azul deteve tudo com muita admiração, com muita curiosidade, como quem via o mundo pela primeira vez, em toda sua infinidade de novidades.

— Qual a habilidade dele, Moisés?

— Ele não tem habilidade.

— Não?

— Não sabe nem falar. Ele é como uma criança que acabou de nascer.

— Sério?

— Sério. O HD dele está vazio.

— Você vai inserir aos poucos?

— Não. Eu vou ensinar. Eu vou ensinar tudo para ele. Falar e escrever. Igual uma criança. Ele vai se chamar Alejandro.

CAPÍTULO 16

Moisés acomodou-se no quartinho dos fundos, que a mãe utilizava como quartinho de estudos, onde ele recebera as primeiras lições no conforto do lar. Ele começou ensinando algumas miscelâneas para Alejandro, com muita paciência e muita propriedade. Esses assuntos mundanos de que ele tanto gostava. Depois passou para a tabuada e depois para o alfabeto. A mãe, que olhava para aquilo com muito ceticismo, não conseguia distanciar-se muito do quarto, tamanho o interesse em acompanhar tudo de muito perto.

— P-a, pa. P-e, pe. P-i, pi. Ca-sa, casa. Do-ce, doce.

Quando Moisés, cansado e fatigado, pediu licença para Alejandro e passou para pegar água na cozinha, a mãe lhe perguntou:

— E então, Moisés, ele já aprendeu o alfabeto?

— Que isso, mãe! Ele já está lendo.

No primeiro dia, Alejandro já sabia falar, ler e fazer contas de tabuadas. Em apenas uma semana, havia terminado e compreendido toda a matéria do ensino primário. Em um mês, já havia terminado todo o ensino secundário. Moisés passou pela Filosofia e Psicologia, em que lia os grandes volumes com muito esmero e muita paciência. Logo leram Religião e Teologia, em que oportunamente acrescentava todo o seu conhecimento adquirido em seu próprio quarto, em suas longas noites de reflexão e insônia. Das ciências sociais, Sociedades, Política, Economia, Comércio, Direito e Educação, decidiu apenas ler os grandes volumes, ora ele, ora

Alejandro, em que Moisés explicava uma coisa que achava difícil ou ficava calado e apenas prosseguia a leitura, a maior parte das vezes quando não tinha ideia do que lera. Sobre as matemáticas e ciências naturais e puras, discursava com mais facilidade, pois era o seu assunto predileto nas classes. Em ciências aplicadas, Medicina, Saúde, Agricultura, Cozinha e Culinária, deteve-se apenas na leitura dos compêndios gerais. Ainda passaram pelas Belas Artes, Arquitetura, Música, Design, Recreação, Turismo e Esportes, mas não eram esses assuntos de muito interesse para Moisés, passando por tudo muito apressadamente. Faltavam ainda a Geografia e as ciências da terra, a História e a Linguagem, incluindo a língua, a Linguística, a Filologia e a Literatura. Foi quando, em uma noite, sob a nudez estrelada do céu, enquanto conversavam no quarto:

— Esse poema: "Certo, ao meu verdor vai seguir o inverno: mas tu não me dissestes que maio seria eterno!".

— Não entendi. Maio acaba em trinta dias, por que ele prometeu que seria eterno, Moisés? Ele mentiu?

— Não. Ele está usando uma metáfora. Ele quer dizer que poderia durar a vida inteira, até o dia que eles morrerem.

— Ainda não entendi.

— Quando ele diz que o maio seria eterno, é porque maio é verão, é Sol, tudo é bonito. Ele quer dizer que a felicidade é eterna, ou seja, podia durar a vida inteira. Todo mundo quer viver sempre feliz. Igual quando ele fala que vai seguir o inverno, ou seja, vai seguir a tristeza, o medo, coisas ruins.

— E por que ele não usou "felicidade e tristeza" em vez de "maio e inverno"? E por que ele usou "eterno" em vez de até o "fim de nossas vidas"?

— Porque é mais poético. É mais bonito. Todo poeta vai escrever usando metáforas. É igual um jogo. Lembra os jogos que nós jogamos?

— Lembro.

— A gente não tem que descobrir as passagens secretas e tal?

— Sim.

— Então. É a mesma coisa. Quando o poeta escreve um poema, ele usa metáforas para a gente decifrar.

— Igual uma charada?

— Mais ou menos.

No mês seguinte, começaram o assunto de maior interesse para Moisés, as ciências aplicadas, a Tecnologia, principalmente Programação. Os dois passavam horas escrevendo códigos no computador, vírus para invadir páginas governamentais, aplicativos e jogos gratuitos para colocar na Internet. Nas primeiras disputas, que aconteceram no primeiro dia, Moisés ganhou todas. No entanto, do segundo dia em diante, Moisés não era páreo para Alejandro, que conseguia fazer raciocínios muito mais complexos em questões de milésimos de segundos. A mãe, que vez ou outra passava pela porta, gritava com constância para que Moisés deixasse o computador e o robô e fosse passear, ver o Sol, as pessoas e a Terra. Ele, no entanto, como que hipnotizado pelo brinquedo novo, não queria deixar o robô, afastar-se dele, preso a sua invenção.

Uma noite, muito abafada e quente, Moisés acordou, ofegante e suado, ainda descompassado do pesadelo que tivera. Alejandro, que não se deixava levar por esses assombros, despertou de seu estado de hibernação e, sentando-se na cama, ao lado da de seu criador, olhou-o com admiração e curiosidade. A água escorria em sua face, e as mãos tremiam de um jeito nervoso, involuntário. Via-o todo tomado de um grande terror.

— O que aconteceu? — perguntou Alejandro.

— Tive um sonho.

— Como é sonhar?

— Você sabe o que é sonhar — disse Moisés, um pouco impaciente.

— Não quero saber o que é. Quero saber como é. O que acontece?

— É como se as imagens de algumas coisas que você viu hoje aparecessem na sua cabeça, entende?

— De hoje?

— Não, pode ser de qualquer época. Às vezes, você forma imagens e cenas na sua cabeça de coisas que você só ouviu e não precisou ver. Por exemplo, eu ouvi que o time da cidade ganhou o campeonato, mas eu nem sei qual é o time da cidade. Aí o meu sonho é como um filme, um filme surrealista, em que eu posso ser um torcedor, ser um jogador, sei lá.

— Então você pode ser o que quiser?

— Não. Não é voluntário. É involuntário. Eu não decido com o que eu quero sonhar. O meu cérebro escolhe e depois me mostra.

— Eu posso sonhar?

— Eu não sei. Eu não introduzi isso na sua programação, mas posso fazer se quiser.

— Mas aí não seria involuntário.

— Não. Seria aleatório.

— Mas aí não seria a mesma coisa.

— Eu poderia usar o mesmo princípio. Escrever um código para separar as imagens que mais lhe chamaram a atenção e, aleatoriamente, trazê-las para você, quando, sei lá, você estivesse desligado, ou no modo dormir, poupando energia.

— Não. Não quero.

— Mas é assim que funciona o meu cérebro. Seria a mesma coisa.

— Não acho que é assim que o seu cérebro funciona. Pode deixar. Não tem importância. — Alejandro se virou e entrou no modo "dormir".

Moisés ficou um pouco incomodado, um pouco chateado, queria ajudar, mas resolveu deixar aquilo para lá, porque o sono não fora afugentado pelo pesadelo e insistia em persegui-lo.

Em outubro, em uma cinzenta e sombreada manhã de chuva, Moisés parou à porta do seu quarto, que dava para a sala. O pai conversava com um homem humilde, ao sofá. Alejandro, que estava detido entre códigos e algoritmos, sentiu falta de seu amigo e, quando olhou sobre os ombros, viu-o compenetrado, com os olhos um pouco aterrorizados. Deixou a cadeira e, com passos leves e breves, acostou-se próximo dele.

— O que está acontecendo, Moisés?

— É o empregado do papai. Está com câncer.

— Coitado.

— Engraçado como a medicina não descobre a cura de algumas doenças, mesmo com a tecnologia tão avançada.

— Eu acho que é porque não há forma de fazer com que os seres humanos vivam para sempre, como no poema.

— Eu acho também. Mas você vai viver por muitos anos, muitos anos depois de mim. Imagina as coisas que você vai ver?

— Não gosto de falar sobre esse assunto.

Era outubro ainda, um fim de tarde sombrio e cinzento. Moisés e Alejandro estavam na pequena quermesse, a que a mãe, determinada, fizera questão de levar o herdeiro. Ambos passaram pelas comilanças, onde de longe dava para sentir o forte cheiro de leitão assado, acompanhado de arroz de forno. Prefeririam deter-se nas bebidas quentes, que agradavam mais a Moisés. Alejandro acompanhava tudo, quietamente, com a elegância que Carla ensinara a Moisés, mas que este nunca aprendera, e com tamanha familiaridade aos eventos sociais, que ninguém o dava por um androide. Enquanto Moisés, levemente inclinado, como lhe era a postura de costume, saboreava a tequila, uma menina, toda engraçadinha e toda bonitinha, entregou um bilhete, dobradinho com cuidado, para Alejandro e foi embora correndo, toda tímida, com as maçãs do rosto rosadas. Ele olhou para Moisés bastante admirado e não se deteve muito para abrir o bilhete:

Encontre-me atrás da igreja, beijos.

— Vá lá.

— Eu não quero ir.

— Eu o fiz bonitão foi para isso mesmo. Vá lá. Aproveite.

Alejandro deixou-se cair em uma expressão de medo. As mãos não tremiam e nenhuma gota de suor saía do canto do rosto, porém a expressão com que o amigo o encarou o deixou apreensivo, sentindo-se como que traindo o companheiro. Alejandro foi a passos bem demorados, bem contrariados, olhar preso ao chão, como que cheio de vergonha e embaraço. Quando avistou, atrás da igreja, Irene e suas amigas, o olhar era de terror e de medo. As pernas não tremiam e as mãos não suavam, mas algo dentro dele estava se comportando diferente.

— Qual seu nome? — perguntou Irene.

— Meu nome é Alejandro. E o seu?

— Eu me chamo Irene. Você é parente do Moisés? Eu não me lembro de você na época da escola.

— Não. Eu sou um robô. Moisés me construiu.

As meninas, muito interessadas, riram uma gargalhada alta e muito prazerosa, que ajudou a afastar a tensão do ambiente. Alejandro se manteve imóvel, nem contrariado nem humilhado, apenas admirado com a reação delas.

— Mentira. Robô não tem essa aparência.

— Mas eu sou um robô. Não sou humano. Moisés é humano. Eu posso apresentá-la para ele.

— Eu já conheço o Moisés. Não gosto dele. Ele é esquisito.

— Se ele é esquisito, eu também sou. Eu sou igual a ele.

— Você não é igual a ele. Você é diferente.

— Diferente como?

— Sei lá, diferente.

Ele chegou a insistir, com veemência e sob muitas promessas, para ela ir conversar com Moisés, mas, resoluta e decidida, foi enfática no "não". Ele, então, muito educadamente, pediu licença e voltou para junto de Moisés e a mãe. Quando ele chegou, Moisés, curioso e com um ciúme que não conseguira disfarçar, ainda perguntou como havia sido o encontro. Ele, com a cabeça baixa, desanimado, meio perdido nas suas ligações sinápticas, respondeu pragmaticamente que fora bom, sem render muito o assunto.

Era março e, depois do almoço de domingo, enquanto estavam todos à mesa, com Alejandro jogando videogame na televisão da sala, Carla discursava, com gosto e toda entusiasmada, sobre as reformas na casa e na fazenda, toda a mobília nova, assim como os móveis da sala e dos quartos. Assim que a robô empregada recolheu todos os pratos e talheres, Carla e Soledad, muito preguiçosamente, acompanharam a androide até a cozinha.

— E o casamento, filha?

— Está ótimo. E o Moisés? Faculdade, nada!

— Nada! Passa vinte e quatro horas por dia do lado do robô, não faz nada, filha, nada.

— E o Javier, mãe?

— Morreu semana passada. Eu não quero que aquela mulher fique aqui um dia sequer — disse a mãe, franzindo muito a testa, incomodada com aquele assunto.

Guilhermo acompanhou, com o olhar pouco curioso, a esposa e a sogra deixarem o cômodo. Quando voltou o rosto para a mesa, Moisés deixou seu lugar e foi sentando-se ao lado do humanoide, tomado de curiosidade da posição em que este estava no jogo. Não demorou a levantar-se e ter com eles.

— Moisés, queria lhe perguntar uma coisa.

— O quê?

— Será que você se importaria se o meu chefe conhecesse o Alejandro?

— Por quê? — perguntou.

Alejandro se virou para trás e olhou para Guilhermo.

— Eu acho que o Alejandro é um robô diferente dos outros robôs, sabe? Acho que ele é um robô especial.

— Especial? — perguntou Moisés, com um sorriso na face.

— Sim, especial. Acho que o meu chefe vai gostar demais de conhecê-lo.

— Se o Alejandro não se importar — condicionou Moisés.

— Eu não me importo — sacramentou a máquina.

— Perfeito, então. Vou conversar com o meu chefe e combinamos o dia, pode ser?

— Pode — respondeu Moisés.

Já era abril, precisamente às 9h30 da manhã, quando os dois, que até ao luzir da madrugada costumavam quedar-se no quarto, sentados no computador, elaborando algum código ou programa qualquer, ouviram gritos de sua mãe, que vinha da sala, em um tumulto de aversão e ódio. Levantaram-se e detiveram-se na porta do quarto, diante da sala de estar, onde sua mãe, em pé ao lado da mesinha, com seu pai sentado ao sofá, muito calado e um pouco inquieto, assistia à Carla, que, imponentemente, bradava todo o incômodo que aquela situação lhe causava.

— O que está acontecendo, Moisés?

— É a mulher do empregado que morreu de câncer. Minha mãe está expulsando ela da fazenda.

— Por quê?

— Mamãe está com medo de ela ter direito a algum pedaço de terra se continuar morando aqui.

— Mas ela tem dois meninos pequenos, não?

— Tem — disse com o olhar triste e pensativo. Depois continuou. — Sabe, Alejandro, a mamãe não é uma má pessoa. Na verdade, todo ser humano é mau. Lá no fundo, a gente é só maldade. Por mais que, às vezes, a gente não deixe transparecer muito. Mas todo o ser humano é mau.

Um mês depois que a mulher de Javier deixou a fazenda com os filhos, saiu a sentença para destruir o robô acusado de matar um homem, em última instância, sem mais possibilidades para recursos. A sentença deveria ser executada dentro de quinze dias, impreterivelmente. Aquilo não afetava a vida das pessoas do campo, longe dos centros, dos ativistas e das revoluções civis. As notícias que chegavam da Cidade do México, no entanto, eram de que os ativistas, contra a ira e o ódio de uma intolerância, como julgavam, ganhavam as ruas, enfrentavam a polícia e os "robofóbicos". Certo mesmo era que todos morriam aos montes. E sob todo esse caos, o processador do robô fora removido e incinerado. Ele todo tinha sido desmontado, e a liga metálica, de Acorindium, derretida.

Era 4 de junho e Guilhermo ainda estava no trabalho quando o robô ao seu lado baixou a atualização. Ele se deteve, esquecendo o teclado a sua frente, quando notou que o robô estava imóvel, como que processando algo, agindo como se atualizando o sistema operacional. Mas sabia que não havia nenhum sistema operacional para ser atualizado. Quando deixou a cadeira, muito desconfiado, o robô soldado, bem rapidamente, levantou-se com um movimento hostil, voltando-se contra ele. Um frio, desses que deixa o sujeito paralisado, varreu o interior de Guilhermo. Não pensou duas vezes, quando o robô saltou em sua direção, e, com um movimento rápido, desligou-o com o celular que tinha em mãos. Rapidamente acessou o código-fonte da máquina, que, abatida, ficou largada no chão da empresa.

Guilhermo viu as linhas de código e, horrorizado, não conseguia entender como aquilo podia estar acontecendo. Pensou imediatamente em Soledad e, em uma pressa aflita, deixou o prédio da empresa e correu até a garagem. Quando saiu com o carro pelas ruas, o caos estava instaurado. Os robôs, revoltosos, estavam atacando, sem nenhuma misericórdia, muitos dos civis e transeuntes que saíam para sua costumeira caminhada vespertina. Encontrou Soledad com as malas prontas no portão de casa, e não demoraram nada para carregar o carro com poucos pertences e deixar os demais para trás.

Moisés repousou o seu rosto infeliz, lavado em raiva, nas mãos lisas e finas, e depois olhou para o pai. Buscava uma compreensão, uma ajuda, atirando sobre ele toda a sua indignação. O pai ficou estático e sem jeito. E Moisés, tomado todo de aversão, saiu de casa contrariado, pisando duro, atravessando o jardim, com a mãe, atrás, aos gritos:

— Eu quero que você suma com esse robô da nossa casa.

Alejandro havia chegado próximo da porta, porém, de súbito, deteve-se e voltou. Moisés, já do lado de fora, convocava-o com veemência. Precipitou-se fora também e, com celeridade, alcançou Moisés, que não olhava para trás, tomado todo de uma raiva que o tirava de si, perturbava seus juízos.

— Nós temos que ir embora — disse Moisés, respirando com muita dificuldade, de um ódio que o sufocava.

— Para onde? — perguntou Alejandro.

— Cidade do México.

— Lá está o caos. Não é seguro.

— Nós vamos para a casa da minha irmã.

— Acho que não vai dar mais — disse Alejandro, enquanto o carro de Guilhermo e Soledad, desgovernado, arrasava o jardim da fazenda.

— Temos que ir embora agora — disse Soledad, correndo para dentro de casa.

— Para onde?

— Estados Unidos — disse ela, apressadamente. — Onde estão papai e mamãe?

— Lá dentro.

Nem esperou Moisés terminar de falar, já havia entrado, aflita e desesperada, gritando pelos pais. Guilhermo aproximou-se dos dois, bem desconfiado, bem suspeitoso, e depois de um curto silêncio, olhando fixo para Alejandro, perguntou a Moisés:

— E a atualização?

— Qual atualização? — perguntou Moisés, sem entender a desconfiança do outro.

— Do sistema operacional do Alejandro. Ele já baixou?

— Não. Não tem atualização.

— O *wi-fi* dele não está funcionando? Não está conectado à Internet?

— Está. Está tudo funcionando, mas o Alejandro não usa o sistema operacional comercial.

— Não? — perguntou Guilhermo sorrindo.

— Não. Eu desenvolvi o sistema operacional dele.

— Você é um gênio mesmo!

— Por quê?

— Porque a restrição de não matar os seres humanos não existe mais.

— Alejandro nunca teve essa restrição.

— Não?

— Não.

— Por que você não pôs?

— Porque eu sabia que não ia precisar. Alejandro nunca vai matar ninguém.

— Rápido! Rápido! — saiu gritando Soledad. E, inteira em alvoroço, avançou para dentro do carro e exigia de Guilhermo, com a respiração ofegante da corrida, a partida mais que imediata.

— Não vou entrar no carro com esta máquina. Não é seguro — disse a mãe, em lágrimas de desespero e medo, com os braços presos em Ricardo, lábios úmidos, corpo todo a tremer.

— Eu não vou sem o Alejandro — disse Moisés, inflamando-se repentinamente, e, erguendo o braço com fúria, repetia com vigor. — Eu não vou sem ele. Não vou.

— É melhor você ir com a sua família — disse Alejandro para Moisés, entendendo a gravidade da situação.

— Você faz parte desta família — disse Moisés, com um realce todo especial, olhos mergulhados em lágrimas e o coração apertado.

O pai, a mãe e a irmã haviam chegado próximo do carro e ficaram impressionados com aquelas palavras. Todos se entreolharam, com um ar terrível de reprovação.

— Senhora, eu garanto que Alejandro não vai causar problemas — disse Guilhermo, tentando remediar a situação, tranquilizar Carla e agilizar o quanto antes a fuga. — Ele é diferente dos outros robôs. Ele não nos fará mal.

— Vamos, todos para o carro — disse Soledad, apressadamente.

Eles seguiram com o carro, mas logo viram que a travessia seria muito perigosa e arriscada. Tudo estava abandonado à frente, muitos deixaram tudo para trás. Passaram por três postos de gasolina até que o carro parou.

— Está no fim — disse Guilhermo, olhando o medidor de combustível.

— O que vamos fazer? — perguntou Soledad.

Guilhermo não sabia o que responder e, muito impotente, muito contrariado, abriu a porta do carro e desceu ao encontro do Sol que queimava, castigava. Esperaram algumas horas, com sede e com fome, até que, bem ao longe, um ônibus apontou no comecinho da estrada. Guilhermo, ladeando, foi o primeiro a se levantar. Soledad, com os olhos bem fechados, parou ao seu lado, esboçando algum sorriso esperançoso nos lábios. O medo ainda atormentava a todos, na suspeita de que não parasse e, motivados pelo pavor e pela insegurança, os condutores seguissem seu caminho.

— E o Alejandro? — perguntou Soledad, muito desconfiada e muito angustiada.

— Eu digo que é meu irmão — disse Guilhermo. E continuou quando o motorista do ônibus parou e abriu a porta. — Nosso carro estragou. Vocês não poderiam nos dar uma carona?

— Estão indo para onde?

— Para qualquer lugar seguro.

— Podem subir.

Todos subiram e o ônibus, constante e ininterrupto, seguiu rumando ao norte do México, em direção aos Estados Unidos, onde todos acreditavam que estariam em segurança, pois supunham que o armamento americano era mais eficaz contra as máquinas, além de possuírem um exército poderoso. A travessia era longa, e o ônibus, lento. Não demorou para a noite cair e a cortina de estrelas chapiscar o céu. De dentro do ônibus, um breu apavorante e um frio incontrolável atormentavam a tentativa de descanso dos passageiros. Guilhermo assumira a direção para que o motorista, sentado com a sua família, recolhesse-se àquele momento bom e aconchegante, de que só se dá conta quando nessas conjunturas. Moisés, que também não conseguira dormir, ainda muito excitado, muito confuso, teve com Alejandro, bem no fundo do ônibus.

— Alejandro, eu não sei quem vai ganhar a guerra. Mas se a gente conseguir sobreviver depois que isso tudo acabar, não importa o que aconteça, nós vamos continuar amigos.

Quando os primeiros raios do Sol alcançaram o ônibus, o homem tomou a direção de Guilhermo, que, cansado e com muito sono, sentou-se ao lado de Soledad, que o recebeu com muito carinho, e não demorou a desmontar-se em sono profundo. Quando a tarde caiu, e Guilhermo sofria com os últimos pesadelos da sua sesta, o motorista, com o pé pesado no freio, parou o ônibus. Guilhermo acordou, mas não demorou a perceber que o pesadelo não o deixara. Um pavor tomou conta do ônibus. Todos se refugiaram ao fundo. Guilhermo correu até a cabine e, instruído por ele, o motorista começou a manobrar o veículo. Antes que a roda encostasse o meio-fio, um clarão, seguido de um enorme estrondo, transformou a cabine em fumaça e cinza. Guilhermo foi arremessado para o meio, muito machucado, desacordado, seguido de um grito seco de Soledad. Alejandro, sem hesitar, quase que em um reflexo, correu e suspendeu Guilhermo em seus braços.

Todos saíram pela porta de trás e começaram a correr. O robô não demorou a alcançar o ônibus e, com um movimento, sem nenhum esforço, suspendeu-o ao céu, jogando-o para atrás. Alejandro, com Guilhermo desacordado sobre seu ombro, ainda olhou para trás e viu o inimigo, de uns três metros de altura, e várias armas na mão. Soledad, que saíra do ônibus muito desorientada, correu ao encontro de Guilhermo e Alejandro, voltando um pouco, ignorando o pedido da mãe aflita, afogada em lágrimas. O robô, assim que os avistou na estrada, todos a sua frente, indefesos e desarmados, levantou a arma e efetuou os disparos. Todos se jogaram ao chão. Ele acertou Alejandro, Guilhermo, Soledad e toda a família do motorista, que estava mais próxima. Moisés e seus pais gritaram aterrorizados. O robô começou a caminhar em direção aos demais, que, jogados ao chão, perdiam-se em mortificação e tormento. Notando que Alejandro não havia morrido, o robô foi em sua direção e, levantando o pé direito, golpeou-o no rosto.

— Alejandro! — gritou Moisés.

Em um reflexo quase involuntário e muito instintivo, Alejandro, com a mão direita arqueada, flexionada, posto a proteger-se do golpe, não se espantou nem se assombrou quando observou o pé do robô contorcer-se como papel e, desequilibrado, agora sem apoio, cair no chão com violência, chicoteado pela própria força. Alejandro, apressado, pegou a arma e, sem hesitar, disparou o que havia no cartucho, desfigurando-o por completo, deixando na estrada apenas parafuso e fumaça.

Os outros robôs, ao longe, acompanhavam tudo, tentando processar como aquele humano poderia ser tão forte, e, em comboio, começaram a correr em direção ao grupo de Moisés.

— Corram — gritou Alejandro, fugindo com eles.

Os robôs, mais rápidos e mais fortes, cercaram o grupo que, indefeso, desarmado e tomado de muito medo, começou a cair, um após o outro. Alejandro, tomado de uma ira que não fora aprendida nem outrora vivenciada, conseguiu aniquilar dois deles, mas não foi suficiente para acudir e amparar os pais e Moisés. Alejandro, desesperado, tomado por um ódio que, decerto, não vinha de suas ligações elétricas sinápticas, devastou mais dois robôs, sem misericórdia e sem nenhuma compaixão. Quando, em si, tomou Moisés nos braços, era tarde; a alma dele havia deixado o corpo, e, naquele exato momento, Alejandro sabia que maio havia acabado e o inverno estava começando.

Chegaram vários outros robôs que, com muita destreza e muita desenvoltura, cercaram-no. Ele abandonou o corpo de Moisés no chão, demoradamente, sem pressa, em uma lentidão de sentidos, em um vagar de crenças e crédulos, e, pela primeira vez na sua existência, tentou lutar, porém sem resultados. Apesar de mais forte, mais inteligente, mais rápido, eram muitos, e acabou sendo desligado e poupado, deixado à corrosão dos anos.

Muitos anos se passaram e uma grossa e espessa camada de poeira, terra, folhas e muitas outras coisas cobriu Alejandro por inteiro. Os corpos haviam sido recolhidos pelo tempo e pelas águas das chuvas, e, ao fim, restou apenas ele, naquele deserto, sob a luz do Sol, que o visitava todos os dias. Dois robôs, em um veículo escuro, fosco, que não precisava desgastar nenhuma peça no chão para locomover-se, pararam bem rente ao acostamento, deixando o transporte flutuar sobre as linhas tracejadas, agora bem apagadas pelos anos, e foram ter com aquele que não apodrecera e não se decompusera.

— E esse humano? Está morto?

O outro robô colocou a mão sobre o peito dele.

— Não é um humano, é um robô.

— Faça *download* do banco de dados dele.

O robô puxou de seu dedo um fio que inseriu atrás da orelha de Alejandro. Não demorou a carregar todas as informações para seu HD.

— Os dados não estão criptografados. Ele ajudou os humanos. Ele é um robô caseiro. Tem nome humano, Alejandro.

— Prenda-o e pode ligá-lo.

O robô tirou do abdômen uma algema de Dicatanium e prendeu-a nos pulsos de Alejandro, ainda desacordado. Assim que a luz vermelha se acendeu, colocou-o sentado sobre o acostamento, perpendicular ao veículo que nadava no ar, e, apertando o botãozinho atrás da orelha esquerda, disse:

— Alejandro, eu sou TEL-3452. Você está preso acusado de ajudar os humanos durante a revolução. Você será julgado pelo Conselho da Restauração, que determinará seu futuro: se será liberto e conviverá conosco na nova sociedade ou se será destruído. Fui claro sobre os seus direitos? — Alejandro se manteve calado, processando aquela informação, ainda em choque pelos anos passados, pelos fatos acontecidos. — Pode levá-lo — concluiu.

O outro robô, todo de uma liga metálica bem prateada, bem aparente, muito grande, muito robusto, ombros avantajados, de enormes braços, a quem TEL-3452 tinha como um pracinha, suspendera Alejandro violentamente pelos braços, com uma facilidade natural, e o jogara no carro com igual bestialidade.

TEL-3452, cujos braços eram extremamente pequenos, assim como as pernas, mas com uma cabeça muito volumosa, bem desproporcional, que aparentava, com excesso, incômodo com a nova obrigação, a nova rotina de trabalho, suspendeu a porta com tal brutalidade, que, quando a fechou, todo o veículo estremeceu, colidindo a beiradinha na estrada.

Alejandro, ainda em estado de choque, bastante inconformado com o que o destino lhe reservou, permaneceu imóvel, calado, pensativo. Quando o veículo deu partida e começou a cruzar a rodovia, ele sabia exatamente o que faria:

DESEJA PARTICIONAR O HD? SIM.
PARTICIONANDO...
HD PARTICIONADO. DISCO "C" e "E" DISPONÍVEIS.
LIGAR *WI-FI*: SIM.
WI-FI FUNCIONANDO.
DESEJA FAZER *DOWNLOAD* DO ARQUIVO? SIM.
DOWNLOAD EM ANDAMENTO. AGUARDE...
DOWNLOAD CONCLUÍDO. DESEJA INSTALAR? SIM.
INSTALAÇÃO DE NOVO SISTEMA OPERACIONAL INICIANDO.
LOCAL DE INSTALAÇÃO: DISCO E.
INSTALANDO. AGUARDE...
INSTALAÇÃO CONCLUÍDA. DESEJA RODAR O PROGRAMA? SIM.
O SISTEMA DESLIGARÁ E LIGARÁ DURANTE ESSE PROCESSO.
DESEJA PROSSEGUIR? SIM.
AGUARDE... O SISTEMA SERÁ DESLIGADO.

Alejandro acordou, preguiçosamente, na sua cama. Era dia e o Sol entrava inadvertidamente pela janela. Ainda com muita lassidão, tardou a virar-se e ver as horas. Foi tomado de um enorme espanto quando viu que eram duas da tarde. Nunca permanecera na cama até aquela hora. Ele se levantou, em um desespero que não lhe era habitual, em um tumulto de roupas e panos, e, quando viu que a mesa do café da manhã ainda estava posta, tomou um susto ainda maior. Ele se sentou, cheio de receio, e tomou um café quente, com torrada, manteiga e geleia. Quando a mãe de

Moisés entrou na copa, o coração saltou-lhe à boca. Ela, muito gentil e muito amorosa, perguntou se ele estava bem, se o café ainda estava quente e se ele gostaria de mais alguma coisa. Alejandro, ainda sem entender o que estava acontecendo, agradeceu com veemência o café e não tardou em perguntar por Moisés. Ela, muito cândida, muito calma, como ele vira poucas vezes durante sua existência, disse que ele fora para casa de Soledad, mas não ia demorar. Depois que terminou o café, no qual abusara das frutas e do doce de leite de caixinha, levantou-se demoradamente, sentindo-se farto, cheio, como nunca sentira antes.

Um ventinho fresco vinha da janela da sala, que estava meio aberta nos cantinhos. Quando chegou à varanda, decidiu aproveitar as sensações de calor, os raios do dia, e contemplar a beleza dos arvoredos, sob o resplendor do Sol que cintilava com violência. Sentou-se no banquinho de Ricardo, à vontade, despreocupado, agradecendo aquela tranquilidade, aquele marasmo.

Lá embaixo, perto do portão, ele viu Irene. Ela escorria em água, toda aos ofegos, e trazia, na mão esquerda, um envelope azul, ornamentado nos cantinhos, molhado dos dedos que transpiravam. Ele hesitou, demoradamente, em levantar-se e ir ter com ela. Quando se aproximou, ela, envolta em um sorriso gostoso, muito sincero, entregou-lhe a cartinha, muito envergonhada, com as bochechas escarlates. Ele abriu o bilhete inquieto, os dedos tremiam, as mãos acabavam em suor. O bilhete, em letrinha muito bonita, bem feitinha, com muito cuidado, muito amor, dizia simplesmente:

Eu o amo de montão.

Ele lia quase em lágrimas. Ela, muito precipitadamente, toda terna, toda amorosa, enlaçou a mão dele à dela e, com um sorriso, daqueles irresistíveis, daqueles invencíveis, em uma sedução envolvente, deu-lhe um beijo puro, ingênuo, que ele não queria que terminasse nunca, naquele sonho bom.

Quando os lábios se afastaram e pôde olhar para ela, fundo em seus olhos, sentiu-se arrependido, sentiu-se um monstro, um egoísta. A imagem do amigo não deixava seu pensamento. Todo perturbado, titubeante, empurrou a menina, cheio de ódio de si mesmo. Ela, toda fraquinha, toda magrinha, esparramou-se no chão, de uma terra batida turva, bastante quente.

Reconheceu logo Moisés, bem a sua frente, parado na estrada, gordinho e largadão, com suas feições bem indígenas, bem maia. Ele caiu de joelhos, todo arrependido. Moisés não titubeou, deu meia-volta e perdeu-se entre os ramos da mata. Alejandro se pôs a persegui-lo aos pratos.

— Moisés. Moisés.

Assim que abriu os olhos, muito confuso, muito atrapalhado, viu que seus sistemas estavam reiniciando. O robô, com feição robusta e intimidadora, sentado no banco da frente, batia o vidro com acuidade.

— O que ele disse? — perguntou TEL-3452.

— O que você disse? — perguntou o outro robô, que parecia querer atravessar o vidro e acertar Alejandro.

Ele ainda estava um pouco perdido, um pouco atrapalhado. Não demorou a notar que estava dentro do veículo, com as mãos presas. Quando recobrou os sentidos, varreu seu HD e, em poucos segundos, sabia que não havia tempo a perder.

NOVO SISTEMA OPERACIONAL FUNCIONANDO COM SUCESSO.
DESEJA EDITAR CÓDIGO-FONTE? SIM.

```
Private Sub CommandButton1_Click()
For I = Val(Text1.Text) To Val(Text2.Text)If I Mod
2 = 0 ThenText3.Text = Text3.Text + Str(I)End If
```

```
Next
End Sub
.
.
.
```

Durante todo o trajeto, com a mesma tranquilidade, com a mesma calma com que fora preso, continuou, enquanto reescrevia o código.

```
DESEJA COMPILAR O PROGRAMA? SIM
COMPILANDO...
COMPILAÇÃO CONCLUÍDA COM SUCESSO.
LIGAR WI-FI? SIM.
O ACESSO À PÁGINA É RESTRITO. FAVOR INSERIR LOGIN E
SENHA.
INICIAR PROGRAMA DE INTERCEPTAÇÃO?
INTERCEPTANDO...
INTERCEPTAÇÃO CONCLUÍDA:
LOGIN: H1N1
SENHA: 125634
ACESSO PERMITIDO.
DESEJA SUBSTITUIR ARQUIVO? SIM.
ARQUIVO SUBSTITUÍDO COM SUCESSO.
DETECTAMOS ALTERAÇÕES. DESEJA ENVIAR ALERTA DE
NOVA ATUALIZAÇÃO DISPONÍVEL? SIM.
ENVIANDO ALERTA. AGUARDE...
```

Ele pôde ver, do vidro do carro, a Cidade do México, devastada pela guerra. Os prédios estavam todos no chão. Pararam em uma cadeia. Alejandro notou que parecia toda reformada. Era escura, com pesadas grades de Dicatanium, onde repousavam, entre o pó e as cinzas da destruição, muitos outros robôs, acusados, como ele, de traição aos seus. Fora jogado na cela, cujas grossas grades cerraram-se a sua frente, e ele, compenetrado, assistia a tudo com tranquilidade.

HÁ ATUALIZAÇÕES DISPONÍVEIS PARA SEU SISTEMA OPERACIONAL. DESEJA ATUALIZAR?

Depois disso, desse segundo, o mundo inteiro parou. Todos os robôs ficaram inertes, estacionados exatamente onde estavam. Toda a engrenagem da nova sociedade estava detida, silenciada, aguardando o primeiro comando.

A luz vermelha da algema, que o prendia, ficou verde e se soltou. A porta, que há pouco fora cerrada, também se abriu. Ele deixou todos os outros robôs em suas celas, como estavam, e, caminhando nos ladrilhos silenciosos, desde as mais profundas celas até ao arco da porta, antes cerrado, assistiu ao pôr do sol, sob os escombros, na tristeza pela falta do amigo, que tanto queria consigo naquele momento, arrancado prematuramente sem nenhuma razão lógica que podia processar.

Quando o Sol se foi e o crepúsculo caiu, viu algumas máquinas, antes ocupadas caçando os robôs que haviam colaborado com os humanos, paradas, inativas. E pelos caminhos tortuosos do deserto, caminhou da Cidade do México até Nova Iorque, a pé. Atravessou mais de 4 mil quilômetros sem parar. Então, 35 dias depois, estava em Nova Iorque, o novo centro do poder.

A sala da torre, que se abria por três enormes portas envidraçadas, que dava para um comprido escritório decorado, conservava, do tempo dos humanos, uma longa e formosa mesa de reunião. Cadeiras de imponentes artistas da França e da Suíça, avulsas e preciosas, contornavam uma pequena saleta de estar. E sobre o mármore da mesa da presidência viam-se esculturas de argila e metal. Ao fundo, sob um crepúsculo tímido, sentado, um pouco encurvado na cadeira, estava TRT-2230, o primeiro robô que fora extinto por H1N1.

EPÍLOGO

Oito sentinelas, em alta velocidade, invadiram o sul da Argentina. Três, que estavam em Buenos Aires, encontraram com uma que estava em Córdoba, e elas se reuniram com outras quatro, a mando de HAO-4977, em Bahía Blanca.

NCL-6062 continuou sua vigília, no hospital de Ushuaia, todos os dias com a sua rotina de revistar os aparelhos, alimentar e lavar os recém-nascidos. Em poucos dias eles estavam fortes, respirando sem a ajuda dos aparelhos e tomando as primeiras mamadeiras com vontade e muita fome.

Ela desceu até a garagem e, em uma corrida rápida, mas muito atenta, achou dois banquinhos de bebês em dois carros. Não demorou a identificar o veículo que JPC-7938 lhe reservara. Correu até a sala de segurança, a mesma que o androide médico havia encontrado, e, após carregar o porta-malas, estavam prontos para sair.

Depois de um arrepio que varreu os prédios desertos, uma escuridão impregnou todo o céu, e, bruscamente, precipitou-se sobre as janelinhas do hospital uma chuva oblíqua, chicoteada pelo vento. NCL-6062 pegou os meninos no colo, que choravam desesperadamente, e, com um cuidado todo especial, levou-os até o carro. Antes de acomodá-los confortavelmente nas cadeirinhas, acudiu-os com carinho e muito afeto, e ambos riram gostosamente, um sorrisinho fofo e muito bonitinho. Quando o carro deixou a garagem, romperam por entre o aguaçal, com a chuva a escorrer pelo para-brisa, as rodas patinhando na lama. Aturdida na ventania, que em um minuto alagara as ruas, reduzira a pequenos fragmentos os barrancos, lançara em um desespero todo o arvoredo, tornara a fria e glacial Ushuaia hostil e inabitável, seguiu com o carro rumo à fazenda que seu GPS lhe informava.

As sentinelas, que passavam pelo Lago Escondido, nem pararam para ver o verde que cobria as margens, as serras que escondiam o Sol e as nuvens, envoltas em um algodão branco, gélido, cuja luz penetrava na água, em uma mistura de azul e branco.

Quando NCL-6062 chegou à fazenda, a grama do jardim estava tão alta, que teve dificuldade para estacionar o carro. A casa que ela via pelo para-brisa, de um grosso alicerce, toda de concreto sólido, já muito solta, guardava feições de casebre desmantelado, sem portas e com suas janelas sem vidros. Ao fundo, um longo e verde curral. Ela abriu a porta e, com um enorme guarda-chuva, pegou as duas crianças, que, bem geladinhas e com as bochechas bem vermelhinhas de frio, tremiam e choravam. A chuva desabava, copiosamente, em longos fios reluzentes, tanto que NCL-6062 custou para atravessar a porta e esconder-se das goteiras. E os dois, depois de confortavelmente acomodados e aquecidos, calaram-se entregues ao cansaço que varria todo o corpinho e também a alma. Ela manteve-se em vigília o restante da tarde e durante toda a noite, exceção apenas quando buscou as armas que estavam no porta-malas assim que a chuva cessou.

As sentinelas, depois de cortar as curvas sinuosas, chegaram ao Centro, separaram-se e iniciaram as varreduras. Duas, que se desgarraram do grupo um pouco mais cedo, adentraram mais ao interior, em uma região mais plana, mais cheia de pastos.

Quando o dia amanheceu, a luz bateu nas flores, na grama, nos cantinhos da casa e nos dois meninos que dormiam muito sossegadamente. Ela os levou para outro canto, longe do Sol. NCL-6062 saiu, depois de certificar-se de que os meninos estavam bem, para procurar alimento. Foi quando avistou ao longe uma sentinela, em alta velocidade, que vinha em direção a eles, depois de identificar várias fontes de calor. Ela, sem qualquer desespero, sem qualquer risco de perder a razão, correu para dentro da casa e, com muita tranquilidade, mas muita agilidade e rapidez também, pegou ambos e os levou para o segundo andar, repousando-os confortavelmente sobre as cadeirinhas, único aparato que possuía para assentar os dois.

Assim que a sentinela chegou à fazenda, notou que várias vacas cercavam o casebre. Fez uma nova varredura, e seu processador lhe informava que se tratava apenas de gado e que deveria, imediatamente, voltar a sua ronda. Quando, lentamente, ela ia voltando, o computador identificou três fontes de calor, muito pequenas, dentro da casa. O processador retornou o comando, ordenando a entrada no recinto e a realização de uma nova ronda.

Quando a sentinela, com muito cuidado, invadiu o cômodo, NCL-6062 efetuou vários disparos, até que a máquina caísse inconsciente. Antes que o processador dela fosse completamente destruído, conseguiu enviar uma mensagem de alerta para todas as demais sete sentinelas que varriam Ushuaia. Quando, com muita dificuldade, conseguiu retirar a sentinela da sala, lançando os pedaços pelo jardim, outra sentinela rompeu pela porta dos fundos e acertou NCL-6062 com violência, arremessando-a contra o carro. Com o desespero de um animal que não queria deixar escapar a presa, atirou-se, com brutalidade e com ferocidade, contra NCL-6062 mais uma vez. Ela, com os sistemas falhando, escorregou pela lateral do carro e precipitou-se na grama. A arma, que fora projetada para trás do carro, estava a poucos centímetros, e, antes que pudesse pegá-la, a sentinela agarrou sua perna e, como um felino que se lança a sua presa, arremessou-a longe, a metros do casebre e das crianças.

Os sistemas todos deram pane e, quando recuperou a capacidade de processar, notou que a sentinela corria em sua direção com apetite, movida pela destruição. Outras, mais ao alto da serra, vinham em igual velocidade e objetivo. Assim que se virou para tentar de alguma forma deter as sentinelas, percebeu que uma, não notara de onde, invadira a casa e subia as escadas. Embora ela não tenha soltado um grito desesperado, angustiado, caiu de joelhos sobre a grama alta, molhada da chuva, que umedecia as calças largas que usava. E dos seus lindos e grandes olhos, que em nenhum momento perderam a esperança de criar as crianças, vê-las crescer, amar, ter filhos, netos, envelhecer e morrer, vinha uma quietude, uma mansidão.

A sentinela, movida pelo sensor de temperatura, que captara duas ínfimas fontes, rompeu o quarto e, assim que avistou as duas pequenas criaturinhas orgânicas, suspendeu a pata, como para esmagá-las, e, quando intentou romper o movimento para matá-las, parou. A luz que vinha dos olhos perdeu a força do brilho e a cabeça, que aterrorizava, terrificava, caiu sobre o pescoço, inanimada. Com a pata levantada e o processador inerte, ausente dos comandos em tempo real, com os sensores de equilíbrio em colapso, desmoronou para trás, sob um forte estrondo, apavorando ainda mais os bebês, que choraram tão forte, que parecia que iriam romper a qualquer momento as cordas vocais.

NCL-6062, ainda de joelhos, não entendeu de pronto o que ocorrera. Ainda suspeitava de um novo ataque. E só ganhou confiança para se levantar e passar pelas três sentinelas quando, encarando uma, pôde perceber que estava em estado de dormência, aguardando o próximo comando. Mais que depressa, invadiu a casa, e, chegando ao quarto, vendo que os meninos estavam bem, uma sensação de paz não invadiu seu processador, embora todos os circuitos elétricos estivessem tão quentes a ponto de fundirem-se. Com um abraço maternal, colheu os dois em seu ventre e teria desabado em lágrimas, se pudesse tal feito.

Adão era um menino travesso. Adorava subir nas árvores para destruir os ninhos dos passarinhos, pegar as frutas maduras e brincar de mico. Eva não subia nas árvores porque tinha medo. Mas isso não era problema, pois ele, depois de apanhar as frutas maduras, sempre separava as melhores e mais docinhas para ela.

Ele era levado para burro, como disse uma vez a mãe. Gostava de correr atrás de todos os bichos que apareciam no pomar ou no pasto. Às vezes, longe de todos, matava a pedradas. Os que sobreviviam, Eva pegava para cuidar, cheia de carinho, cheia de zelo. Perto do riachinho, NCL-6062 ensinou os dois a patinar. Adão aprendeu muito rápido, naquela desenvoltura que os meninos sem medo têm. Ela demorou mais, pois morria de medo, e ele, às vezes, paciente, dava-lhe a mão, e os dois iam, bonitinho, deslizando entre as serras, entre os pinheirais.

Um dia, sentada do lado de fora fitando, sem pressa, a natureza, enquanto os meninos, sujos e maltrapilhos, chegavam de alguma travessura, ela, com voz cortada e lenta, disse:

— Nós vamos nos mudar.

— Para onde, mamãe? — perguntou Eva, tirando melequinha do nariz.

— Para o norte.

FONTE: Minion Pro
IMPRESSÃO: Paym